CORA MENESTRELLI

axioma

Copyright © Cora Menestrelli, 2023
Copyright © Editora Planeta do Brasil, 2023
Todos os direitos reservados.

Preparação: Renato Ritto
Revisão: Tamiris Sene e Caroline Silva
Projeto gráfico e diagramação: Vivian Oliveira
Capa e ilustração: Taíssa Maia

Dados Internacionais de Catalogação na Publicação (CIP)
Angélica Ilacqua CRB-8/7057

Menestrelli, Cora
 Axioma / Cora Menestrelli. - São Paulo: Planeta do Brasil, 2023.
 304 p.

ISBN 978-85-422-2291-3

1. Ficção brasileira I. Título

23-3337   CDD B869.3

Índice para catálogo sistemático:
1. Ficção brasileira

Ao escolher este livro, você está apoiando o manejo responsável das florestas do mundo

2023
Todos os direitos desta edição reservados à
Editora Planeta do Brasil Ltda.
Rua Bela Cintra, 986 – 4º andar
01415-002 – Consolação
São Paulo-SP
www.planetadelivros.com.br
faleconosco@editoraplaneta.com.br

*Para quem sonha com um amor
que o mundo diz ser impossível.
Continue sonhando.*

CAPÍTULO UM

NADA COMO VOLTAR PARA UM NINHO DE COBRAS

Paris, 2024

Jade Riva estava de volta.

Dessa vez, em Paris. Na França.

Ou, pelo menos, era o que ela gostava de pensar.

As Olimpíadas eram, com toda a certeza, o maior sonho de qualquer atleta que ama profundamente o esporte que pratica. E com Jade não era diferente.

Um pouco, talvez. A ginasta não esperava voltar a competir no maior evento esportivo do mundo depois de toda a bagunça que sua vida havia sido por algum tempo, mas lá estava ela. Pela segunda vez.

Intacta. Ou tanto quanto poderia estar.

Mas nem um pouco enferrujada.

Ou gostava de pensar que não estava.

— Nós vamos direto para a vila olímpica, você também? — Hugo, seu treinador, ergueu uma sobrancelha na direção dela. Jade era a única ginasta entre o time brasileiro que já era maior de idade desde as Olimpíadas anteriores, em Tóquio, o que significava liberdade e confiança maiores por parte daquele homem. Não que isso o impedisse de ser um treinador-coruja mesmo assim, especialmente desde o retorno da mais velha para o time. — Suas malas vão com todas as outras.

— Eu preciso de um chuveiro e de uma cama, vou com vocês — confirmou, embora pensar em ir para a vila olímpica com vários outros atletas que a conheciam, mesmo depois de quatro anos, ainda fosse algo que lhe causasse arrepios. Não poderia evitar esse momento pra sempre, de qualquer modo. — Talvez eu dê uma volta mais tarde, vou pesquisar as redondezas para saber o que teremos por perto.

— Me avise se encontrar uma loja de bolsas legais, minha esposa vai acabar comigo se eu voltar pro Brasil sem uma bolsa pra ela — ele disse, abrindo a porta da van que os levaria para o destino final. Jade conhecia bem a esposa de seu treinador, então não duvidava nem um pouco disso.

Afinal, a esposa em questão era a sua mãe. De vez em quando, ainda era estranho falar dela com o treinador. Talvez por isso evitassem ao máximo quando não estavam em um ambiente familiar.

— Pode deixár. E eu tenho um gosto muito bom para bolsas. Ainda mais pra sua esposa.

— Eu sei, querida. Jamais contaria com outra pessoa para isso. — Hugo desviou o olhar para checar o restante do time de ginastas. Após alguns segundos, ele pareceu aceitar e ter a segurança de que todos estavam mesmo ali. O treinador deslizou os dedos grossos pelo cabelo grisalho, soltando uma respiração cansada ao entrar na van também. — Perfeito, galera. Eu mereço uma noite de sono depois de tanto tempo em um avião. Não sei como vocês conseguem dormir naquela coisa aterrorizante voando tão alto.

Ah, sim. Jade havia sentido falta de toda a energia de estar viajando com seu time para uma olimpíada. Por mais que a maioria dos jovens ginastas não fossem exatamente seus amigos, apenas colegas e muito mais novos que ela, ainda era o mesmo sentimento de pertencimento que a Jade de recém-completos dezoito anos das Olimpíadas de Tóquio havia sentido.

A ginasta de vinte e dois anos colocou os fones de ouvido e ligou a playlist mais ouvida do seu aplicativo de música – porque situações que a deixavam ansiosa pediam pelas favoritas de Taylor Swift. Hugo brigaria com ela se soubesse que estava ouvindo música tão alto, mas ele não precisava saber.

A vila olímpica estava repleta de atletas do mundo inteiro, mas Jade só conseguia pensar na cama provavelmente não tão confortável do dormitório que ainda assim lhe proporcionaria uma noite de sono decente após horas de cochilos na pior posição possível dentro do avião. Pelo menos a comida entregue pela companhia aérea era boa.

— Querida, você pode esperar um segundo? Quero conversar com você — Hugo disse, erguendo um dedo no ar para pedir que ficasse ali. O treinador parou e recontou o time de ginastas conforme saíam do veículo em fila para entrar nos dormitórios, como se fosse possível que alguém tivesse se perdido no trajeto do aeroporto até lá.

Jade guardou os fones de ouvido e prendeu o cabelo ruivo desajeitadamente enquanto o esperava, olhando ao redor para procurar por qualquer rosto conhecido por ali. Nem todos os times haviam chegado, então era comum que não encontrasse alguém de primeira.

— Certo, tudo bem. — Hugo se aproximou, chamando a sua atenção mais uma vez.

— Tá tudo bem?

— Tudo perfeito, Jade. Não se preocupe. — Jade o encarou, claramente esperando que dissesse, por fim, o que queria.

Foi aí que a ginasta percebeu que, o que quer que ele tivesse para falar, não sabia ao certo como começar. O que já lhe dava uma previsão do tom da conversa, porque já conhecia bem o suficiente aquele cuidado excessivo para conversar com ela.

E lá vamos nós.

— Certo, bem... eu sei que estar aqui foi uma decisão e tanto para você, ainda mais com uma formação quase inteiramente nova no nosso time, mas quero que saiba que, se precisar de mim a qualquer momento, estou aqui. Ou a nossa psicóloga, Jade. Você já sabe como essas coisas funcionam, mas eu não me perdoaria se soubesse que você...

Jade parou de prestar atenção nas palavras do treinador e padrasto. Ele estava preocupado e queria ajudar, ela sabia disso muito bem, mas não significava que ainda ouviria a mesma conversa outra vez. Principalmente sabendo que ele não seria a única pessoa a dizer essas mesmas palavras durante todos os próximos dias até que fosse embora da França, quando sua participação nos jogos olímpicos chegasse ao fim. Com medalha ou não.

Ainda assim, ela não estava disposta a lidar com tudo aquilo. Muito menos a tentar entender como as pessoas se recusavam a esquecer o seu passado.

— ... você é a mais velha do time e pode se cuidar tanto quanto qualquer um, confio em você, mas eu me sentiria melhor como o responsável pelos atletas se me avisasse sempre que saísse da vila olímpica para outras programações.

Ora, quem diria. Jade comprimiu os lábios com o pensamento, disfarçando um sorriso curto e assentindo suavemente enquanto o treinador falava.

— Pode deixar — assentiu, batendo a ponta do pé direito no chão. Jade se perguntou se todos do time sabiam disso, porque seria apenas mais um motivo para que não gostassem tanto da sua presença. — Eu nem pretendo sair muito, na verdade. Quero usar o tempo livre para treinar.

— Bom saber, mas saiba moderar. — Hugo sorriu, tocando o ombro dela. — Agora, eu realmente preciso dormir. Nos vemos mais tarde, querida?

Jade confirmou com a cabeça, embora seus planos reais envolvessem apenas ficar no dormitório até o dia seguinte.

Hugo se despediu com um aceno suave, deixando a ginasta sozinha para encontrar o caminho até os dormitórios. Jade checou pela milésima vez as indicações que haviam lhe passado por mensagem. Sexto andar, terceiro corredor, quarto quinze... não poderia ser tão difícil assim – embora fosse assustador andar pela primeira vez por um complexo imenso de dormitórios que não conhecia.

— Jade?

A voz masculina chamou sua atenção do outro lado do corredor, tirando-a de toda a concentração necessária para que seu péssimo senso de direção não fizesse com que se perdesse.

Mas foi impossível não sorrir quando viu Paulo andando na sua direção. O jogador da seleção masculina de vôlei de praia abriu os braços para recebê-la em um abraço caloroso, e era reconfortante que a primeira pessoa que encontrasse por lá fosse ele.

Havia conhecido o atleta anos antes graças a algumas amizades em comum. Era como encontrar um irmão mais velho, e não só pelo jeitinho protetivo e carinhoso de animar qualquer pessoa ao seu redor, mas também por compartilhar com ela o mesmo tom ruivo do cabelo que sempre levantava a pergunta, vinda de desconhecidos, se havia algum parentesco entre eles.

— Eu sabia que você viria, tô tão feliz em finalmente te ver — ele disse, segurando o rosto da ginasta com as duas mãos. — Chegou agora?

— É, eu tô tentando encontrar o meu quarto nesse labirinto.

— Ah, não é tão difícil quando você pega o jeito. Até lá, você vai se perder umas cinco vezes tão feio que nem o Google Maps vai te salvar. — Paulo passou um braço pelos ombros dela, acompanhando-a pelo caminho dos corredores. — E aí, como você tá?

— Sinceramente, cansada — suspirou. — Onde é o seu dormitório?

— O pessoal do vôlei ficou no andar de cima, mas eu provavelmente vou ficar com o meu namorado no hotel em que ele se hospedou. — Paulo parou, como se tivesse acabado de se dar conta de algo muito importante. — Você finalmente vai conhecer ele! O Fernando é um querido, vocês vão se dar superbem.

— Eu vejo vocês no seu Instagram, ele parece ser legal. — E Jade estava feliz em ver Paulo com alguém. Até onde se lembrava, ele costumava ser do tipo que pensava que jamais daria certo com alguém a ponto de se envolver em um relacionamento sério. Se Fernando o fizesse 1% feliz do que parecia nas redes sociais nas vezes em que Jade verificava o Instagram, ela ficaria satisfeita.

Se alguém merecia felicidade ao lado de uma pessoa, esse alguém definitivamente era Paulo Bragança.

Olhando por fora, seria difícil imaginar uma amizade tão forte entre eles – dessas que não importa quanto tempo sem contato se passe, a conversa ainda vai se estender por horas e horas quando se encontrarem. Paulo tinha essa energia de sobra, animação a qualquer horário, um papo solto que rendia absolutamente qualquer assunto.

Jade, não. Bem, ela sempre havia sido a mais quieta em uma roda de amigos, a que preferia passar uma tarde tranquila jogando conversa fora, tomando um café e ouvindo música. Dificilmente encontraria um programa melhor que cozinhar e maratonar filmes. Ah, sim, ela sempre havia sido muito caseira.

E ainda mais nos últimos anos, mas não sabia ao certo se isso era algo bom.

Ainda assim, lá estavam eles, em uma amizade que fazia com que Jade se sentisse um pouco menos deslocada em uma viagem que era seu retorno às competições mundiais, após um período sabático de treinos reduzidos e privados, além de ter de conviver com centenas de desconhecidos.

— Ele é incrível — ele disse, arrancando uma risadinha de Jade. Saber que Paulo havia sossegado em um compromisso era uma surpresa, mas vê-lo falar de alguém em um tom tão apaixonado era quase cômico. Jade precisava mesmo conhecer o cara que o havia deixado assim. — Nós vamos sair pra jantar mais tarde, você topa?

— Hoje não, preciso mesmo de umas horas de sono até meu corpo entender a troca de fuso horário. — Jade parou em frente a uma porta, checando o número para ter certeza de que era mesmo o seu dormitório. Com a presença de Paulo, andar pela infinidade de corredores se tornou um tanto menos desagradável. — Amanhã vou estar livre depois do meu treino da manhã, o que acha?

— Quando você puder, gatinha. — Paulo recostou-se na parede ao lado da porta do dormitório, fitando-a por alguns segundos. Não da mesma forma como Jade sempre se sentia observada, como se enxergassem apenas uma parte dela que ela preferia deixar para trás.

Não. Paulo a olhou como se estivesse apenas muito feliz em vê-la, talvez até aliviado. Jade sabia que o afastamento dos últimos anos havia sido uma responsabilidade sua, e o jogador de vôlei não fez nada além de respeitar o espaço que ela havia colocado entre si mesma e o resto do mundo.

Mas momentos como aquele faziam com que ela percebesse o quanto sentia falta dos amigos que se preocupavam com ela de verdade. Jade tentou muito se preparar para esse tipo de reencontro, mas só conseguia pensar em como queria abraçar aquele cara até conseguir compensar tudo o que havia sido perdido.

— Nós vamos ficar até a final, então temos tempo — ele continuou, por fim. Jade soltou uma risada, ainda que não soubesse bem se pensava a mesma coisa. Dizer que iria para a final parecia ousadia demais, até para ela. — Fefo planejou essa viagem por uns bons meses, então ele sabe de uns restaurantes por aqui que são ótimos. Você trocou de número, não é?

Jade assentiu, sem conseguir conter um sorriso sem graça quando Paulo estendeu o celular na direção dela. Salvou seu número mais recente, entregando o aparelho na direção do amigo.

— Me manda uma mensagem quando for dar uma volta. — Jade se aproximou para um abraço suave, colocando os braços ao redor do pescoço do amigo. — É muito bom te ver, Paulo. Senti sua falta.

— Eu também, pode acreditar. — Paulo beijou sua testa. — Descansa, Jade. Você sabe que eu não vou te deixar dormir direito pelos próximos dias.

— E você sabe que eu não vou aceitar todos os seus convites pra sair.

— Com o meu poder de persuasão, eu vou te arrastar para todas as baladas parisienses — ele brincou, já se afastando. — Boa sorte pra fugir de mim, gatinha. Vou compensar todo o tempo que não te vi até eu vazar desse lugar com uma medalha de ouro.

Jade não respondeu com nada além de uma risada, entrando finalmente no dormitório. Pelo menos alguém ali tinha a confiança de que levaria uma medalha de ouro pra casa.

O reflexo dela no espelho foi a primeira visão do dormitório; o cabelo ruivo bagunçado após as horas e horas de viagem, as roupas amassadas e os olhos cansados. Nossa, precisava mesmo de um bom tempo de sono.

Não antes de ligar para seus pais, na verdade. Porque sua mãe a mataria caso demorasse mais para mandar notícias e comprovar que já estava acomodada e segura.

A ligação de vídeo foi atendida em questão de segundos. Jade contou da viagem, mostrou o dormitório e ouviu sua mãe contar sobre as novidades mais recentes da sua família – sobre como suas tias estavam falando para todos os conhecidos possíveis que a sobrinha mais velha estava novamente nas Olimpíadas e levaria uma medalha para casa, tudo que Jade odiava saber pelo bem de todas as expectativas que não queria criar. Hugo era o que melhor entendia esse lado e tentava ao máximo conter os comentários da sua mãe, por mais que fossem genuínos, mas não funcionava com o restante da família.

— Todas as outras meninas da equipe são mais novas que eu, talvez eu esteja enferrujada para uma medalha de ouro — disse, aconchegando-se na cama. — Quer dizer, vou tentar. Mas não quero que vocês criem muitas esperanças.

— Deixa de besteira, é justamente ser a mais velha do time que te torna experiente! — Jade poderia refutar aquilo com muita facilidade, mas seria tempo perdido. Não era como se ginastas não tivessem um prazo de validade menor que o da maioria dos atletas. — E mesmo se não tiver uma medalha, ainda vamos te amar.

Jade não duvidava disso, mas seria frustrante mesmo assim.

Afinal, era o seu último ano. Ela queria se despedir em grande estilo, como as grandes ginastas que haviam entrado para a história antes dela.

— Mas agora você precisa descansar, meu amor — Clarissa continuou, um sorriso doce cruzando o rosto da mulher. Era um dos momentos em que Jade quase desejava poder ter dez anos novamente, talvez menos, para se proteger do mundo sob os braços protetivos da mãe. Ao mesmo tempo, sentia-se grata por ter alguém tão incrível perto de si. Mesmo com os anos tendo passado e já adulta, Clarissa jamais deixou de cuidar da única filha. — Estaremos acompanhando tudo pela televisão, e não deixe de mandar notícias. Hugo está ocupado?

— Da última vez que o vi, ele disse que precisava hibernar. E pode deixar — assentiu, puxando o cobertor para si. Jade olhou para a mãe pela tela do celular, bocejando brevemente. — Até, mãe.

— Ah, Jade. Não sei se você pensou nisso, mas você sabe se o…

— Não faço a menor ideia — respondeu, rápida. Era surpreendente que sua mãe não tivesse puxado o assunto em quase uma hora de conversa, porque Jade sabia que ele seria um tópico em algum momento. — Acredito que sim, mas dificilmente vou cruzar com ele. Nossos dormitórios não parecem ser próximos e nossos locais de competição muito menos.

— Ah, entendo. Você poderia, talvez…

— Não, mãe. — Jade suspirou, subitamente exausta. — Não quero pensar nisso agora, não é o meu foco. Aposto que o seu marido concorda comigo.

— Bem, uma conversa nunca matou ninguém — Clarissa disse, soltando uma risadinha. — Mas tudo bem, querida. Como você quiser.

Jade prendeu a respiração por alguns segundos ao desligar, encarando o teto escuro do dormitório.

Sabia que alguém traria o assunto à tona em algum momento – e, sendo bem sincera, já esperava que esse alguém fosse sua mãe.

Só não achava que a simples menção já fosse deixá-la sem ar. E não sabia dizer se era no bom sentido ou não.

Mesmo após quatro anos, como alguém conseguia causar tanta coisa nela sem precisar mexer um único músculo? Apenas por existir, pairando por meio de palavras que nem mesmo haviam sido ditas por ele.

Mas Jade Riva não podia perder noites de sono com isso. Não, ela não tinha tempo. Não tinha chance.

Porque estava de volta aos olhos do mundo anos após a sua queda, e tudo que queria era mostrar como ainda era perfeitamente capaz de levar uma medalha de ouro para casa.

CAPÍTULO DOIS

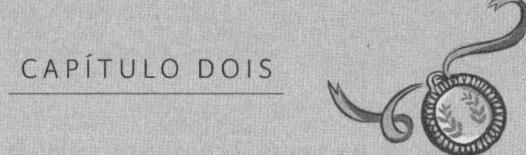

HEY, GOOGLE, COMO FALAR "VAI CAÇAR SAPO" EM INGLÊS

Tóquio, 2020

Vinícius Carvalho não poderia estar mais feliz em Tóquio.

Era a viagem mais longa para fora do Brasil que já tinha feito, mesmo que para competir, mas não apenas isso. Seria a primeira vez que a modalidade street do skate competiria nas Olimpíadas.

Era como fazer história. E se não fosse para deixar as marcas de suas mãos – ou melhor, de seu skate – na história das Olimpíadas e do skate, ele nem participaria dos jogos.

Vinícius tinha chegado no dia anterior e, por mais que seu corpo definitivamente ainda não estivesse acostumado com o fuso horário, o rapaz estava agitado. Havia fugido da vila olímpica ao lado de Patrícia, que participaria da categoria feminina do mesmo esporte, para conhecer o que quer que existisse de interessante por perto.

O risco de se perderem era grande, mas para isso existia a internet e o GPS. Viva a tecnologia.

— Eu ouvi a galera do Canadá comentando que tinha uma cafeteria da Hello Kitty em algum lugar e eu me recuso a voltar sem achar essa preciosidade — Patrícia soltou, procurando pelo lugar no Google. Sem muito sucesso, aparentemente, porque a garota soltou uma respiração irritadiça e guardou o celular no bolso para olhar ao redor. — Talvez, se entrarmos na rua da esquerda…

— Não tem uma cafeteria dessas em São Paulo? — ele perguntou, ocupado demais admirando um dos telões com propagandas no alto dos prédios. Um desses onde tudo era 3D e parecia prestes a cair. Como tudo ali parecia estar quinze anos no futuro? Vinícius achava que era coisa de filmes, ou um exagero turístico de pontos muito específicos. Mas não. — E tu nem curte a Hello Kitty, Pat.

— Mas é uma cafeteria da Hello Kitty em Tóquio — Patrícia devolveu. A garota de um metro e setenta prendeu as tranças desajeitadamente. — O que você quer achar, então? Porque nós paramos em umas trinta lojas de roupas e lembrancinhas desde que saímos e você só olha, nunca leva nada.

— Porque eu não vim pra gastar, espertona. E ouvi falar que tem um restaurante temático de Jojo's, então...

— Eu me recuso a entrar em um restaurante de anime com você, Vinícius.

— Bah, pode voltar sozinha pro tédio da vila olímpica, então — devolveu, acertando a amiga com uma cotovelada leve.

Patrícia era, facilmente, uma das únicas pessoas que conseguiam fazer com que Vinícius se sentisse completamente confortável onde quer que estivesse. Ela o entendia como ninguém, incluindo a sua preferência – ou mania, cada um que chamasse como bem quisesse – de manter-se recluso em seu círculo mínimo de pessoas em quem sabia que podia confiar. Viajar para o outro lado do mundo entre tantas pessoas desconhecidas seria uma tortura se ela não estivesse por perto.

A amiga também entendia e respeitava o momento delicado pelo qual ele estava passando. Momento que quase, por muito pouco, não o tirou do maior evento esportivo do mundo. Por isso, quando Vinícius disse que não aguentaria passar mais cinco minutos no dormitório e a chamou para andar sem rumo pelas ruas infinitas e desconhecidas de Tóquio sem que seu treinador soubesse, ela aceitou no mesmo momento. Mesmo que provavelmente ainda estivesse exausta da viagem até ali.

Mais de vinte e quatro horas dentro de aviões não era para qualquer um.

Vinícius assobiou quando chegaram em uma praça extensa, não pensando duas vezes antes de tirar o skate da mochila e ajustar o boné com a aba para trás. Patrícia fez o mesmo ao perceber que não eram os únicos ali praticando, já que havia um grupo de cinco ou seis pessoas – provavelmente locais, e não atletas profissionais – fazendo o mesmo pelas rampas e escadarias, canteiros de flores e paralelepípedos. Qualquer obstáculo mínimo que apresentasse a possibilidade de uma boa manobra.

Aquilo era tudo que Vinícius precisava. Para esquecer o caos que havia deixado para trás no Brasil, para esquecer um pouco a grande responsabilidade que carregava nas costas ao representar não apenas o Brasil, como também todo e qualquer skatista que precisou escutar que skate não era um esporte, que não merecia um lugar nas Olimpíadas.

Entre tantos que vieram antes dele, ele era um dos primeiros a ter essa oportunidade. E entre tantos que viriam depois, Vinícius prepararia o terreno ainda novo para eles.

Um peso e tanto para alguém de apenas dezoito anos. Só não parecia pior que o peso de ouvir das tias em todos os finais de ano que focar em passar em uma faculdade de direito ou medicina lhe traria mais frutos. Ah, não. Definitivamente seria algo muito pior.

Ele perdeu a noção do tempo entre as tentativas de executar alguns dos movimentos mais difíceis que planejava tentar nas etapas da competição e a concentração nas músicas que tocavam no volume máximo nos seus fones de ouvido. Uma hora, talvez duas. Talvez mais. Foi apenas quando parou para se agachar e procurar pela garrafinha de água que tinha na mochila que percebeu que não estava apenas com sede, como também com fome. Muita fome.

— Você viajou totalmente — Patrícia comentou, sentada ao lado da mochila. — Faz quarenta minutos que eu parei.

— Tu se cansa rápido — provocou, soltando uma risada quando a amiga o empurrou para trás com um chute no joelho. Se não tivesse uma mão livre para apoiar-se no chão, teria caído. — Não menti. Tá com fome?

— Pra cacete. — Patrícia olhou ao redor. — Não que meu inglês seja bom como o seu, mas um dos garotos que estava na rampa com a gente comentou que tinha um restaurante muito bom e com um preço amigável uns cinco minutos pela rua acima. Eu duvido que consiga comer essas coisas gordurosas de rua.

— Eu ficaria muito feliz com aquela panqueca que nós vimos no caminho pra cá, na verdade.

— Aquela em formato de peixe que estava literalmente nadando em óleo? Não, obrigada. Minha cara explodiu de espinhas só de pensar, eu não tenho a sua genética boa.

— Só se está em Tóquio para os jogos olímpicos uma vez na vida.

— Não. Eu aceito comida de verdade, algo que qualquer pessoa comeria no almoço.

— Sem graça.

— E você precisa urgentemente de uma reeducação alimentar se quiser sobreviver até os trinta anos — ela devolveu, pegando a própria mochila e jogando-a sobre o ombro.

Patrícia abriu a boca para continuar falando enquanto Vinícius permanecia no chão para se hidratar, mas foi interrompida quando uma terceira pessoa se aproximou. O rapaz desviou o olhar na direção da garota de cabelos ruivos ondulados e roupas coloridas que pareciam ter acabado de sair de uma das revista de moda jovem que sua irmã adorava comprar quase semanalmente, ou de um conto de fadas moderno.

A moça ruiva começou a falar usando o pior inglês que Vinícius havia escutado na vida, embora ainda conseguisse entender algumas palavras e perceber que ela estava perdida e procurava pela vila olímpica. Era cômico vê-la pensar que eles não falavam português, mas era um esforço admirável não dar risada na cara dela.

Aparentemente, a expressão que fez para tentar conter uma risada fez com que ela pensasse que ele não estava entendendo o português e nem o suposto inglês da garota, porque ela ergueu um dedo para pedir um momento quando ele abriu a boca para interrompê-la e tirou o celular do bolso para acessar um aplicativo de tradução.

Vinícius nunca precisou tanto se segurar para não rir de algo. Só porque não queria deixar a garota mais sem jeito do que ela já parecia estar. Patrícia, por sua vez, parecia genuinamente perdida quanto a qual seria o melhor jeito de informar para a ruiva que ela estava tendo um trabalho desnecessário para se comunicar com duas pessoas que falavam a mesma língua que ela. Patrícia sempre fora um pouco mais séria que Vinícius.

— Você sabe o caminho para a vila olímpica? — ela perguntou, em português, na direção do microfone do celular que rapidamente traduziu a pergunta para o inglês.

Vinícius demorou alguns segundos para entender que ele deveria ser o próximo a falar para que o celular dela traduzisse a resposta. A garota abriu um sorriso simpático que também pedia desculpas de maneira silenciosa pela situação, e o skatista precisou limpar a garganta para focar no que ela precisava.

Só para não perder a piada, ele se inclinou na direção do celular.

— Eu recomendo muito o uso de um GPS da próxima vez que tu sair sozinha em um país completamente desconhecido — disse, não contendo uma risada baixa quando a garota arregalou os olhos. Ela alternou os olhares entre Vinícius e Patrícia, que direcionou um olhar de desculpas pelo comportamento do amigo.

— Acho que esse é o momento mais vergonhoso de toda a minha vida — ela soltou, guardando o celular na bolsa como se subitamente fosse o instrumento tecnológico mais inútil que pudesse ter em mãos. Respirou fundo, arrumando uma mecha do cabelo atrás da orelha antes de dar de ombros. — Em minha defesa, a minha internet acabou e a única coisa que funciona é o aplicativo de tradução. Você realmente me deixou passar pela humilhação de tentar me comunicar em inglês sem dizer nada?

— Tu tava tentando tanto, eu praticamente não tive como te interromper.

— Ele é meio babaca de vez em quando, mas eu juro que consegue ser legal quando quer. — Patrícia se aproximou com um sorriso largo, estendendo a mão para ela. — Eu sou a Patrícia, prazer.

— Jade. — A garota olhou para Vinícius como se esperasse que ele se apresentasse também, mas o skatista parecia distraído demais com os cadarços dos próprios tênis. — Vocês estão aqui para ver os jogos, ou...?

— Participar. Somos do skate. — Patrícia apontou para o skate guardado na capa da mochila e o que estava sob os pés de Vinícius.

— É a primeira vez, né? Isso é tão legal. — Jade olhou ao redor, para os outros skatistas que ainda circulavam pela praça sobre as quatro rodas. — Eu sou ginasta.

Dessa vez, Vinícius não conteve uma risada anasalada e baixa, talvez baixa o suficiente para que Jade ou Patrícia não tivessem notado.

Mas era mais forte do que ele e nem um pouco culpa sua, podia jurar. O histórico dele com alguns dos ginastas – e outros atletas em específico, por múltiplos motivos – não era dos melhores nos últimos tempos. Não sabia se Jade fazia parte dessa mesma galera, mas imaginava que sim, ou que passaria a fazer parte em algum momento dali em diante. Fofocas corriam rápido entre membros de um mesmo time, especialmente se as pessoas faziam parte da mesma modalidade.

— Eu falei alguma besteira? — ela perguntou, chamando a atenção dele. Não que Jade precisasse de muito para chamar a atenção para si, mas Vinícius estava realmente tentando ignorar como ela tinha essa coisa magnética tão intrínseca a cada movimento que fazia. Até mesmo quando soava levemente incomodada.

Ou tentava soar incomodada, talvez irritada. O um metro e meio de altura não ajudavam muito nesse quesito, mas Vinícius não queria mencionar essa parte em voz alta para estressar mais ainda alguém que mal conhecia.

— Não, nada — negou, balançando a cabeça ao se pôr de pé. — Fui eu que disse algo?

— Sobre a vila olímpica — Patrícia se apressou em dizer, fazendo cara feia na direção de Vinícius por um segundo antes de voltar a atenção para a sua nova amiga —, não é tão longe... por onde você veio?

Vinícius observou, de braços cruzados, as duas conversarem sobre o caminho percorrido e o que seria necessário percorrer para a volta, esperando ansiosamente pelo fim do bate-papo para que pudesse voltar para a sua programação normal – mesmo que envolvesse tomar uma bebida quente no café da Hello Kitty com Patrícia.

— Na verdade, estávamos indo comer alguma coisa — a skatista disse, quando as duas finalmente pareceram entrar num acordo verbal sobre onde estavam entre as infinitas ruas que os separavam dos dormitórios dos atletas dos jogos. — Você não quer vir também?

Jade abriu a boca para responder, mas se conteve por um momento. Olhou na direção de Vinícius antes de finalmente balançar a cabeça negativamente. Como se sua resposta tivesse acabado de mudar por causa dele.

E, bem, ele também não poderia dizer que não se sentiu um pouco aliviado com isso. Estaria mentindo se dissesse que queria ficar mais tempo com alguém da ginástica quando seus planos para o passeio envolviam apenas ele e sua melhor amiga.

— Acho melhor não, eu acabei de sair da cafeteria da Hello Kitty e acho que nem comecei a digerir os muffins que comi. — Jade balançou a sacolinha rosa que tinha em mãos no ar. — E ainda trouxe um estoque de biscoitos recheados de lá, então vou ficar bem.

— Ai, meu Deus. Você achou a cafeteria da Hello Kitty! — só para provocar, Patrícia abriu o maior sorriso que Vinícius já havia visto no rosto da melhor amiga em muito tempo, como se ele não estivesse olhando na exata mesma direção que ela. — Onde é? Nós procuramos por um tempão!

Ao contrário de Patrícia, era fácil visualizar Jade na cafeteria da Hello Kitty. Vinícius não conteve um sorriso cheio de dentes com o pensamento, o que incomodou ainda mais Jade – provavelmente por não fazer a menor ideia do que ele estava pensando.

— Você só precisa subir as próximas duas ruas e virar à direita! É fácil de achar a explosão rosa no meio da rua. — Jade mudou o peso do corpo de um pé para o outro desajeitadamente, cruzando o olhar com o de Vinícius mais uma vez. Ela desviou os olhos rapidamente, voltando a atenção para Patrícia. — Mas eu vou indo, realmente preciso de um cochilo antes do meu próximo treino. Foi bom conversar com você, Pat. A gente se vê por aí.

Patrícia se despediu da ginasta como se a conhecesse há anos e não há menos de trinta minutos. Jade apenas acenou com a cabeça na direção de Vinícius antes de virar para ir embora.

Ele soltou a respiração que sequer sabia que estava segurando ao virar-se na direção contrária para pegar a mochila do chão.

— O que deu em você? — Patrícia perguntou, com as mãos na cintura.

— Nem vem, eu não fiz nada!

— Não fez nada mesmo, inclusive agiu como uma porta.

— Tu sabe que eu não me dou bem com os guris da ginástica desde que aquele cara falou merda, oras. — Vinícius estendeu a mochila da amiga na direção dela. — Vamos pra sua cafeteria da Hello Kitty, eu tô com fome.

Ela queria discutir, e Vinícius sabia bem disso.

Mas desistiu no instante em que Vinícius ergueu uma sobrancelha. Ambos sabiam que não adiantaria absolutamente nada. Ele não queria qualquer proximidade com ginastas, e até Patrícia duvidava que qualquer coisa fosse capaz de mudar isso. Vinícius sabia ser coerente em suas decisões, e não se misturar com quem não simpatizava fazia parte das coisas que sua teimosia não o deixaria mudar.

Vinícius olhou para trás antes de sair da praça ao lado da melhor amiga, apenas para checar se... ele não sabia ao certo o que queria checar. Se Jade estava indo pelo caminho certo? Não tinha bem como errar dali para a frente.

No mesmo instante, porém, Jade também se virou para trás. Parou ao notar que era observada, abrindo um sorriso quase debochado para acenar na direção do skatista como se fossem grandes amigos. Não como se ele não tivesse passado todos os minutos na presença dela esperando que fosse embora logo.

No olhar penetrante daqueles olhos verdes, irônicos e atentos da ginasta, Vinícius Carvalho se perdeu pela primeira vez.

CAPÍTULO TRÊS

PRECISA EXISTIR UMA MÚSICA DA TAYLOR SWIFT QUE TRADUZA O MEU DESESPERO

Paris, 2024

Jade acordou cedo após uma longa noite de sono que definitivamente compensou as horas dentro do avião. Tinha planos para se aventurar no dia parisiense.

Mas não antes de treinar. Uma área separada havia sido disponibilizada para que os atletas da ginástica do mundo inteiro pudessem praticar e se preparar para os jogos numa escala rotativa de horários, e o time brasileiro havia sido contemplado — Jade ainda não sabia se era um castigo ou um presente — com o primeiro horário do dia, cedo demais para qualquer ser humano normal.

Mas ela costumava mesmo pensar que atletas não se encaixavam bem na categoria de seres humanos normais.

— Bom dia, Jade — Hugo a cumprimentou assim que entrou no espaço, com cara de sono e um café em mãos. Jade não gostava de tomar café ao acordar e antes de um treino, então havia se contentado bem com um copo generoso de água e uma salada de frutas que havia encontrado no refeitório da vila olímpica. — Não achei que viria hoje.

— Por que eu não viria?

Hugo a encarou, talvez percebendo o quanto havia sido uma suposição idiota pensar que Jade perderia um treino. Estando longe de casa ou não, ainda era um treino às vésperas dos jogos olímpicos em Paris.

Não que Jade já não estivesse extremamente acostumada com todas as pessoas ao seu redor esperando um comportamento... diferenciado vindo dela.

Mas estar acostumada não significava gostar disso, e Jade odiava. Só não tinha energia suficiente para argumentar contra. Parecia muito mais fácil mostrar a todos o quanto estavam errados em esperar algo diferente dela.

— Não sei, achei que preferiria sair por aí — ele disse, por fim.

— Ainda vou sair, mas depois do treino. — Jade tirou o casaco e a calça de moletom que usava por cima de seu body confortável, acenando para as outras pessoas do time ao se aproximar de onde já se aqueciam e se alongavam. Aproximou-se mais de Mira para ajudá-la a alcançar os pés com as mãos.

Mira tinha quinze anos e já estava nas Olimpíadas. Era ótima, exemplar. Jade gostava dela, especialmente quando a garota pedia por ajuda quando ousava tentar um movimento novo. Fazia com que Jade se sentisse útil. Talvez até mesmo um exemplo para alguém.

Afastou-se de Mira apenas quando chegou a sua vez na fila sequencial para a trave. A única trave onde deveria se equilibrar durante uma apresentação, nunca tocando o chão.

Era a especialidade de Jade.

Claro, havia o salto sobre mesa, as barras assimétricas e o solo para a modalidade do time feminino, mas ela amava subir naquela trave e fazer os mais diversos movimentos com um espaço limitado. Não sabia dizer se via algum tipo de dificuldade a mais ou a menos no instrumento, se era o foco intenso que exigia que esvaziasse a mente de uma forma que não conseguia quando estava treinando outra modalidade.

Só era onde Jade sentia-se grande outra vez. Capaz de qualquer coisa.

Ou, pelo menos, era onde costumava se sentir assim. Ela ainda estava à procura desse sentimento depois dos acontecimentos dos últimos anos.

Um passo de cada vez.
Um salto de cada vez.
Um giro de cada vez.
Ela conseguiria.

Jade prendeu a respiração quando seu pé pisou mais à esquerda do que deveria no pouso de um mortal duplo. Ela não caiu, mas precisou erguer os braços para recuperar o equilíbrio. Um erro comum, talvez, mas que não deveria acontecer no momento dos jogos. Já havia feito uma infinidade de movimentos mais complicados muito mais vezes, não era como se aquele pequeno tropeço fosse definir todos os seus passos dali pra frente.

Será?

Ah, droga. Jade tentou disfarçar com alguns giros mais simples para saltar para fora da trave, torcendo para que ninguém tivesse notado.

— Por que não fez a finalização? — Hugo perguntou, com os braços cruzados. Ele não estava checando Mira no salto sobre a mesa segundos antes?

— Preciso ir ao banheiro — mentiu, abrindo um sorriso desajeitado. — Não ia conseguir saltar assim.

— Certo — ele assentiu, embora Jade não soubesse ao certo dizer se ele parecia ter acreditado ou não. Provavelmente não, mas Jade podia aproveitar de seu privilégio de ser uma protegida dessa vez.

★ ★ ★

A garota gastou alguns segundos olhando para a parede do banheiro como se fosse a visão mais importante da sua vida.

Pegou o celular ao senti-lo vibrar na bolsa, não contendo um sorriso ao ver que era uma mensagem de Paulo.

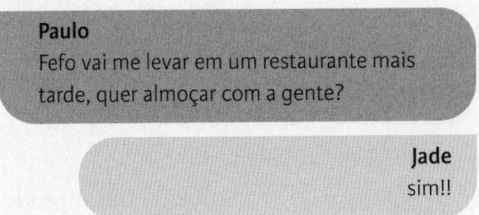

Por mais que planejasse sair sozinha após o treino, o convite de Paulo era algo que não queria negar. Se pudesse passar o seu tempo livre para almoço perto de pessoas com quem se sentia confortável, iria.

Só precisava treinar um pouco mais.

A ginasta arrumou o cabelo e respirou fundo antes de voltar.

Tentaria mais uma vez.

Suas sequências seguintes foram mais animadoras. Poucos erros, quase nenhum. Jade se sentiria melhor se não errasse os pontos mais simples, mas poderia lidar com isso. Era para isso que serviam os treinos, não?

— Nosso horário acabou, Jade. — Hugo se aproximou quando a ginasta parecia prestes a tentar um salto específico sobre a mesa pela terceira vez. — Que tal tentar esse salto amanhã?

Jade piscou, confusa. Precisou olhar para o relógio para perceber que as duas horas reservadas para o time brasileiro haviam chegado ao fim. Ainda queria tentar mais – especialmente depois de falhar duas vezes e mudar os planos no último segundo antes do impulso para o salto –, mas não podia.

No dia seguinte, talvez.

— Não vi o tempo passar — confessou, batendo o pó de magnésio nas mãos. — Acho que fui bem.

— Você sempre vai bem, querida. Treinando tanto, seria difícil não ir.

Jade se limitou a responder com um sorriso sem graça. Ela sabia que ele primeiro fazia um comentário muito bondoso para logo emendar outro ruim, na esperança de evitar que ela ficasse chateada.

— Você tem feito aquele exercício de foco que conversamos?

Ah, o exercício de foco. Olhar diretamente para o equipamento e não pensar em absolutamente nada, algo assim. Jade já havia dito isso uma vez, mas Hugo não parecia entender que fazer isso poderia só piorar o real problema dela. Ele poderia ser o treinador excepcional que era, mas provavelmente nunca levaria a sério o que Jade dizia quando tornava públicas suas dificuldades nos treinos.

Afinal, ela era Jade Riva. Já havia sido tão boa, como poderia decair? Era impossível. Uma ginasta de verdade não desaprende o que aperfeiçoou por anos e anos.

Talvez Jade não fosse uma ginasta de verdade, então.

— Eu preciso ir, combinei de encontrar um amigo — respondeu, mesmo que não fosse a resposta que Hugo procurava.

— O mesmo amigo das últimas Olimpíadas? — ele questionou, quase acusatório.

Se eu tiver sorte, esse aí não vai sequer olhar na minha cara. Jade não diria aquilo em voz alta quando seu intuito era justamente não prolongar uma conversa que não queria ter com seu treinador.

— Não, não é. — Jade acenou, já se afastando na direção da mochila para dar o fora dali. — Até, Hugo.

O caminho do ginásio de treino até a vila olímpica poderia facilmente ser feito a pé, e Jade não tinha muita opção além de fazê-lo se não quisesse gastar o dinheiro que tinha levado para a viagem com transporte.

Teria aproximadamente duas horas antes do horário definido por Paulo para que se encontrassem antes de ir para o tal restaurante. O que era tempo suficiente para um bom banho.

A ginasta colocou os fones nos ouvidos, encolhendo-se sob o moletom que a protegia do vento atípico para aquela época do ano. Quando pensava em visitar Paris pela primeira vez, Jade imaginava roupas bonitas e uma programação de pontos turísticos e restaurantes variados para que pudesse desfrutar do melhor que a cidade poderia lhe oferecer. Paris, a tal cidade mais romântica do mundo. Mas a realidade era bem diferente. Em primeiro lugar, a rotina intensa de treinos e a pressão da competição não permitiam que ela tivesse muito tempo livre e, em segundo, amor e romance não eram coisas que a interessavam.

A verdade era que Jade já havia sonhado mais com o amor. Não sabia ao certo o que pensava sobre isso – Paris e o sentimento –, mas sabia que não era mais o seu maior foco. Não, de modo algum. Sua prioridade era a medalha de ouro, que estava com um lugar reservado entre todas as outras que tinha em casa. A primeira medalha olímpica.

Jade pegou um sanduíche natural no refeitório já quase vazio, apenas para não ficar com a barriga vazia até o horário do almoço com Paulo, voltando para o dormitório logo em seguida. Mandou uma mensagem para a mãe, dizendo que o treino havia sido muito bom e que sairia com um velho amigo para comer.

— Jade, nós vamos pra uma festinha organizada pelo time de natação — disse Yasmin, que dividia o mesmo dormitório com Jade, que apareceu entre a divisória das camas que imitava uma parede, mas era muito mais fina que isso. — Umas oito da noite, eu acho. Você vem?

Jade encarou a menina de dezoito anos, o sorriso leve e a clara excitação por estar prestes a competir nas Olimpíadas. Era como ver a Jade de quatro anos atrás.

— Onde vai ser? — Jade se levantou, indo até as malas que ainda não haviam sido desfeitas para procurar pelas roupas que usaria para sair.

— Em um barzinho perto daqui, aparentemente. — A garota se inclinou para olhar as roupas que a outra tirava das malas. — Adoro como você se veste.

— Valeu. — Era, provavelmente, o primeiro sorriso genuíno daquela manhã. Nada como um elogio ao estilo vindo de uma pessoa formada em moda para alimentar seu ego. Jade ainda se achava muito mais básica do que realmente gostaria de ser, mas já priorizava o conforto acima do estilo há algum tempo. — Eu vou pensar. Vou almoçar com um amigo e devo voltar bem antes, mas não me esperem caso eu não esteja aqui na hora.

— Legal. — Ela sorriu. — Vai ser legal. E nós vamos ter bem menos tempo quando os jogos começarem.

— Nem me fale — suspirou, alcançando a bolsa com as maquiagens que havia separado. O básico, na verdade, para que sobrevivesse todos aqueles dias com uma mala tão pequena. Toda a maquiagem que usava para as performances estava em outro lugar. — Não sei como eu arranjava tempo pra respirar na minha outra vez.

Na verdade, Jade sabia muito bem. Só não tinha coragem de admitir.

Depois que Yasmin foi embora, Jade começou a se arrumar para o almoço. Não usava maquiagem demais no dia a dia, não mais do que um delineado clássico e algo na boca, sem muita cor. Esse era um hábito mais recente.

Quando estava pronta, mandou uma mensagem para Paulo para avisar que logo estaria saindo para o ponto de encontro e guardou o celular na bolsa.

Haviam combinado de pegar um carro na rua ao lado da vila olímpica, em frente a uma cafeteria que Jade estava particularmente curiosa para conhecer assim que tivesse tempo para realmente saborear um café parisiense de qualidade sem se preocupar com o tempo.

Jade aproveitou o elevador para tentar arrumar o cabelo. Nada muito complexo, já que não tinha tempo. Mas pegou uma presilha que tinha sempre guardada na bolsa e prendeu as duas mechas da frente, tirando-as do rosto.

O elevador parou, mas não no térreo. Jade não sabia se estava no nono ou décimo andar, considerando que havia saído do décimo primeiro.

Não que importasse.

Porque a pessoa que entrou era ele.

Ele. A última pessoa que esperava ter que encarar, por mais que soubesse que poderia acontecer a qualquer momento. Jade ainda gostava de acreditar na própria sorte de vez em quando, mesmo que ela a deixasse na mão com uma frequência terrível.

Como naquele exato momento.

Vinícius Carvalho arregalou os olhos por um curto segundo, mas pareceu se esforçar para não demonstrar assim que percebeu que aquilo estava mesmo acontecendo. Jade, por sua vez, não achava que tinha a mesma capacidade. Ela permaneceu de costas para ele, o olhando fixamente pelo reflexo do espelho do maldito elevador que parecia mil vezes menor agora que ele estava ali também.

O skatista encostou-se no canto paralelo ao que Jade estava, ajustando o boné verde, que com certeza era o mesmo de cinco anos atrás, sobre os fios cacheados e escuros, que também pareciam maiores sob o acessório. Ele tinha mais tatuagens, mais piercings. Jade lembrava de alguns dos furos nas orelhas e da argola no lábio inferior, mas o da sobrancelha era uma novidade.

Ele umedeceu os lábios para falar, e Jade sabia que qualquer coisa que ele dissesse seria o seu fim. Assim como havia sido quatro anos antes.

— Oi, ruiva.

CAPÍTULO QUATRO

POSSO SER UM FRACASSO, MAS PELO MENOS EU NÃO CONFIO NA WIKIPÉDIA

Tóquio, 2020

Vinícius Carvalho caiu do skate pela milésima vez apenas naquela manhã. Provavelmente não era um exagero.

Mas, dessa vez, permaneceu no chão, colocando um braço sobre os olhos para protegê-los do sol do dia japonês. Vinícius esperou por qualquer indicativo de dor, encarando a possibilidade de ter caído de mau jeito faltando apenas dois dias para a estreia do skate nas Olimpíadas.

Como a dor não veio, aceitou que havia sido apenas mais uma de suas mil quedas. Nada fora da programação.

Se fosse permitido fumar nas ruas do Japão, estaria acendendo um cigarro.

— Se o seu intuito for ganhar o prêmio de melhor queda, até que está se saindo bem. — Patrícia se inclinou sobre ele, segurando o cabelo escuro para que não caísse sobre o rosto carregado por um sorriso largo. — O que você tá tentando fazer, afinal?

Ele não sabia. Quer dizer, em teoria, deveria estar treinando sua sequência para o início dos jogos em dois dias, mas Vinícius ainda não fazia a menor ideia de qual seria sua sequência, então estava apenas treinando a maior quantidade de manobras que pudesse para que, no momento certo, escolhesse a que mais o beneficiaria no sistema de pontuação.

Esse era o problema de estar competindo em uma categoria que estava ali pela primeira vez. Vinícius não sabia o que os jurados esperavam, o que os outros skatistas haviam preparado e o que as pessoas haviam feito antes dele – porque não existia ninguém. Talvez pudesse usar como base algumas sequências apresentadas na Street League, mas ainda não sabia o quanto esperariam de alguém nas Olimpíadas. Em teoria, deveriam ser os melhores entre os melhores.

E os melhores estavam na Street League, mas Vinícius nunca havia sido sequer considerado por ela. Como saberia se seria bom para o nível das Olimpíadas se não parecia ser bom para o nível da Street League?

A Street League era a competição internacional entre os melhores dos melhores, aqueles que já estavam na história do skate de alguma forma. Vinícius poderia contar nos dedos os brasileiros que já tinham feito parte disso durante toda a trajetória de skatistas dessa competição, e não precisava de muito para saber também que estava longe de ser um deles. Principalmente se considerasse a falta de patrocinadores, dinheiro... Ter destaque no cenário brasileiro para ser convocado para as Olimpíadas era uma coisa, mas estar entre os melhores do mundo em uma competição onde não havia separação entre atletas de países diferentes era outra.

Era uma lista de complicações, e poderia citar cada uma delas para quem quisesse.

Tudo bem, a culpa definitivamente não era da Street League. Apesar do destaque na confederação brasileira, Vinícius estava longe de ser a estrela no cenário mundial. Não tinha patrocinadores pra isso, e quase não os teve para as Olimpíadas também. Podia chamar de sorte.

Patrícia, não. A família dela era formada por skatistas que passaram por momentos de destaque na Street League. Era de se esperar que alguém talentoso como ela chamasse a atenção de patrocinadores quase imediatamente assim que começasse a aparecer nas competições com visibilidade mundial.

Vinícius havia saído do nada. Ele não tinha qualquer autoridade.

Talento, talvez. Mas só talvez. Estava prestes a descobrir se sim.

— *Nose to back* — respondeu, finalmente, soltando uma risada ao ver a amiga arregalando os olhos. — Não me olha assim.

— Você sabe quantas pessoas tentaram isso na Street League? Muitas — Patrícia começou, e Vinícius tornou a colocar o braço sobre os olhos. Não para protegê-los do sol, embora ainda estivesse no chão.

Mas porque sabia que viria uma bronca da amiga a seguir. — Sabe quantos conseguiram? Poucos.

— Eu não sou da Street League, então não entro nessas estatísticas — argumentou.

— Quantas vezes você conseguiu?

Vinícius fingiu pensar por um segundo. Ele sabia da resposta, mas sabia que Patrícia não gostaria dela.

— Uma.

Patrícia soltou um som sôfrego, afastando-se em seguida.

— Eu sei que é arriscado, mas é minha melhor chance de garantir bons resultados.

— Seria a melhor chance se você soubesse que vai acertar na hora mais importante, Vini.

— Bah, tu não sabe se vou errar — murmurou, dando de ombros. Patrícia o encarou como se pudesse destruí-lo com o olhar. Se ela continuasse o encarando por mais alguns segundos, talvez conseguisse. — Relaxa, vou saber o que fazer na hora certa.

— Acho bom que saiba — ela resmungou, virando uma garrafinha de água antes de entregar outra na sua direção. Vinícius olhou para o relógio no pulso, contando que já estavam lá há cerca de duas horas. E ainda ficaria mais, se pudessem. Infelizmente ou não, havia combinado que participaria de uma entrevista ao lado do treinador com o time masculino de skate após o almoço.

— Tá livre essa noite? — perguntou, mudando de assunto. A amiga o encarou, confusa. — O que é?

— O que você tá aprontando?

— Quem disse que eu estou aprontando?

De certa forma, estava aprontando.

E Patrícia o conhecia muito bem. Por mais que morassem longe um do outro – ele, no Sul, e ela, na capital de São Paulo –, conversavam o suficiente para que ela soubesse de todas as suas nuances. Seu gostos, desgostos, os assuntos de que odiava falar e como agia quando estava prestes a soltar uma ideia arriscada ou perigosa.

E, naquele momento, tinha uma ideia arriscada e perigosa em mente.

— Fala, Vinícius.

— Topa ir na festa que aquele ginasta tá organizando?

Patrícia ergueu uma sobrancelha. Em resposta, Vinícius sorriu inocentemente enquanto sentava-se no chão e ajustava o boné verde sobre o cabelo.

— Não é o mesmo ginasta que disse que o skate jamais deveria ser considerado um esporte e fazer parte das Olimpíadas? — ela perguntou, embora soubesse bem a resposta.

— Exatamente — assentiu, despreocupado.

— E por que você iria para uma festa organizada por ele, até porque você não seria bem-vindo, uma vez que não foi nem oficialmente convidado?

— Porque eu tô a fim de irritar ele. — Vinícius tirou o celular do bolso para mudar a playlist que tocava nos fones que tinha nos ouvidos. — Além disso, o Pedro, da natação, me convidou.

— Ele provavelmente não sabe que o anfitrião te odeia.

— E nem precisa saber. — Quando se pôs de pé, Vinícius soltou um som dolorido ao sentir o peso do corpo sobre o pé direito. Nada forte demais, nada que um saco de gelo não resolvesse no final do dia. Já havia passado por aquilo vezes demais para se preocupar. — Não precisamos ficar muito, só dar um oi. Preciso de uma parceira de crime.

Patrícia estreitou os olhos, esperando qualquer sinal de que planejava algo mais. Ela realmente não encontraria.

— E aquela ginasta que nós conhecemos ontem?

Vinícius demorou alguns segundos para se lembrar do breve diálogo com a garota ruiva. Quando lembrou, deu de ombros mais uma vez.

— O que tem ela? — perguntou, já em cima do skate, mas sem tomar qualquer impulso para se afastar de Patrícia.

— Não tá indo pra essa festa pra ver ela, tá?

Vinícius fez uma careta. Jade era bonita, sim. E talvez, só talvez, tivesse a capacidade de ser uma pessoa melhor que dois ou três caras do seu time que eram babacas completos.

Não significava que pensaria nela daquele jeito. Não tinha tempo e, sinceramente, nem pique pra isso.

— Dá um tempo, Pat. A última coisa que eu quero é ter qualquer coisa com qualquer pessoa, ainda mais se a guria for parte dessa galera aí da ginástica — disse, balançando a cabeça. — Mal falei cinco minutos com ela.

— Foi mal, eu ainda esperava que existisse um pouco de humanidade em você. Não apenas planos diabólicos para infernizar um cara chato.

— Ele não é *só* chato — devolveu. — Mas podemos conversar depois, vou tentar a manobra que quero fazer mais algumas vezes até meu horário de almoço com Pietro.

— Você notou que eu não aceitei o seu convite pra ser penetra, né?

— Mas vai aceitar — Vinicius disse, afastando-se da amiga.

Patrícia não respondeu. Se era porque realmente aceitaria ou porque Vinícius já estava longe demais quando disse aquilo, ele não sabia.

Mas ela aceitaria.

Vinícius ficou na pista de skate até o último minuto possível, deixando a amiga para almoçar com o treinador.

Pietro era o principal responsável por Vinícius e sua carreira como atleta profissional – embora ainda fosse estranho para ele se autodenominar assim, já que nunca pensara que poderia fazer o que amava de maneira profissional. Mas não sabia ao certo se conseguia vê-lo como um treinador. Pietro o conheceu quando já sabia fazer bem boa parte do que fazia, então sempre ficou com a parte mais chata e que Vinícius odiava: incluir o nome dele em competições e eventos.

Bem, tinha a parte de comparecer aos eventos – não podia fugir disso. Mas ter alguém para organizar tudo ao seu lado tornava as coisas um pouco menos odiosas.

E gostava de Pietro. Era uma das poucas pessoas que o suportavam independentemente do humor dele no dia, e isso já dizia muita coisa.

— É uma entrevista simples — ele disse, terminando um prato de salada de macarrão enquanto Vinícius estava na metade de um hambúrguer do único restaurante não japonês que tinham encontrado perto de onde a entrevista aconteceria. Pietro tinha um paladar muito restrito para um adulto de quarenta e poucos anos. — Provavelmente vão perguntar como você começou a praticar, como é estar nas Olimpíadas...

— Eu tenho que dar a resposta bonitinha ou a resposta sincera?

Pietro o encarou.

— Como assim?

— Falo que conheci uns guris em uma pista de skate quando matei aula pela primeira vez?

Estava brincando, obviamente. Sabia que não deveria falar sobre o péssimo hábito de matar aula quando era mais novo, mas era engraçado ver Pietro respirar fundo e passar os dedos pelos fios grisalhos como se estivesse considerando arrancá-los da própria cabeça.

— Não, Vinícius. Você não diz que matava aula.

— Suponho que também não deva falar de como o meu pai quebrou o meu primeiro skate...

— Dê a resposta bonitinha. Não precisa mentir, mas não fale sobre seu pai.

— Pode deixar — concordou, puxando pelo canudinho o resto de refrigerante que ainda tinha no copo. — Algo mais que eu precise saber?

— Seja educado.

Vinícius o encarou.

— Eu sempre sou educado.

— Sabe, seja *realmente* educado. Sorria um pouco, finja que está feliz por aparecer na televisão. Ou feliz por existir na sociedade humana sendo o ser supremo que você parece achar que é.

O skatista bufou. Estava feliz por estar ali, estava feliz pela oportunidade não apenas de ir tão longe para competir, mas também de fazer isso nas Olimpíadas. Conhecia uma quantidade impressionante de pessoas que sonhavam com isso, mas era ele quem estava ali. E realmente estava feliz com a situação.

Só não gostava da ideia de mostrar e falar da sua vida para pessoas que não conhecia. Não gostava de estar sob holofotes para os quais realmente não havia se preparado e, sendo sincero, para os quais nem queria se preparar. Não era errado se ele quisesse só... andar de skate, certo? Não deveria ser.

— Moleza — resmungou, por fim. Ou deveria ser.

Vinícius observou o treinador pagar a conta do restaurante e ainda comprar um chocolate, como se ele fosse uma criança que merecesse sobremesa. O rapaz abafou uma risadinha com um gesto enquanto comia o chocolate conforme iam para o prédio onde a entrevista aconteceria.

Não era um prédio, Vinícius notou. Era uma arena, provavelmente onde aconteceriam jogos de vôlei ou basquete, talvez até natação. Pietro comentou que haveria atletas brasileiros de outros esportes, então concluiu automaticamente que seriam atletas de uma dessas modalidades ou mais.

Vinícius quis virar as costas e ir embora quando percebeu que não, não eram nenhuma delas. Na área principal da arena estava o time de ginástica. *Ah, droga.* E Patrícia sequer estava por por perto para tornar a situação um pouco menos insuportável.

Lucas, o ginasta que enchia a porra da sua paciência desde que o time brasileiro de skate fora anunciado, estava sentado com outros colegas enquanto bebia uma garrafa generosa de água e foi o primeiro a notar a sua presença. Ele cutucou um, e logo todos os ginastas ao seu redor olharam para onde estava Pietro, que já conversava calmamente com a equipe de reportagem como se não estivesse acontecendo nada ao seu redor.

Quantos anos aquelas pessoas tinham? Doze? Vinícius revirou os olhos, ajeitando o boné verde sobre a cabeça, mesmo que não tivesse necessidade, e colocou os fones de ouvido novamente.

Entretanto, uma movimentação a mais chamou a sua atenção. Ali, entre a maioria dos ginastas descansando e três ou quatro ainda treinando em diferentes aparelhos, estava a garota que havia conhecido anteriormente. Ela, por sua vez, não parecia ter notado a presença de pessoas de fora de seu time. E se tinha notado, não dava a mínima.

A ruiva estava sobre... Vinícius não fazia a menor ideia de como deveria chamar o pedaço de madeira estreito sobre o qual ela estava de pé, ajustando as braçadeiras tranquilamente como se estivesse no chão. Ela respirou fundo antes de começar a se movimentar.

Por mais que permanecer sobre um skate exigisse equilíbrio, o que ela fazia parecia de outro nível. Quer dizer, Vinícius jamais conseguiria pular, girar e dar mortais seguidos. Não como se estivesse dançando balé – que, por acaso, ele não conseguiria fazer nem no chão, parado. E quando ele achava que ela já havia chegado ao limite do que era humanamente possível de ser feito em cima de um toco de madeira, ela girava outra vez. Fazia outra série de mortais no ar.

Tinha uma leveza em cada movimento que parecia irreal. Enquanto mantinha os olhos fixos nas pontas dos dedos das mãos que balançavam em uma dança de acordo com a música que ressoava na arena, o que parecia ser um método próprio dela para que seu foco não se desviasse, ela parecia... uma fada. Ou qualquer ser que fosse delicado, mas forte. Suave, mas atrevido.

Vinícius talvez estivesse um pouco hipnotizado pela visão, mas não queria admitir isso em voz alta.

A ginasta finalizou a sequência impecável de movimentos com outro mortal, pousando no chão sem tropeçar. Ele já havia assistido a duas ou três apresentações de ginástica nas Olimpíadas anteriores, só porque sua irmã gostava muito, mas nunca havia visto alguém pousar no chão com tanta facilidade, sem um passo a mais que lhe tirasse alguns décimos da pontuação final. Ela respirou profundamente, encarando um ponto fixo em sua frente até que se sentisse pronta para relaxar os ombros e sorrir como se estivesse satisfeita consigo mesma. Bem, se não estivesse, deveria estar.

Ela então notou que havia mais pessoas ali. Uma equipe de reportagem, desconhecidos. Vinícius. Os olhos verdes dela se fixaram mais uma vez nos olhos dele, assim como anteriormente. Jade não tinha o menor problema em encarar as pessoas.

Vinícius também não. Talvez isso fosse, na verdade, um problema.

— Vinícius, vamos começar por você — Pietro disse, chamando a atenção do garoto. Se não fosse pelo treinador, continuaria brincando de encarar com a ginasta o quanto fosse necessário. — Acha que pode tirar o boné?

— Não — respondeu, sem hesitar. Quando o homem bufou, completou com uma brincadeira. — Faz parte do meu personagem.

— Você vai me deixar maluco.

— Não seja tão dramático — devolveu, aproximando-se da equipe de entrevista. Pelo canto do olho, procurou Jade, mas não a encontrou em lugar nenhum. Nem mesmo entre todos os colegas de time reunidos.

— Oi, Vinícius — cumprimentou a jornalista, uma mulher na faixa dos vinte e poucos anos, com um sorriso largo no rosto. Era quase tranquilizador que fosse alguém minimamente próximo da sua idade. — Meu nome é Clara. Você vai ser entrevistado para uma matéria que estou cobrindo sobre jovens atletas do Brasil, então são perguntas muito simples. Já deu entrevistas antes, né?

— Algumas — assentiu, acomodando-se no assento da arquibancada separado para a entrevista.

Vinícius não precisou dar nenhuma das respostas bonitinhas que havia separado, no fim. Não tinham perguntado nada muito além do clássico: qual era o sentimento de estar nas Olimpíadas, depois uma conversa patriota sobre como se sentia tendo a chance de levar uma medalha para o Brasil. Houve também a pergunta que ele já esperava: como era ser um dos primeiros atletas a competir pelo skate nos jogos olímpicos?

— Muito obrigada, Vinícius — Clara disse, quando terminou. — Vamos mandar tudo para o seu treinador antes de ir ao ar, mas você foi ótimo. Boa sorte nos jogos!

Vinícius mordeu a ponta da língua para evitar dizer que não precisava de sorte, mas Clara provavelmente não entenderia que aquilo fazia parte do senso de humor levemente duvidoso dele.

Quando se virou para sair dali, porém, Vinícius parou. Jade parecia ser a próxima a falar com Clara, porque esperava, distraidamente, no corredor ao lado com o celular em mãos.

Distraída o suficiente para não perceber que Vinícius, em seu caminho de saída, aproximou-se por trás dela e olhou para a tela de seu celular, observando exatamente o que ela pesquisava.

Ele normalmente não era tão enxerido assim, mas tinha sido impossível evitar quando sua visão periférica percebeu uma foto de si mesmo no aparelho. Fosse lá o que Jade queria, ela o estava pesquisando na pior fonte de informações possível: a Wikipédia.

— Pra sua informação, tá tudo errado — soltou, antes que pudesse se conter.

Jade pulou com o susto, fechando a cara automaticamente. Ou tentando fechar a cara, porque, assustada como estava, não conseguia fingir nem um pouco uma expressão ameaçadora ou intimidadora. Se não tivesse certeza absoluta de que Jade o estava odiando pelo susto, teria achado adorável a busca dela. Mas definitivamente era engraçado.

— Eu não tenho um metro e setenta e cinco, mas setenta e oito. E com certeza não faço aniversário em dezembro. Sou canceriano demais pra isso — ele continuou.

Ela piscou, quase perplexa. Vinícius não conteve um sorriso mais largo, inclinando-se suavemente na direção dela enquanto prendia os fones de ouvido na orelha de novo.

— Da próxima vez, talvez seja melhor me perguntar quando quiser saber algo sobre mim. Eu adoro conversar com admiradores.

O skatista se afastou para ir na direção do treinador, que o esperava na saída da arena de treino dos ginastas, deixando uma Jade sem palavras para trás.

Ainda assim, sabia que não seria a última vez que a veria tão de perto.

CAPÍTULO CINCO

FICAR DE VELA NÃO É TÃO RUIM SE VOCÊ TIVER SOBREMESA DE GRAÇA

Paris, 2024

Ela sabia que quatro anos já tinham se passado. Quatro anos era tempo suficiente para que algo fosse esquecido e ficasse no passado, que não fosse mais que uma lembrança muito distante.

Mas não para Vinícius Carvalho. Ele estava longe de ser apenas uma lembrança, ainda mais uma distante. De algum modo, o skatista parecia ser o mesmo de tempos atrás. Fisicamente, pelo menos.

Ele parecia um tanto mais musculoso que o rapaz de dezoito anos que ela havia conhecido, mas não muito mais. Ainda vestia o mesmo boné e continuava usando fones de ouvido o dia inteiro.

Ruiva. Ah, ele não poderia tê-la cumprimentado de outra maneira, afinal, passaram-se quatro anos. Teria sido mais bondoso com ela.

— Oi. — Jade finalmente virou-se na direção dele, encarando o skatista. O elevador parecia estar descendo dolorosamente devagar desde que ele havia entrado ali. — Não achei que te encontraria aqui.

Era uma suposição ridícula, considerando que Vinícius Carvalho era um dos maiores nomes do skate mundial desde as Olimpíadas de Tóquio. Ele estaria lá com toda a absoluta certeza. Jade sabia disso, e Vinícius também. Em sua defesa, ela estava nervosa.

Que clima terrível. E mesmo assim, Vinícius ainda parecia ser a pessoa mais calma que Jade encontraria naquele país completamente estranho.

— Achou, sim. — Vinícius a analisou por alguns segundos, comprimindo os lábios. Era o primeiro indicativo de que Jade talvez não fosse a única nervosa ali, o que era tranquilizador. Ele equilibrou o skate entre os pés antes de continuar. — Tu tá linda. Como vão as coisas?

O elogio foi dito tão suavemente que Jade precisou ponderar por um segundo se deveria responder ou não. E se quisesse responder, o que diria? Parecia estranho falar que ele também estava lindo. Não porque ele não estivesse – muito pelo contrário –, mas porque... bem, era Vinícius. Jade não saberia explicar.

— Bem. Muito bem. — A ginasta encarou o chão, mudando o peso do corpo de um pé para o outro. — Finalmente apresentei o meu TCC no mês passado. Tirei dez.

— E Jade Riva impressiona mais uma vez, não que seja uma surpresa — ele disse, e Jade levantou o olhar a tempo de ver um sorriso que parecia orgulhoso no rosto dele. Por favor, que ele não perguntasse o tema... — Qual foi o tema?

Jade prendeu a respiração, inclinando a cabeça involuntariamente. *Droga.*

— Foi uma análise da moda feminina no skate, a influência do *streetwear*. — Poderia perfeitamente ter parado por ali. Era o suficiente. Mesmo assim, Jade continuou falando. — Em um esporte visto como predominantemente masculino, é interessante ver como essa visão também se aplica à moda. Mesmo assim, todo o estilo *streetwear* feminino como tendência não parece realmente cumprir o que propõe originalmente, que é conforto... enfim, já estou falando demais.

— Não, eu gosto. — Se Vinícius tinha um sorriso no rosto antes, agora seu sorriso estava ainda mais largo depois da explicação terrível de Jade. — Isso é incrível. Parabéns, ruiva.

Jade não sabia responder aos elogios e parabenizações, menos ainda quando vinham de Vinícius.

— Eu entrevistei a Pat, inclusive. Fiquei triste quando soube que ela não foi convocada este ano.

— É, ela acabou se distanciando da confederação depois de entrar para um projeto para inclusão de pessoas LGBTQIAPN+ nos esportes com uma galera do surfe — ele deu de ombros, respirando profundamente por um segundo. Quando a porta do elevador finalmente se abriu, o skatista se desencostou do canto do cubículo, o que o fez ficar mais próximo de Jade. O perfume masculino misturado ao tabaco, que indicava que o hábito do fumo ainda existia, foi como ser automaticamente arrastada para as Olimpíadas de Tóquio. — Eu não julgo. Se não fosse por Tóquio, provavelmente também teria me afastado. Sobreviver nesse esporte quando pouca gente vê como um esporte de verdade é um saco. Ela é muito mais feliz trabalhando por si só.

Por mais que conversar com Vinícius Carvalho ainda fosse tão fácil quanto andar, Jade não gostou disso. Porque significava também ser levada ao tempo em que era alguém que não gostaria de ser nunca mais. Ingênua demais, esperançosa demais.

— Então... — ele soltou, saindo do elevador de costas, ainda olhando na direção dela — eu te vejo por aí, provavelmente. Se tu parar de fugir de mim.

— Eu não estou... — Jade parou, comprimindo os lábios. Estava, sim, fugindo dele, e Vinícius também sabia disso.

Se ele fosse 1% de como era quatro anos antes, ela tinha certeza de que ele estava achando toda aquela situação cômica. O que era tranquilizador, se considerasse que estava com medo de que Vinícius a odiasse completamente. Em sua singela opinião, ele tinha motivos para odiá-la.

— Estou muito feliz em te ver, Jade — Vinícius disse como uma revelação, uma confissão a ser feita que ele provavelmente não deveria, mas não se continha o suficiente para guardar para si. — Muito mesmo.

Ele se virou, saltando sobre o skate e se afastando tranquilamente. Se Vinícius estava com o coração acelerado como o de Jade, sabia disfarçar muito bem. Muito, muito bem mesmo.

Jade respirou fundo, arrumando o cabelo com a ponta dos dedos antes de continuar.

★ ★ ★

Paulo já a esperava no local marcado e deu um grande sorriso ao vê-la.

— Você parece pálida. Tá com fome?

— Encontrei o Vinícius — soltou, entre uma risada breve, forçada e claramente tensa. O jogador de vôlei arregalou os olhos. — Não aconteceu nada de mais, só conversamos por uns minutos. Ele foi legal, como o esperado. Acho que a surpresa me pegou um pouco.

— Bem, nós sabíamos que aconteceria em algum momento. Ainda bem que as coisas estão bem, então. — Ele pareceu perceber que ela queria desesperadamente mudar de assunto, porque tornou a assumir a postura relaxada e animada de antes ao passar um braço por seus ombros. — Vamos, o Fer já está nos esperando e disse que estão dando sorvete grátis como sobremesa hoje.

— Por favor, eu preciso de sorvete.

— E quem não precisa de sorvete? — ele riu, apontando para o carro que se aproximou de onde estavam, checando rapidamente a placa na tela do celular. — É aquele ali!

Paulo apontou para ela todos os lugares interessantes que viam no caminho até o restaurante, e Jade duvidava que teria tempo de passar por cada um deles até o momento de ir embora. O Arco do Triunfo e apenas a entrada do metrô de Paris foram o suficiente para que percebesse que precisaria de, no mínimo, uma semana inteira livre para conhecer um pouco mais aquele lugar. O que era a parte triste – a única, sério – de visitar um país sem muito tempo de sobra.

Para a felicidade dela, o carro parou em uma rua cheia de lojinhas de itens variados. De lembrancinhas a roupas e até cafeterias, tinha de tudo. Uma rua fechada apenas para pedestres, cheia de prédios que provavelmente eram mais antigos que seus pais, mas estavam perfeitamente conservados. Era lindo.

— É aquele restaurante — Paulo disse, ao sair do carro. Jade o observou se aproximar do rapaz alto que estava recostado na entrada, distraído com o celular em mãos. O ruivo o cumprimentou com um beijo no rosto, e Jade percebeu que essa era a primeira vez que via Paulo com alguém. Quer dizer, realmente com alguém. Em anos de amizade, desde quando tinham se conhecido meses antes das Olimpíadas de Tóquio, já o havia visto conhecer e sair com inúmeras pessoas, incluindo uma de suas antigas colegas de equipe da ginástica, mas nunca se envolver muito além disso.

E embora já fosse perceptível o quanto ele gostava de Fernando só pelo pouco que via dos dois nas redes sociais do jogador de vôlei de praia e do que havia escutado quando conversou com Paulo desde que havia chegado ali, o sorriso largo do amigo ao encontrar o namorado dizia muito mais que qualquer coisa.

— Essa é a Jade — ele disse, sem sair de perto de Fernando, que manteve um braço sobre seus ombros o tempo inteiro.

— Você não estava brincando quando disse que são parecidos — Fernando comentou, alternando o olhar entre o namorado e a ginasta. Era engraçado perceber como ele tinha uma energia calma e relaxada que contrastava com toda a agitação em pessoa que era Paulo Bragança.
— Oi, Jade. É um prazer. Paulo me falou muito sobre você.

— Digo o mesmo. — Jade sorriu um pouco mais. — E é raro ver ele falando tanto de alguém, então sinta-se honrado.

— Não falem de mim como se eu não estivesse aqui — Paulo resmungou, pegando a mão de Fernando para que entrassem no restaurante. Estava cheio a ponto de Jade pensar que não conseguiriam uma mesa, mas não conseguiu disfarçar a surpresa quando Fernando se aproximou do funcionário na recepção e disse algumas palavras em francês. Paulo sorriu como se achasse aquilo a coisa mais adorável do mundo.

— Esse lugar é legal — murmurou, olhando ao redor. Estava começando a se questionar se teria dinheiro o suficiente para pagar por qualquer prato dali e passar mais dias em Paris sem passar fome. E seus pais ainda haviam pedido lembrancinhas.

— É, não é? É de um amigo nosso — Paulo disse. — Ele tem um restaurante em outra cidade, um pouco mais no interior, e abriu este faz uns sete meses. É incrível. E nós ainda vamos comer de graça.

— Pare de agir como se você só fosse amigo dele pela comida — Fernando sussurrou, contendo uma risada.

— Quando eu estou na França, que é absolutamente nunca exceto pelos jogos, eu definitivamente gosto dele por causa da comida — Paulo devolveu.

Jade não segurou a risada dessa vez.

Ela não sabia ao certo quanto tempo fazia desde a última vez que se permitira sair com amigos e aproveitar o momento. Não se lembrava de quando se sentira tão confortável assim entre outras pessoas que não fossem seus pais ou pessoas muito específicas da confederação de ginástica em quem podia confiar – em sua maioria, da equipe médica.

Estar com Paulo e Fernando, mesmo que mal conhecesse o segundo, era como sentir-se capaz de interagir com o mundo novamente.

Estar de volta ao que pertencia – à ginástica, aos esportes e competições, onde seu corpo falava mais alto que sua voz – era como, finalmente, voltar a respirar. Ela não sabia o quanto havia sentido falta dessa sensação até aquele dia.

Não até encontrar Vinícius no elevador da vila olímpica, primeiramente.

Sua terapeuta adoraria saber daquilo tudo.

— Como vocês se conheceram? — perguntou, quando acomodaram-se em uma mesa no segundo andar. Olhando bem ao redor, Jade percebeu toda a temática automotiva do restaurante. Era como estar em uma oficina, só que muito mais limpa, organizada e agradável para comer. Era uma combinação inusitada, mas que surpreendentemente havia dado muito certo.

— Paulo resolveu dar uma de cupido entre amigos em comum e acabou se apaixonando perdidamente por mim no caminho — Fernando respondeu, o que lhe rendeu um olhar irritado do ruivo ao lado.

— E ele me ignorou por meses.

— Se não querer te beijar dois segundos depois de te conhecer é um defeito, eu sinto muito. É como a maioria das pessoas funcionam. — O mais alto deslizou os dedos por entre o cabelo descolorido, entregando o cardápio para Jade.

— E você também joga? – perguntou Jade.

— Eu jogava futebol em um time pequeno, independente. Era mais um hobby mesmo. — Fernando deu de ombros, gesticulando na direção de um garçom. — Mas abri a minha clínica veterinária faz uns meses, e tem sido impossível treinar desde então.

— Não que te faça falta, você me trocaria facilmente por um cachorro — Paulo resmungou, inclinando-se na direção do garçom que se aproximou com um sorriso animado no rosto. — Eu quero o *turbot*.

— Cachorros são superiores a qualquer ser humano, não leve pro pessoal. — Fernando fez o próprio pedido, antes de voltar a atenção para

Jade. — Você tem alguma restrição alimentar, é vegetariana ou vegana? Se não for, eu recomendo o *canette*.

— Vou confiar na sua recomendação — ela assentiu, observando o platinado finalizar o pedido em um francês afiado.

O almoço seguiu com conversas descontraídas, e Jade precisava admitir que a recomendação de Fernando era realmente muito boa. Todo o restaurante era impecável, na verdade. Principalmente o sorvete de graça na sobremesa.

Sair com um casal quando se está solteira sempre tem grandes chances de ser horrível, mas Paulo e Fernando estavam fazendo com que aquele fosse o almoço mais engraçado – e agradável, claro – que Jade já havia tido na vida. A dinâmica deles era adorável, porque era como ver alguém permanentemente sob o efeito de energético enquanto o outro parecia ter acabado de tomar uma dose generosa de chá de maracujá.

Se Jade tinha qualquer mínima dúvida de que aquele cara poderia não ser bom para um de seus melhores amigos, essa preocupação havia sumido muito rapidamente. Em sua defesa, Paulo tinha um histórico deplorável de quase namorados (pessoas que chegavam perto de serem um relacionamento, mas por algum motivo nunca alcançavam o título), o suficiente para que Jade se preocupasse instantaneamente em saber quem era a pessoa que finalmente o havia colocado em um compromisso.

Ela voltou para a vila olímpica pela tarde, horas depois. Havia uma movimentação a mais em seu andar quando chegou, mas imaginou que fosse a chegada de um dos times de outro país – considerando que todos usavam casacos com a bandeira da Turquia. Jade acenou para os rostos conhecidos de competições anteriores antes de entrar no dormitório.

Yasmin a analisou por alguns segundos, abrindo um sorriso largo em seguida. Ela não estava sozinha dessa vez, estava com Felipe, um dos ginastas da equipe. Ambos pareciam estar se arrumando para a festa da qual, por sinal, Jade havia se esquecido completamente.

— Com quem você saiu? — ele perguntou, sugestivo.

— Um amigo — respondeu, soltando uma risada baixa ao fechar a porta. — Por quê?

— Sei lá, não é você que sempre arranja namoradinhos quando viaja pra competir?

Jade parou, encarando o colega de equipe. Felipe era, provavelmente, uma das pessoas com quem menos conversava ou tinha qualquer proximidade, mas ele com certeza sabia o quanto aquele assunto a incomodaria. Jade não falava sobre as Olimpíadas do Japão.

— Eu conheci uma pessoa uma vez há quatro anos — devolveu, mais secamente do que falava com qualquer pessoa. Se estivesse com o humor um pouco pior, talvez resolvesse ficar quieta para evitar qualquer tipo de atrito, mas não quando havia acabado de ter um almoço e uma tarde incríveis. — Não que seja da conta de ninguém, embora pareça ser o segundo tópico mais interessante nas fofocas sobre mim.

Porque o primeiro era algo que o mundo inteiro sabia e adorava usar quando o assunto era Jade Riva, a ginasta brasileira que era a promessa para o ouro e acabou em quinto nas Olimpíadas do Japão por motivos misteriosos, e que viu a vida descer a ladeira de vez nos anos seguintes.

Felipe arregalou os olhos, assim como Yasmin, surpreso demais para dizer qualquer coisa. Quando desviou o olhar para fingir que não tinha acontecido nada e que tinha qualquer coisa mais interessante para ver no celular, a ginasta mais nova soltou uma risadinha desajeitada.

— Jade, você decidiu se vem com a gente pra festa da galera da natação? — ela perguntou, apontando para o próprio vestido preto que tinha o comprimento muito pouco abaixo da coxa. — O que achou, aliás?

— Linda — respondeu, mais suavemente. Ela não tinha culpa alguma se Felipe gostava de ser inconveniente. — Eu vou, me dê trinta minutos para tomar um banho e vestir algo decente.

— Como se você não estivesse decente o tempo inteiro — ela riu, mas confirmou com a cabeça. — Vai lá, estaremos te esperando.

Normalmente, Jade não iria para um lugar desconhecido abarrotado de pessoas que não conhecia, mas que definitivamente sabiam quem ela era. Jade Riva era a polêmica da confederação de ginástica do Brasil e, consequentemente, do mundo esportivo.

Mas não mais. Se os jogos olímpicos daquele ano eram a sua chance para conseguir a medalha de ouro que havia deixado escapar quatro anos antes, também eram a sua oportunidade para mudar a imagem que seu meio tinha dela.

Jade Riva definitivamente estava de volta.

CAPÍTULO SEIS

MASCULINAMENTE DEFENDENDO A HONRA DE UMA MULHER QUE NÃO É MINHA (AINDA)

Tóquio, 2020

— Estou me arrependendo de ter topado isso — Patrícia resmungou no instante em que chegaram ao local da festa. Era uma casa, não parte da vila olímpica, o que a fez se questionar se haviam alugado o espaço para aquilo ou se seria de algum atleta local. Provavelmente a segunda opção, considerando que tudo ali parecia cotidiano demais para ser uma casa de temporada disponível para aluguel.

O que era engraçado, considerando que desde a entrada já tinha um grupo de jovens consideravelmente embriagados. Um bando de atletas que passavam anos treinando incessantemente todos os dias e que se encontravam um único dia antes da abertura das Olimpíadas para desestressar era uma possibilidade de catástrofe iminente.

Vinícius, pessoalmente, adorava.

— Para de drama — riu, olhando ao redor. Pôde ver três ou quatro pessoas apontando na direção dos dois e cochichando algo, então seria uma questão de tempo até que Lucas soubesse que ele estava ali. — Só precisamos achar Pedro e vai ficar tudo bem.

Patrícia estreitou os olhos na sua direção, provavelmente porque estava com medo de que derrubasse um dos vasos que pareciam valer cinco vezes mais que o salário mensal que ele ganhava entregando pizza.

Se não fosse chamar atenção demais, Vinícius provavelmente o faria.

— Vin, você veio! — Pedro, o nadador que o havia convidado, acenou na direção deles da mesa de bebidas. Parecia um pouco embriagado, não demais, e logo estendeu cervejas para ambos. — Experimentem isso.

— É cerveja? — perguntou, encarando a latinha com escritos japoneses que com certeza não entendia nem um pouco.

— Cerveja japonesa. Nunca tomei algo tão bom na vida — o rapaz passou o braço que estava livre sobre os ombros de uma garota, beijando o ombro dela antes de continuar. — É verdade que tem uma galera aqui que te odeia, aliás?

— Por que você acha que ele aceitou o seu convite sendo que é uma das pessoas que mais odeia festas? — Patrícia soltou uma risada quase irônica, bebendo um gole da cerveja e fazendo uma careta como se fosse horrível, mesmo que tenha continuado a beber no instante seguinte.

— Você, Vinícius, é um agente do caos na Terra — ele devolveu, com um sorriso largo no rosto. — Mas, pra ser sincero, eu não te julgo. Não teria vindo se não fosse a bebida e a comida de graça. Tem uma galera aqui que parece ter a lua no umbigo.

— Vários. — Não foi Pedro, Patrícia ou Vinícius quem disse isso. Não, foi outra pessoa. Vinícius acompanhou com o olhar a figura de Jade Riva se aproximar da mesa de bebidas e se esticar um pouco para alcançar uma latinha de refrigerante antes de se virar na direção do grupo de atletas. Mesmo com o olhar pesado sobre o skatista, ela ainda parecia ter a mesma leveza simpática de sempre. O vestido vermelho e florido que destacava os ombros largos lhe caía muito melhor do que seria aceitável para alguém que Vinícius queria muito odiar. Ela piscou, o brilho da maquiagem evidenciando ainda mais as sardas que ela tinha sob os olhos e em cima do nariz, antes de sorrir de forma realmente amigável na direção de Patrícia. — Oi, Pat!

Patrícia se aproximou dela para cumprimentá-la com um abraço, e Vinícius não segurou o impulso de revirar os olhos.

— O que tá rolando aqui? — Pedro perguntou, entre uma risadinha. — Sinto que perdi uma informação importante.

— Definitivamente não é algo importante — resmungou o garoto, bebendo um gole generoso da cerveja enquanto olhava ao redor. Queria fixar a atenção em qualquer ponto que não fosse Jade Riva e o sorriso perfeito dela, os olhos brilhantes com uma maquiagem que só alguém como uma ginasta ou bailarina saberia fazer. Patrícia engrenou uma conversa fácil com Jade. Vinícius não suportaria o papo entre as duas nem por mais cinco minutos e estava começando a se questionar se a skatista era mesmo sua amiga por fazê-lo passar por esse constrangimento.

Engraçado, considerando que a culpa de estarem ali, na festa, era totalmente dele.

— Ela não é a garota do Lucas? — Pedro perguntou, após mais alguns segundos.

É claro que Jade tinha que namorar o maior babaca que enchia o seu saco há tempos. Por que não estava surpreso?

— Não me choca se for.

— Falando nele... — o nadador respirou profundamente, desviando o olhar. Antes que Vinícius pudesse processar o que aquelas duas palavras realmente significavam, a visão de Lucas parando ao seu lado quase o assustou. Talvez fosse a cara de limão azedo dele.

— Era pra ser uma festa só para convidados — o rapaz forçou uma respiração profunda, olhando brevemente na direção de Pedro como se quisesse chutá-lo dali. — Atletas de verdade.

— Eu fui convidado — Vinícius respondeu, dando de ombros, olhando ao redor em um gesto teatral. — Poxa, não é aqui a casa de caridade pra atletas amadores? Droga, devo ter me enganado quando soube que você era o anfitrião.

— Você se acha tão engraçado, Vinícius...

— Ah, mas isso é pra compensar o fato de eu não ser um atleta de verdade, sabe como é. — Vinícius sabia que a decisão mais prudente seria dar o fora. Já havia irritado Lucas o suficiente e aquela festa, no fim, nem estava tão legal quanto ele imaginava que seria. Talvez fossem as regras da vizinhança que impediam qualquer música alta pela noite, ou Lucas só tinha amigos entediantes como ele para convidar quando organizou aquela palhaçada. — O que me chateia um pouco é saber que você ainda ganharia de mim se fosse uma competição entre os maiores perdedores, na verdade.

Se Lucas gostava de brigar como se ainda estivesse no ensino fundamental, Vinícius jogaria o mesmo jogo. Não havia nada tão sensível em um cara como aquele quanto seu ego, e estaria feliz em não amaciá-lo como a maioria.

Funcionou, porque o ginasta fez menção de se aproximar mais de Vinícius. Duvidava que qualquer coisa como um soco viria, porque ele era fresco demais para tentar encostar um dedo em alguém, mas não teve a chance de descobrir o que ele queria porque Jade Riva o conteve. Ela colocou as duas mãos no peito musculoso do ginasta, que evidenciava a rotina de exercícios pesada.

— Você não vai fazer isso — ela disse ao companheiro de equipe, firme, antes de olhar para Vinícius com os olhos estreitos que gritavam para que ficasse calado e longe dele.

Com prazer, pensou, observando a ruiva puxar Lucas para longe de onde estavam.

Vinícius definitivamente precisava de um cigarro.

— Eu já volto — resmungou.

— Você não vai arranjar mais confusão, né? — Patrícia perguntou. — Se eu soubesse que você viria até aqui pra quase levar um soco hoje, tinha te proibido de sair do dormitório.

— Ele não me daria um soco, é medroso demais pra isso. E não, eu só vou respirar ar fresco. Vamos embora em quinze minutos. — O skatista ergueu um cigarro no ar antes de se afastar do aglomerado de pessoas. Definitivamente odiava festas como aquela.

Vinícius acendeu o cigarro quando encontrou uma sacada vazia, pensando o quanto seu treinador o xingaria se soubesse que a conversa de que tinha largado os cigarros era mentira. Bem, não era lá muito mentira. Se considerasse que Tóquio proibia o tabagismo em locais públicos, já estava há quase uma semana fumando muito menos que o costume, o que provavelmente faria com que sua mãe quisesse que ele morasse em Tóquio pra sempre.

Ele suspirou com o pensamento, tirando o celular do bolso para discar o número da mãe. A chamada para o celular da mãe, Marília, tocou aproximadamente quatro vezes antes de cair na caixa postal, o que fez com que seu peito afundasse em um desespero silencioso. Marília nunca deixava de atender às suas ligações, especialmente quando ele estava viajando para competir.

Principalmente quando estava do outro lado do mundo. E sendo noite em Tóquio, significava que não passava das onze e meia da manhã no Brasil.

Ele só relaxou um pouco quando uma mensagem apareceu na barra de notificações, vinda do número da mãe.

> **Marília**
> ela está dormindo, não quero acordá-la

Certo, tudo bem. Podia esperar outro momento para conversar com ela.

Vinícius digitou uma resposta rápida para dizer que entendia e perguntar se ela ou a irmã precisavam de qualquer coisa que pudesse fazer estando tão longe. Mesmo sabendo que a resposta seria que não, que deixasse de besteira.

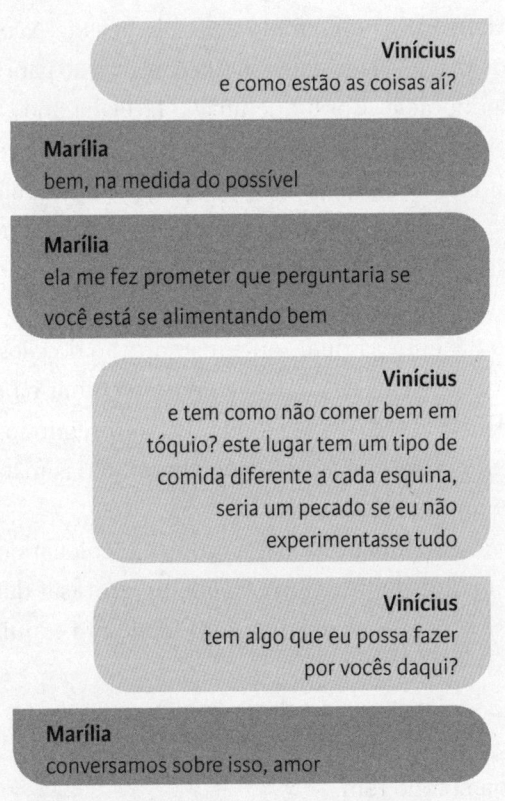

> **Vinícius**
> e como estão as coisas aí?

> **Marília**
> bem, na medida do possível

> **Marília**
> ela me fez prometer que perguntaria se você está se alimentando bem

> **Vinícius**
> e tem como não comer bem em tóquio? este lugar tem um tipo de comida diferente a cada esquina, seria um pecado se eu não experimentasse tudo

> **Vinícius**
> tem algo que eu possa fazer por vocês daqui?

> **Marília**
> conversamos sobre isso, amor

> **Marília**
> foque na sua competição, nós estamos bem

> **Marília**
> você não precisa fazer nada por nós

Ainda assim, havia esses momentos em que Vinícius Carvalho se sentia o pior irmão do mundo por deixar Helena em um hospital para tentar conter o avanço de um câncer agressivo. Um filho ainda pior por deixar a mãe lidar sozinha com isso no Brasil enquanto estava do outro lado do mundo para competir.

Ele pensou em ficar. Por um momento, tomou a decisão de que não valia a pena deixar pra trás a única família que tinha para buscar algo tão pequeno como uma medalha.

Não que Marília tivesse permitido que ele ficasse. Não, ela o proibira de abandonar o time brasileiro e desistir da convocação para as Olimpíadas. Afinal, era o sonho dele. Era o que amava fazer há anos. Era a sua primeira grande oportunidade de ter o reconhecimento que sempre quisera.

E lá estava ele, silenciosamente se questionando mais uma vez se havia tomado a decisão correta. Cada minuto longe da irmã mais nova e da mãe parecia um pouco mais sufocante que o anterior, mas Vinícius faria com que valesse a pena.

— Não me diga que já finalizou a instauração do caos por hoje — a voz de Jade chamou sua atenção e ele ergueu o olhar na direção da entrada da sacada, onde ela estava parada. Por um segundo, Jade fez uma careta enquanto encarava o cigarro que ele tinha nas mãos. — Sinceramente, eu esperava mais de você.

— Minha missão foi cumprida — ironizou, colocando uma mão sobre o peito dramaticamente. — Você veio me expulsar daqui?

— Como se eu tivesse qualquer autoridade pra expulsar alguém de uma festa.

Vinícius riu, balançando a cabeça enquanto se livrava das cinzas do cigarro.

— O seu namorado tem.

Jade permaneceu em silêncio, confusa.

— Lucas?

— Que eu saiba, foi ele quem organizou essa bagunça.

— Ele não é meu namorado — ela disse, rápida. Como se a ideia a incomodasse. — O que te fez pensar isso?

— Foi o que ouvi por aí.

Jade revirou os olhos, fechando a porta de vidro da sacada atrás de si. Vinícius guardou o celular novamente no bolso quando ela se aproximou o suficiente para analisar por alguns segundos as tatuagens que ele tinha nos braços e pescoço antes de estender a mão até a corrente prateada que tinha ao redor do pescoço, analisando o pingente delicado com sapatilhas de balé.

Estavam a pouco menos de meio metro. Vinícius manteve o olhar nos olhos curiosos e atentos da ruiva, esperando por qualquer tipo de movimentação.

— Você gosta de balé? — ela perguntou, finalmente, antes que o silêncio absoluto enlouquecesse Vinícius de vez.

— Minha irmã. Ela dançava.

— Olha só, é assim que conheço alguém. Falando com a pessoa.

Vinícius abriu a boca para responder, mas não conseguiu. Como se não tivesse acabado de dar uma espécie de lição de moral no garoto, Jade soltou uma risada leve.

— Eu também não faço a menor ideia de qual é o seu lance com Lucas ou qualquer outra pessoa da minha equipe — ela continuou, soltando a corrente prateada do skatista para se afastar em três passos. — Eu nem deveria estar aqui, pra falar a verdade.

— Como assim?

— Precisaram substituir uma das meninas depois que ela quebrou o pé e eu estava no banco de reservas. — Jade sorriu mais uma vez, mas sem mostrar os dentes. Não precisava de muito para perceber que ela não parecia estar feliz em explicar essa situação. — Não tinha tanto contato com o restante do time antes disso.

Vinícius suspirou, desviando o olhar para se livrar do cigarro ao jogá-lo fora. Pelo canto do olho, viu Jade Riva mudar o peso do corpo de um pé para o outro desajeitadamente.

— Acho que começamos mal, me desculpa — disse, sincero.

— Começamos mal desde o momento em que você me deixou tentar falar em inglês.

— Eu já disse, tu estava se esforçando tanto. Seria grosseria te interromper.

A ginasta soltou uma risada. Dessa vez, uma risada de verdade. Vinícius se permitiu relaxar na presença da ruiva porque, no fim, ela realmente não parecia ser como os outros atletas, que enchiam o seu saco.

— Jade Riva, prazer. — Vinícius encarou a mão que ela havia estendido, confuso. — Essa é a parte em que nós nos apresentamos de verdade, já que eu só descobri o seu nome por causa da Patrícia.

— Vinícius Carvalho. O prazer é meu, e o resto tu já deve ter visto na internet.

— Certo, em minha defesa, — retrucou Jade, erguendo o dedo indicador, balançando a cabeça —, teria sido mais fácil se você desse qualquer abertura para conversa, mas tudo fez sentido quando você disse que é canceriano.

— Se te consola, meu ascendente é em aquário.

— Contraditório, mas alivia um pouco o seu lado — ela comentou.

— Vin. — Ambos viraram para olhar na direção de Patrícia, que pareceu arregalar os olhos ao perceber que Vinícius estava com Jade. Ela provavelmente tinha considerado mil e um cenários nos quais o melhor amigo estava discutindo com a ginasta, não tendo uma conversa pacífica e, surpreendentemente, muito agradável. — O que você acha de darmos o fora daqui? E, ah, Jade, o Lucas estava te procurando. Algo sobre um discurso para o time de ginástica. Achei bem brega, pra falar a verdade.

— Ah, ele é assim mesmo — Jade suspirou, e Vinícius não soube ao certo dizer se ela parecia impaciente ou só um pouco cansada. — Vou lá, então.

— É, eu também — Vinícius disse, já se aproximando de Patrícia. Antes que pudesse sair da varanda, porém, ele se virou novamente na direção da ginasta. — Ei, Jade.

Ela o encarou, erguendo uma sobrancelha.

— Não que eu não seja uma das pessoas mais céticas do mundo, mas não acho que você não devesse estar aqui — continuou. — Nem sempre as coisas acontecem em linhas retas, mas esse lugar na equipe sempre foi seu. Você quer a medalha?

— É óbvio — ela riu, um pouco sem reação diante das palavras do skatista.

— Parabéns, é o suficiente. — Vinícius assentiu, balançando a mão. — Te vejo por aí, ruiva.

CAPÍTULO SETE

REGRA NÚMERO 1: NÃO FIQUE BÊBADO NA FRENTE DO SEU AMOR DA ADOLESCÊNCIA

Paris, 2024

Vinícius não esperava ver Jade naquela tarde.

Não esperava ver Jade Riva nunca mais, na verdade. Só de ter ficado sabendo que a ginasta havia sido convocada, há algum tempo, já havia sido uma surpresa, mas ele já tinha tido tempo suficiente para se acostumar com a ideia de esbarrar nela em algum momento. Mesmo assim, quando soube que a ala dos skatistas ficaria relativamente distante do time de ginástica na vila olímpica, tinha respirado de alívio.

Não que não quisesse encontrar Jade sob hipótese alguma. Até queria ter uma conversa franca com ela sobre como tinham deixado de se falar e sobre os anos que tinham se passado desde então.

A questão era: Jade queria vê-lo? O último contato entre eles havia sido, no mínimo, estranho.

Por isso, quando Vinícius a viu no elevador, ele congelou. Apenas por um segundo, porque também seria horrível tornar aquele momento mais constrangedor do que provavelmente já era.

Ela estava linda. Como sempre, na verdade. O cabelo ruivo estava mais curto e havia o que um dia parecia ter sido uma franja, mas já estava longo demais e ela mantinha fora do rosto arrumando os fios atrás das orelhas. Uma maquiagem simples, como sempre. As sardas salpicadas. Os olhos verdes.

Ainda assim, Jade parecia uma pessoa diferente. O que, sendo sincero, não era uma surpresa. De forma alguma Vinícius era iludido ou ingênuo o suficiente para achar que o primeiro contato entre eles seria como ver um amigo próximo depois de algum tempo.

Mas, bem, ele esperava que esse primeiro contato depois de tudo o que tinham passado fosse em condições que não o pegassem tão de surpresa.

O que já era difícil por si, considerando que estavam nas Olimpíadas. Não eram mais os jovens de dezoito anos que haviam se apaixonado anos antes.

Vinícius também havia mudado, e muito. Ele sabia disso. Mais um ponto que definitivamente complicava qualquer coisa que existisse ali, se é que existia qualquer coisa.

— Ei. — A voz de André Gonçalves o puxou de volta ao momento, o encontro organizado por atletas de diferentes categorias da confederação brasileira. O outro skatista estendeu um shot de qualquer coisa colorida na sua direção, e Vinícius virou o líquido sem pensar duas vezes. — Uau, boa noite. O que rolou?

— Hum? — Vinícius o encarou, confuso.

— Você tá meio avoado desde cedo e parece ainda pior agora. Não beba muito, por favor, eu odiaria ter que levar um bêbado de volta pro quarto sozinho. — André pareceu sorrir aliviado quando o amigo soltou uma risada baixa, balançando a cabeça. — Me fala, o que rolou?

Vinícius encarou o amigo, pensando se valia a pena contar para ele que a causa da sua distração era a mesma de quatro anos atrás. André não fazia parte da equipe olímpica naquela época, tinham se conhecido quando Vinícius entrou para a Street League após a medalha de prata.

André era esse cara divertido do grupo, capaz de animar qualquer ambiente. Tinha acolhido Vinícius desde o primeiro momento, quando se conheceram na primeira vez que competiram juntos na liga internacional, assim como o ajudado com tudo que foi preciso quando resolveu se mudar para os Estados Unidos. Quando se sonha em viver de skate, voltar para o Brasil com uma medalha olímpica pode ainda não ser o suficiente.

E naquela época, Vinícius também queria – e muito – novos ares. Distanciar-se de tudo. Iniciar uma nova vida. Procurar pela vida que queria proporcionar para sua mãe. Mudar-se para onde a categoria street do skate era mais forte e mais valorizada e tinha mais visibilidade era a opção mais sensata, por mais que usar todas as suas reservas de uma vida inteira nisso fosse um grande risco.

Um risco que estava disposto a correr. Talvez não tanto se André não tivesse disponibilizado um quarto livre no apartamento em que morava para o novo amigo. O português já morava no país há três anos pelos mesmos motivos de Vinícius.

André foi o seu primeiro ombro amigo depois de um período em que Vinícius pensou ter perdido tudo.

Foi seu guia em um país completamente novo. Aquele que o ensinou a cozinhar tudo que precisava saber para viver sozinho – de acordo com ele, era vergonhoso que Vinícius ainda tivesse dificuldades para saber como fazer um arroz sem queimá-lo, por mais justificativas que ele tentasse dar. André o apresentou para outras pessoas incríveis que participavam da Street League e também o alertou sobre as pessoas das quais deveria manter distância. Vinícius teria se ferrado o dobro que seria considerado normal se não fosse por ele. Foi a primeira pessoa para quem contou sobre ela.

André também foi a primeira pessoa a se envolver romanticamente com Vinícius desde que *ela* havia ficado para trás.

Não tinha durado muito. Não era a primeira vez que Vinícius se interessava por um cara, porque tinha a lembrança de olhar para um garoto ou outro de forma diferente na época do colegial, mas era a primeira vez que um cara se interessava por ele de volta e um relacionamento acontecia. O que mais tarde aceitaria como sua pansexualidade o assustou de início, e André também entendeu essa parte.

André era bonito. Os cachos castanhos e a pele negra clara que acompanhavam o sorriso sempre largo e convidativo, além do carisma, eram o suficiente para alguém que convivesse com ele por mais que algumas horas por dia se sentisse atraído facilmente.

Mas Vinícius não estava pronto para se envolver com alguém por inúmeros motivos. Sua opinião de que seria apenas uma questão de tempo até que machucasse o skatista português e tudo fosse por água abaixo ainda não havia mudado, mesmo tanto tempo depois. André merecia mais que a bagunça que Vinícius Carvalho era naquela época.

E, assim, ele permaneceu seu amigo, o melhor deles. O único que tinha sempre ao seu lado após a maior mudança da sua vida – que não envolvia apenas sair do país. Até mesmo depois, quando André começou a namorar com um cara que praticamente vivia no apartamento que dividiam, nada mudou na amizade deles – a única regra de Vinícius era que não transassem no sofá da sala ou na cozinha, porque seria nojento.

E, em 2024, lá estava ele também nas Olimpíadas. Se havia alguém, uma única pessoa, que Vinícius enxergava como um competidor à sua altura, esse alguém era André. Afinal, treinavam juntos quase diariamente. Conhecia as habilidades dele tanto quanto ele conhecia as suas.

Não que se preocupasse com isso. Ficar em segundo lugar no pódio, se André estivesse em primeiro, seria uma honra.

Mas a medalha de ouro ainda era seu objetivo, de qualquer forma.

— Lembra da garota que eu conheci em Tóquio? — começou, por fim.

— Como eu esqueceria? O mundo inteiro ficou sabendo quem ela era depois do lance de…

— Eu encontrei ela hoje — soltou, interrompendo o outro. Definitivamente não era a hora de ser relembrado sobre todo o drama ao redor do nome Jade Riva que havia explodido há quase dois anos. — No elevador da vila olímpica. Nós conversamos um pouco.

— Hum, não sei se acho isso bom ou não. — André balançou a cabeça, empurrando outro shot na direção de Vinícius, um gesto de quem concordava que ele precisava muito daquilo. — O que pensamos sobre isso?

— Não sei — resmungou, fazendo careta engolindo o líquido azul. Não porque o álcool o incomodava, mas porque tinha gosto de… Vinícius não sabia definir. Era horrível. Era a cara de André pedir as coisas mais zoadas do cardápio do bar. — Na real, eu nem sei por que isso me preocupa tanto. Já faz quatro anos.

— Não significa que ainda estejas apaixonado do mesmo jeito que o Vinícius adolescente de quatro anos atrás. — falou André, e Vinícius assentiu. Também era pé no chão o suficiente para entender que, o que quer que estivesse sentindo, eram apenas vestígios mal resolvidos do que havia ficado nas Olimpíadas anteriores, não algo maior. — Mas tu se preocupa com ela, assim como se preocuparia com qualquer pessoa que foi importante pra você.

Isso fazia sentido. Vinícius queria se aproximar de Jade, perguntar se ela estava bem. Se já estava recuperada. Como havia tomado a decisão de voltar a treinar e competir, mesmo depois de tudo? Havia algo – qualquer coisa – que ele pudesse fazer pra compensar o erro do passado? Para compensar tudo que aconteceu depois? Ela estava com alguém? Estava feliz?

— Vini — André o chamou, estalando os dedos diante dos seus olhos. — Relaxa, cara. Não tá na hora de focar nisso.

— Eu sei — murmurou, respirando profundamente ao tirar o boné da cabeça unicamente para arrumar os cachos negros antes de ajustá-lo novamente sobre os fios bagunçados. — Bem que eu queria ter um tempo livre.

— Seria fácil demais pra nós todos. — E sorriu, dando um tapinha no ombro de Vinícius. — Não te preocupes, gatinho. É normal sentir-se assim ao encontrar alguém que não vemos há muito tempo.

Vinícius abriu a boca para responder, mas parou antes que pudesse proferir uma única palavra.

Porque Jade estava lá. É claro que estava, porque pedir por um pouco de paz de espírito seria demais na vida de Vinícius.

Ela chegou ao lado de um grupo menor de pessoas que, só pelo físico, Vinícius poderia apostar que faziam parte do time de ginástica também. Jade conversava alegremente com eles, e uma parte de Vinícius pareceu se aliviar um pouco com isso. Não conhecia a formação recente da categoria, mas duvidava que ela estaria com eles se não fossem pessoas minimamente boas. As experiências anteriores dela com atletas de caráter duvidoso haviam sido o suficiente.

— Olha só — André assobiou, baixo. — Ela é bonita. Mais até do que parecia ser nas fotos.

— Eu disse — resmungou, olhando para o copo de shot vazio que tinha em mãos. — Preciso de mais um.

— Nem pensar — André riu, sinalizando para que o barman não entregasse mais bebida a Vinícius, mas água. — Já falei. Vais ficar sóbrio.

— Por quê?

— Porque, em primeiro lugar, vais competir em alguns dias e não deveria estar a beber demais. Em segundo lugar, não deverias ficar bêbado com seu amor de adolescência logo ali. É feio. Mantenha uma impressão bonitinha.

Vinícius quase argumentou que um romance aos dezoito anos não era algo da adolescência, mas definitivamente não era algo que o ajudaria a sair da situação.

— Vem, vamos sentar com o pessoal — André chamou, não dando a oportunidade para que respondesse antes de ir para onde todos os atletas brasileiros presentes estavam reunidos. Vinícius sabia bem o que ele pretendia fazer, e não gostava nem um pouco. Ia contra sua regra interior de manter-se a uma distância segura de Jade.

Em vez disso, seu melhor amigo – se é que ainda poderia chamá-lo dessa forma –, deu um jeito de fazer com que se sentasse bem ao lado dela na mesa extensa. Quando já não havia qualquer outro lugar para fugir.

Vinícius fuzilou André ao se acomodar, umedecendo os lábios e respirando profundamente antes de se virar na direção de Jade.

— Oi! — ela cumprimentou, com o sorriso solto que não via há anos. Na verdade, lembrava-se perfeitamente bem dele, porque havia sido seu último momento bom com Jade.

— Oi, ruiva. — Vinícius chutou o pé de André sob a mesa, silenciosamente ordenando que ele parasse de olhar na sua direção. Se queria tornar todo o momento um pouco pior do que já parecia ser, estava funcionando. — Eu não sabia que viria.

— Nem eu — ela confessou, dando de ombros. — Boa sorte pra mim para acordar cedo amanhã.

— Hugo ainda é seu treinador?

— É, mas ele alivia pro meu lado agora. — Jade desviou o olhar, bebendo um longo gole da água com gás que tinha à frente. Algo no tom de voz dela indicava que isso não era algo que a agradava, mas Vinícius ainda não se sentia na posição de perguntar demais.

— Aposto que ele ainda me odeia — brincou, analisando o cardápio extenso de bebidas. Dois shots não eram nada, não tinha culpa alguma se André era um exagerado dramático.

— Já falamos sobre isso, ele nunca te odiou. — Jade riu, suave. — Certo, talvez por um curto período de tempo. Ele é assim mesmo.

— Eu duvido, ele...

— Estou feliz em te ver. — Jade o cortou, e Vinícius desviou o olhar do cardápio para encarar a ginasta, surpreso. Ela piscou, engolindo em seco antes de continuar. — Você disse, no elevador, que estava feliz em me ver e eu não respondi. Mas também estou feliz. E não estava fugindo de você. Quer dizer, talvez eu estivesse. Mas só porque achei que você não quisesse me ver.

— Por que eu não iria querer te ver, Jade? — perguntou, sincero. A pergunta saiu de forma tão automática que Vinícius sequer parou para pensar no que aquilo poderia significar.

Mas, quando saiu, ele entendeu. Não que concordasse que houvesse qualquer motivo para não querer vê-la, porque isso só aconteceria em um mundo alternativo; mas era parecido com a justificativa que ele próprio tinha criado ao longo dos anos, justificando pra si mesmo que ela não iria querer vê-lo.

Ah, os males da falta de comunicação.

— Não importa, só saiba que eu não tenho qualquer problema em conversar contigo — finalizou, tentando soar o mais confiante que podia naquela situação. Normalmente funcionava, mas não sabia se conseguiria manter essa mesma pose quando se tratava de alguém que o conhecia como ninguém.

Ou costumava conhecer. Vez ou outra, Vinícius ainda se perguntava se havia mesmo mudado tanto em quatro anos. Muito, em alguns pontos. Na maioria, ainda sentia-se o mesmo garoto um tanto irresponsável de dezoito anos que tinha sido.

— Bom saber. — Jade balançou a cabeça em afirmação, desviando a atenção para o outro lado da mesa quando parte do grupo a incluiu na conversa.

Só então Vinícius se lembrou de que havia um grupo de quase quinze pessoas ao seu redor. Havia focado tanto no diálogo com a ginasta que todo o resto do mundo pareceu silenciar apenas para não atrapalhá-los.

André chutou seu pé, chamando sua atenção para ele. Vinícius quase pensou que o amigo tinha algo importante a dizer, o que se provou um erro quando o português apenas sorriu com a expressão de um pai que estava vendo o filho conversar com uma paquera pela primeira vez.

Ridículo.

Vinícius se forçou a participar dos assuntos do grupo, mas sua mente sempre voltava a focar na ruiva sentada ao seu lado. Na risada alta que, quando animada demais, fazia um barulhinho estranho que ele conhecia muito bem. Em como ela gesticulava constantemente com as mãos e sempre tinha algo muito inteligente, mas engraçado e legal, a dizer sobre qualquer assunto. Ela ainda tinha o mesmo estilo, Vinícius notou. O vestido de cetim vermelho ainda era decorado com fios dourados que formavam flores na barra. Mas seus ombros estavam à mostra pelas mangas caídas, o que era algo novo. Se estava bem lembrado, Jade odiava os próprios ombros quando se conheceram.

Quando percebeu, estava com um dos braços apoiados sobre o encosto da cadeira de Jade, e ela não parecia se incomodar com a proximidade. Talvez nem tivesse percebido.

— Quanto tempo treinas por dia? — André perguntou para ela, entre um gole da cerveja que tinha em mãos. — Sinceramente, fico assustado com o que fazes naqueles aparelhos.

— Hoje em dia, cerca de sete a nove horas — ela respondeu, após pensar um pouco. — Mas costumava ser mais.

— *Mais*? — O português arregalou os olhos, encarando Vinícius em seguida. — E nós ainda ficamos a reclamar de estar duas horas treinando.

— Reclamamos uma vírgula — protestou Vinícius, balançando a cabeça entre uma risada. — Você mal aguenta uma hora. Eu fico três.

— Sim, sim. Pelo menos uma hora dessas três é caindo no chão — ele rebateu, o que lhe rendeu uma olhada feia do amigo.

— Sonho com o dia em que vocês vão se cansar de fazer piada com isso. — Vinícius se inclinou para a frente, apontando o dedo na direção do melhor amigo. — Que, inclusive, só significa que eu me esforço muito.

— Pra quebrar um osso? — ele provocou, arrancando uma risada de Jade.

— Gostei dele — ela disse. — Vocês são próximos?

— Nós dividimos um apartamento nos Estados Unidos — André respondeu. — Era pra ser algo temporário, mas é bom ter alguém que goste de lavar a louça por perto. Eu nem me apresentei, aliás. Prazer, André.

— Jade. — A ginasta estendeu a mão na direção do skatista português, apertando-a suavemente. — O prazer é meu.

— Ei, nós vamos passar em uma balada que tem aqui perto — a garota que Vinícius tinha quase certeza de que fazia parte da equipe de ginástica disse, chamando a atenção deles para o resto do grupo. — Vocês também vêm?

— Eu preciso da minha cama, então não — Jade balançou a cabeça negativamente, pegando o casaco no encosto da cadeira. — Mas aproveitem por mim.

— Vin, achas que vamos nos ferrar se faltarmos ao treino amanhã? — André perguntou, olhando distraidamente o relógio que tinha no pulso.

— Na real, eu estava pensando em voltar para a vila olímpica também. — Vinícius sorriu sem mostrar os dentes quando André o encarou como se tivesse dito a coisa mais surpreendente do mundo. E talvez fosse, mas ele não precisava deixar tão na cara assim. Era a sua oportunidade para conversar com Jade, droga. — Mas me avise quando voltar, só pra não me deixar pensando que você desapareceu por aí.

— Tens certeza?

— Sim — respondeu, rápido. Em seguida, olhou para Jade. — Posso ir com você?

— Claro! — ela assentiu, soltando uma risadinha que fazia a pergunta parecer besta. Era? Vinícius achava que não. Ela se afastou para se despedir das outras pessoas ali, a maioria já levemente embriagada.

— Achei que você não fosse tentar nada. — falou André, e Vinícius conteve a vontade de socar os dentes perfeitos do sorriso dele.

— Não vou tentar nada, só quero conversar com ela — respondeu Vinícius. Quando André o olhou como se não acreditasse nem um pouco naquilo, ele suspirou. — Olha, é mais complicado do que parece. Eu não vou pensar nisso agora, não tenho tempo. Aparentemente, ela também não. Tira essa ideia da cabeça.

— Há quanto tempo não transa? — ele perguntou.

— Cala a boca.

— Desde que soube que ela havia sido convocada, né?

Vinícius cometeria um crime se não saísse de perto de André nos próximos cinco segundos. Se um dia havia chamado aquele cara de melhor amigo, não se lembrava mais.

— Vamos? — Jade se aproximou, alheia ao assassinato iminente. Ela se despediu de André com um abraço simpático. — Te vejo qualquer dia!

Vinícius acenou para os outros ao se afastar ao lado da ginasta, observando-a prender o cabelo ondulado em uma trança rápida e improvisada, deixando apenas os fios da frente soltos.

— Aliás, achei incrível quando soube que você se mudaria para os Estados Unidos — ela soltou, mordendo o sorriso largo. — Como foi que aconteceu? Você sempre falou que esse era o seu sonho.

— Não estava nos meus planos. — Não era uma mentira. Mas Vinícius não lembrava de ter questionado a decisão por um segundo sequer quando o convite apareceu. — Mas a medalha de prata abriu várias portas, e uns patrocinadores arranjaram esse trabalho pra mim.

Vinícius não sabia ao certo o que esperava do momento em que pudesse conversar com Jade. Esperava que fosse uma merda? Que ela estivesse diferente? Pensando nisso naquele momento, parecia ridículo.

Conversar com Jade Riva ainda lhe passava o mesmo conforto de quatro anos atrás. E Vinícius não sabia se conseguiria evitar se afogar outra vez no conforto das palavras dela.

CAPÍTULO OITO

NINGUÉM ME ENSINOU QUE PRA BEIJAR EU TINHA QUE FLERTAR

Tóquio, 2020

Jade Riva já tinha beijado alguns garotos.

O primeiro havia sido no ensino fundamental, e hoje ela mal enxergava aquilo como um beijo de verdade. Quer dizer, uma criança dando um selinho em alguém na saída da escola não era algo significativo, era? De qualquer modo, Jade nem gostava tanto assim do garoto.

O segundo havia sido no primeiro ano do ensino médio, em sua primeira festa. Jade nunca tivera o hábito de sair para ambientes barulhentos, cheios de pessoas e regados a álcool. Afinal, seus dias eram quase completamente ocupados pelos treinos intensos e estudos. Quando pisava em casa, seu único pensamento era que precisava urgentemente dormir.

Mas aquela era a festa de aniversário de uma das suas melhores amigas, então valia a pena. Não demorou para que ela se soltasse após uma única cerveja – em sua defesa, a fraqueza para bebidas se devia ao pouco que as consumia – e acabasse dando alguns amassos com Marcos, do segundo ano. Jade ainda se lembrava de ter curtido a sensação, mas não adorava ser beijada por aquele cara. Talvez fosse porque ele tinha gosto de vodca, o que lhe dava um leve enjoo, ou talvez porque só não tivesse a menor vontade de beijá-lo por mais do que alguns minutos. Nos filmes e livros que costumava devorar, um beijo deveria ser mais do que aquilo. O que estava errado?

Jade não era apaixonada por ninguém para saber a sensação de beijar alguém com sentimentos. Essa era a diferença?

Seu terceiro beijo acabou com seus questionamentos. Aconteceu em sua festa de formatura, com Davi Lins.

Davi Lins era o garoto mais bonito do terceiro ano. Tópico de todas as conversas apaixonadas da sala. Até mesmo quem não necessariamente queria ter algo com ele sonhava em beijá-lo. Davi era alto, tinha o cabelo loiro e olhos que se fechavam quando ele sorria. Era de tirar o fôlego de qualquer um.

E, ainda por cima, inteligente. Jade não seria a única que não suspiraria sempre que ele passasse por perto. Era a primeira vez que ela queria mesmo beijar alguém, mas não sabia ao certo o que fazer com essa vontade. Os dois não tinham muitos amigos em comum e Jade não tinha ideia do que ele gostava, então, como se aproximaria?

Foi só na última semana de aulas que antecedia a formatura que Davi começou a conversar com ela. A primeira vez aconteceu no intervalo de uma terça-feira, quando ele se sentou ao lado dela no refeitório. O grupo de amigas de Jade, que estava em volta, calou-se por um minuto inteiro com a presença inesperada – incluindo a própria Jade. Afinal, Davi sempre passava os intervalos jogando na quadra com seus amigos até que o sinal tocasse. O que ele estava fazendo ali?

— Vocês já viram o filme novo com o The Rock que tá no cinema? — ele perguntou, quebrando o clima bizarro com sua voz bonita enquanto comia uma maçã.

— Ainda não — Jade respondeu, entre as outras respostas negativas da mesa.

— Tá a fim de ir comigo essa sexta? — ele perguntou. Para Jade. Ela olhou ao redor, mas suas amigas pareciam tão chocadas quanto ela. — Tem uma sessão às quatro.

Jade tinha treino às quatro.

Mas faltar um dia não seria um problema, seria? O treinador poderia lidar com isso. Ela diria que estava doente. Qualquer coisa. Aquela era a sua chance de viver um beijo de filme com alguém que realmente queria beijar.

Ah, droga. Jade sequer lembrava como era beijar? A última vez havia sido dois anos antes, porque ela se recusava a beijar qualquer outra pessoa se não estivesse se sentindo totalmente confortável com a ideia.

— Pode ser — respondeu, finalmente.

— Perfeito. Mando uma mensagem pra você depois. — Davi sorriu ao se levantar, indo embora.

Jade demorou alguns segundos para assimilar tudo, embora suas amigas parecessem muito mais empolgadas do que ela. Era só aquilo? Tão rápido e simples? Precisava admitir, esperava algo mais... só mais. Que fizesse seu coração palpitar, suas mãos coçarem. Todo o momento havia sido tão rápido que ela sequer tivera tempo de assimilar, então provavelmente só estava surpresa. Um pouco nervosa.

Talvez tivesse criado expectativas irreais demais. Não havia nada errado com Davi – não em um primeiro momento.

Não naquele momento.

Mas Davi a deixou possessa quando lhe deu um bolo no cinema. Haviam trocado alguns cumprimentos e palavras desde o convite, então duvidava que ele tivesse esquecido. Teria se esquecido bem em cima da hora? Ou tudo não havia passado de uma pegadinha?

Jade bufou, olhando ao redor na entrada do cinema como se Davi pudesse estar ali sem que ela tivesse notado. Nenhum sinal dele.

Ela voltou para casa amargamente arrependida de ter faltado ao treino por nada. Passou o final de semana inteiro fingindo que ainda estava brava enquanto assistia aos filmes de romance mais ridiculamente açucarados em que conseguia pensar enquanto, na verdade, estava um pouco triste. Ele sequer havia mandado uma mensagem para se explicar. Era ridículo.

Ou ela era a ridícula? *Não, é claro que não.*

Jade não teve qualquer outro contato com Davi até a festa de formatura. Seus pais não sabiam da existência do colega de turma que havia lhe dado um bolo dias antes, mas por que contaria? Não chegaria a lugar algum. Além disso, ela nem sabia se ainda queria beijá-lo. Não importava, ganharia muito mais se continuasse focada na ginástica.

Se tudo desse certo, passaria no vestibular para o curso de moda de alguma faculdade da capital carioca. Ela se mudaria e passaria a treinar em um clube especializado e maior. Teria mais atenção, mais chances de chegar mais longe. Definitivamente não era o momento para pensar tanto em um garoto.

Quando uma paixonite platônica de sala de aula parecia apresentar a mínima chance de se tornar maior, Jade preferia recuar.

Mas ela não conseguiu disfarçar a surpresa quando Davi se aproximou da mesa em que estava ao lado dos pais na festa de formatura. Ele cumprimentou Saulo e Clarissa com uma educação impressionante, apresentando-se para eles como um dos colegas de Jade. Só depois, virou-se para a ruiva.

— Você não quer dançar com a gente na pista de dança?

Jade estreitou os olhos por um segundo, encarando-o enquanto procurava qualquer resquício de… ela não sabia ao certo. Quem ele pensava que era para desaparecer no dia do encontro para o qual ele a havia convidado e depois falar com seus pais como o príncipe encantado que fingia ser e chamá-la para dançar?

Ela diria que não, mas seus pais fariam perguntas. Várias. E ela não teria problemas em dizer que, por exemplo, ele não era um dos garotos com os quais se sentia confortável na turma para desviar do assunto. Mas eles insistiriam que aquela era a formatura dela e que ela deveria aproveitar.

Por isso, ela se levantou, acompanhando o garoto por entre as várias mesas. Em algum momento, os dedos de Davi se entrelaçaram aos seus e ela precisou se conter para não afastar a mão dele.

— Você está bonita — ele comentou casualmente, quando já estavam na pista de dança. Ainda não havia soltado sua mão e precisou se aproximar mais dela para que pudesse ser ouvido sobre a música alta. Quando a única resposta de Jade foi uma sobrancelha arqueada, ele soltou uma risadinha despreocupada. — Me desculpa, aliás. Eu tive um imprevisto.

Simples. Para Davi Lins, era algo muito simples. Ele não havia ficado plantado por quase uma hora inteira enquanto deveria estar treinando para uma competição estadual que aconteceria em um mês.

— Vem — ele a puxou para o meio da pista de dança, onde suas amigas também estavam. Ali, seria impossível que Jade continuasse emburrada com ele. Talvez esse fosse o plano, porque Davi ainda se manteve próximo o tempo inteiro.

Em sua festa de formatura, Jade Riva riu, dançou e se divertiu ao máximo.

E, no fim da noite, beijou Davi Lins atrás do cerimonial.

Ela ainda se lembrava bem do momento – afinal, era o mais recente entre os outros dois. Lembrava-se de pensar que era molhado demais, mas também não sabia se deveria ser assim e só estava sendo fresca. Lembrava-se de se sentir bem com a sensação de que Davi queria beijá-la, mas...

Só isso.

Era mesmo só isso?

Aparentemente, sim.

Jade começou a pensar que talvez nunca mais fosse sentir vontade de beijar alguém. Ou sequer se apaixonar de verdade – e ser correspondida. Seu coração nunca havia sido partido, ainda bem, mas de que valia se ela não sentia absolutamente nada quando se dava a chance de tentar?

Tentar. Talvez o erro dela fosse tentar demais. Quando viesse, deveria ser natural. Os livros e filmes que consumia não poderiam tê-la enganado tanto assim, certo?

A ginasta repassou tudo isso mentalmente naquela manhã de treino em Tóquio, quando Lucas a chamou para jantar com ele mais tarde. Jade não era idiota, sabia que o colega de equipe olhava para ela com segundas intenções desde o momento em que o conheceu entre a equipe dos convocados para os jogos olímpicos.

Ele era interessante e bonito, apesar de um tanto... Jade não sabia ao certo como definir. Impulsivo? Controlador? Nunca tinham conversado por mais de vinte minutos entre um treino e outro, mas o via gritando com os colegas do time masculino como se todos fossem incompetentes quando um erro acontecia. Jade era contra qualquer tipo de treino com agressividade verbal. Treinar ao mesmo tempo que Lucas a deixava nervosa, fazia com que errasse mais que o normal. Não sabia ao certo como ele era fora do ambiente da ginástica, mas esperava que não fosse como naqueles momentos.

Talvez tudo se devesse ao fato de que o pai dele era um grande treinador, respeitado, que tinha no currículo ginastas do mundo inteiro, o que pessoalmente não impressionava Jade. Ela jamais trocaria Hugo por qualquer outro treinador. Em menos de um ano ao lado dele, desde o momento em que conseguira a vaga para a faculdade na capital, ela sabia que a parceria com ele daria muito certo.

Por tudo isso, a primeira reação dela quando o rapaz fez o convite foi dizer que já tinha um compromisso.

A verdade era que Jade não tinha merda de compromisso nenhum. Ela não costumava xingar, mas era uma situação de merda.

— Com quem? — ele perguntou, desconfiado.

Jade não podia mencionar ninguém do time, porque ele saberia que era mentira.

E ela não conhecia ninguém que não fosse do time.

Ninguém, exceto...

— A Patrícia, do skate — soltou, forçando um sorriso que não mostrasse os dentes. — Foi mal, mas podemos nos ver outro dia.

— Claro... — ele murmurou, observando-a passar por ele em passos apressados para correr para o treino, onde não seria interrompida.

Mas, na primeira oportunidade, mandou uma mensagem para Patrícia – havia pegado o número dela na última vez que se viram – perguntando se ela estava livre porque queria muito se divertir um pouco antes da grande abertura dos jogos olímpicos.

Foi um alívio quando Patrícia disse que sim, embora tenha perguntado se Vinícius também poderia ir. Jade não tinha nada contra ele – não mais, pelo menos. Mas as interações que tivera com ele até agora foram estranhas, resumidas a trocas de farpas e uma única conversa civilizada. Estaria mentindo se dissesse que não havia algo que a atraía nele, mas nada de mais. Na maior parte do tempo, perguntava-se se essa incerteza não era apenas mais um motivo para se afastar.

Naquele momento, porém, não tinha muitas opções. Jade respondeu que sim, Vinícius poderia ir também.

> **Patrícia**
> nós vamos almoçar em uma lanchonete com uma temática meio nerd que o Vin encontrou, você quer vir? vamos sair por aí depois

Jade encarou o celular.

Para ser sincera, não havia parado para pensar em Patrícia como uma possível amizade, principalmente por não se considerar uma pessoa lá muito sociável no geral. Mas ela parecia ser uma pessoa legal. Almoçar, passear e jantar juntas? Soava como algo que faria com uma amiga, e Jade gostava disso.

Mesmo que Vinícius estivesse no pacote.

Após o treino, Jade correu para tomar um banho e se arrumar para o almoço. Encontrou Patrícia e Vinícius na área principal da vila olímpica esperando por ela.

— Certo, primeiramente, qual é o nível de nerd que essa lanchonete é? — perguntou, cumprimentando Patrícia com um abraço e... um aceno de cabeça na direção de Vinícus. Ele usava o mesmo boné de sempre sobre os fios cacheados e estava com os fones no ouvido, como se qualquer conversa que pudesse acontecer não o interessasse tanto assim. Patrícia provavelmente notou a mesma coisa, porque fez uma careta e arrancou os fios dos ouvidos do melhor amigo. Ele revirou os olhos, mas não protestou.

— Muito nerd. Animes. One Piece, Dragon Ball Z, essas coisas. Eles têm um sanduíche inspirado no Dio Brando, então essa pode ser a melhor experiência da minha vida ou a pior — ele respondeu. Quando Jade não expressou nada além de uma cara confusa, ele sorriu. Um sorriso divertido. — Você não faz a menor ideia do que eu estou falando, não é?

— Não é meu tipo de entretenimento, confesso.

— Nesse caso, espero que tenham algo de Neverland pra você.

— Vinícius! — Patrícia exclamou, empurrando o ombro dele antes que Vinícius recuasse sobre o skate. Jade tinha quase certeza de que era proibido transitar com o skate em vias públicas, mas ele não parecia nem um pouco preocupado com isso.

— Não me ofendeu, eu nem sei o que é Neverland.

— É um anime que ele odeia — ela resmungou. — Não leve nada do que ele diz a sério. É como Vinícius expressa afeto.

— Eu acho que ele realmente não gosta muito de mim — Jade soltou, franzindo o cenho quando Vinícius quase caiu ao tentar saltar com o skate sobre a calçada. Patrícia, por sua vez, não parecia preocupada.

— Ah, não. Ele é o inferno com quem não gosta de verdade, tipo o Lucas.

Mas Vinícius tinha todos os motivos para querer amassar a cara do Lucas na parede, então não o julgava por isso.

Patrícia desviou do assunto perguntando como havia começado a se interessar pela ginástica, e Jade respondeu com a história que adorava contar para quem se sentisse interessado. Ela começara no balé, muito cedo. A mãe havia sido bailarina durante toda a vida antes de tornar-se mãe, então era natural que Jade fizesse o mesmo.

Mas não era o suficiente. A pequena Jade gostava dos giros e das músicas que exigiam do seu corpo, mas ainda queria mais.

Então, durante a transmissão de uma edição dos jogos olímpicos, parou para assistir a uma ginasta.

Foi amor à primeira vista. Jade queria aquilo, a movimentação intensa, as voltas e os mortais. Foi uma questão de tempo até que ela convencesse seus pais a levá-la para uma aula experimental no ginásio onde, duas vezes por semana, algumas crianças da sua idade ou mais velhas treinavam.

Mas Jade queria aquilo, queria viver da ginástica. Mesmo tão nova, Jade Riva *era* a ginástica. Era toda movimento, cada passo milimetricamente calculado para ser executado com perfeição. Aos poucos, Jade passou a ter aulas extras junto às ginastas mais velhas e mais vezes durante a semana.

Em pouco tempo, assim que completou a idade mínima, ela passou a fazer parte do time para competir.

Então lá estava ela. Nos jogos olímpicos.

Jade só percebeu que Vinícius estava ao seu lado, ouvindo-a contar tudo aquilo, quando ele abriu a boca.

— Tu já quebrou algum osso?

— Uma vez. A clavícula. — Ele chiou, fazendo uma careta. O skatista abriu a porta da lanchonete para que entrasse ao lado de Patrícia, e a primeira coisa que Jade pensou foi que ele realmente não estava brincando quando disse que aquele lugar era mesmo muito nerd. — E você?

— Ah, você não vai querer saber da lista — Patrícia resmungou, olhando ao redor. — Ele é viciado em se quebrar.

— Minhas melhores manobras vieram depois de um arranhãozinho — ele justificou, arrumando a aba do boné verde para trás. Jade observou as pontas de alguns cachos rebeldes que sobraram no boné, desviando o olhar em seguida.

— Em compensação, eu já torci e desloquei muita coisa. — Jade encarou o cardápio gigante em uma das paredes, franzindo o cenho. Estava tudo em japonês. — O que vão pedir?

— Eu tenho o cardápio em inglês, mas aposto que não vai ser de muita ajuda pra ti — ele provocou, quase cantarolando. Quando Jade estreitou os olhos na direção dele, Vinícius soltou uma risadinha. — Eu vou pedir o Dio, mas dizem que é apimentado pra cacete.

— Eu só quero um lanche normal — deu de ombros.

— Pode deixar. — O skatista fez uma reverência exagerada ao se afastar para ir até o balcão, e Patrícia fez uma careta.

— Cara bizarro. Enfim, eu vou procurar uma mesa enquanto vocês fazem os pedidos. Não confie em nada que o Vin disser que é muito bom.

Jade precisou respirar fundo antes de se aproximar do skatista na pequena fila do estabelecimento.

Quando percebeu a aproximação dela, soltou uma risada anasalada.

— Eu não ia pedir nada ruim pra ti — ele disse.

— Isso nem passou pela minha cabeça. — Jade deu de ombros. — Na da Patrícia, talvez. Você sempre é um risco pra humanidade?

— Só pra quem eu acho que merece.

— Deve ser incrível se sentir o centro do mundo — soltou calmamente. Vinícius a encarou pelo canto do olho como se esperasse algum tipo de provocação a mais, um tom irônico. Ele não encontraria. Jade havia dito aquelas palavras como se realmente pensasse no que havia dito. — Você tem uma tatuagem favorita?

Ele piscou, levando mais alguns segundos para processar a mudança de assunto. Vinícius olhou rapidamente para as tatuagens visíveis em seus braços, o que fez Jade se perguntar quantas mais existentes ela não conseguia ver.

O pensamento foi tão súbito que seu rosto queimou quase instantaneamente. Ele não havia notado isso, não é?

— Na real, eu mal me lembro delas na maior parte do tempo.

— Sério? Você marca uma coisa na pele pra sempre com agulhas e não se lembra da sua favorita?

Vinícius riu, balançando a cabeça. Ele tinha um sorriso bonito, Jade notou. O tipo de sorriso naturalmente tímido que era difícil de arrancar das pessoas. Mas lá estava ele, mostrando-se para ela. Muito bonito.

— Tu é uma dessas que acham que precisa ter um supersignificado por trás, não é? — ele perguntou, pendendo a cabeça para o lado ao olhá-la.

— Eu não sei — confessou. — Nunca pensei em ter uma tatuagem. Acho que meu treinador me mataria.

— Que bosta. — Vinícius virou a atenção para a bancada de atendimento quando a vez deles chegou, embora tenha olhado na direção de Jade rapidamente ao apontar o lanche que ela comeria, como se quisesse ter certeza de que era aquele. — Eu fiz a primeira com quinze anos. Acho que estava juntando grana desde os treze pra conseguir fazer.

— Qual foi?

— A arcada dentária de um tubarão — ele sorriu, acompanhando-a até a mesa onde Patrícia estava. — É maneira, e eu fiquei feliz pra cacete quando fiz. Talvez seja a minha favorita.

— E você ainda pretende fazer outras?

— Não tenho nenhuma ideia para tatuagem agora, mas sempre acabo fazendo mais uma. — Vinícius se sentou ao lado da melhor amiga, apontando para as tatuagens dela. Em comparação com ele, Patrícia tinha pouquíssimas. Olhando por cima, Jade havia contado cinco ou seis. Vinícius provavelmente tinha vinte apenas nos dois braços, isso sem contar as do pescoço e outras menores que os cachos da nuca escondiam. — Jade acha que todas as tatuagens têm que ter significado.

— Eu nunca disse isso!

— Se você fizesse uma tatuagem, o que seria? — a skatista perguntou, interessada.

— Nunca parei pra pensar nisso. — Jade recostou-se no assento estofado, não escondendo o sorriso quando a comida chegou à mesa. Não havia percebido o quanto estava faminta até ver a cara ótima do sanduíche escolhido por Vinícius.

O assunto mudou subitamente quando Patrícia começou a comentar uma confusão que havia visto no time de skate de outro país, como todos achavam que não tinham chances contra uma skatista específica dos Estados Unidos e como ela perderia com honra para essa mesma skatista se isso significasse ter uma mínima chance de beijá-la. Comparada a Vinícius, Patrícia tinha energia de sobra com qualquer pessoa ao redor. Ela era mais falante, mais aberta.

E Vinícius prestava atenção em cada mísera palavra que saía da boca de Patrícia. Jade já havia notado isso uma vez, como o silêncio absoluto dele não necessariamente significava que ele não dava a mínima. Na verdade, Vinícius acompanhava o assunto de forma muito interessada enquanto comia, do jeito mais relaxado que Jade já o havia visto desde que se conheceram. A ginasta quase se sentiu uma intrusa por se enfiar no meio de um passeio que inicialmente seria só deles, o tipo de programa que ele definitivamente aproveitaria e curtiria muito mais.

De repente, sua atenção foi puxada de volta para Patrícia quando ela parou de falar para atender a uma ligação. Já havia terminado o sanduíche – realmente ótimo, por sinal – e aproveitava as batatinhas quando a garota murmurou um xingamento.

— Tá, eu já tô indo. Não tô longe da vila olímpica — ela resmungou, dando um tapinha na perna de Vinícius para que ele a deixasse se levantar. — Minha treinadora quer me ver, mas o jantar ainda tá de pé! Vin, depois eu pago a minha parte no lanche.

— Relaxa, vai lá — ele bufou, como se a possibilidade de Patrícia pagar a própria parte da conta para ele fosse ridícula. — Até, Pat.

Jade se despediu com um aceno, sentindo o peso de ficar realmente sozinha com Vinícius quando a viu sair da lanchonete às pressas.

Não que ele a deixasse desconfortável. O que sentia com ele não chegava nem perto da vontade de revirar os próprios órgãos com as mãos que sentia quando estava com Lucas, por exemplo. Mas ele a intimidava, e não de um jeito ruim.

Jade não estava acostumada a não saber qual seria o próximo movimento de alguém, e Vinícius Carvalho era completamente imprevisível.

— Como você soube desse lugar? — perguntou, após comer a última batatinha.

— Eu e Pat vimos uns milhares de vídeos no YouTube sobre lugares legais em Tóquio e só selecionamos os que sabíamos que eram perto dos dormitórios — ele explicou, mexendo calmamente no gelo que restava no copo de refrigerante que tinha em mãos. — Tu se surpreenderia com a quantidade de restaurantes temáticos que tem aqui.

— Como você começou com o skate? — Jade perguntou, e Vinícius a olhou com a mesma expressão de quando estavam na fila, como se quisesse entender a mudança de assunto. A garota comprimiu os lábios. — Você já sabe como eu comecei, nada mais justo que ouvir como você começou.

— Minha história não é tão bonitinha quanto a sua. — Ele ajustou o boné para a frente antes de se pôr de pé, e Jade o acompanhou para fora. Imaginava que voltariam para a vila olímpica após o almoço, mas ele tomou o caminho contrário. — Era só um passatempo, eu ficava com uns caras que conheci matando aula numa praça próxima ao lugar em que minha irmã fazia balé até a hora de levar ela pra casa. Gravaram uns vídeos em que eu aparecia pra postar em um Instagram sobre skate amador e acabou chamando a atenção do meu treinador. Acho que só acreditei que poderia ser algo sério quando venci uma competição pela primeira vez, um ano depois.

— E você ainda conversa com esses amigos?

Ele balançou a cabeça.

— Precisei me mudar com minha mãe e minha irmã há uns três anos, acabamos perdendo contato. — O tom dele mostrou que não era o tipo de assunto no qual gostaria de se estender, e Jade respeitaria isso. Ela também tinha seus próprios tópicos que não conversaria com qualquer um. — Você ainda conversa com as pessoas que começaram treinando com você?

— Algumas. A maioria acabou abandonando na adolescência ou no começo da faculdade, era mais um hobby pra maioria. — Jade olhou ao redor, parando quando ouviu uma voz chamar pelo skatista ao seu lado. Estavam passando por uma praça onde dez ou quinze skatistas usavam as rampas e obstáculos para praticar. Considerando que o rapaz que estava chamando por Vinícius vestia uma camiseta do Brasil, provavelmente se conheciam.

— Você não vai? — perguntou, vendo-o continuar a andar ao lado dela.

— Eu não estou contigo?

Jade piscou. Não havia parado pra pensar que sua presença era um tipo de impedimento para Vinícius, mas ele pareceu muito seguro quando disse aquilo.

— Ah, relaxa — balançou a cabeça, soltando uma risada desajeitada. — Eu posso passar naquela lojinha de roupas ali enquanto isso.

O skatista pareceu analisá-la por um longo minuto, ou talvez fosse apenas sua mente fazendo com que parecesse uma eternidade.

— Tem certeza? — ele perguntou.

— É, eu aposto que você iria se não fosse por minha causa.

Ele ainda parecia querer contestar, mas sabia que ela não estava enganada. Jade o observou pegar o skate da mochila e se aproximar de onde o grupo de skatistas estava reunido, cumprimentando-os animadamente.

Jade suspirou ao atravessar a rua para olhar algumas das lojas de roupas mais próximas, só para matar o tempo. Precisou se segurar para não experimentar uma loja inteira, porque jamais teria dinheiro suficiente para pagar por tanta coisa bonita.

Mas não deixou de passar numa cafeteria também próxima. Havia descoberto recentemente que queria experimentar a maior variedade de cafés possível em Tóquio, porque não existiam tantas combinações de sabores no Brasil. Pegou um café com creme de pêssego e damasco e também um café gelado normal para Vinícius só porque não sabia se ele gostava de algo mais.

Num primeiro momento, o skatista, que parecia estar realmente aproveitando o espaço da praça, não percebeu que ela estava de volta. Jade se acomodou em um canto, sentada na calçada enquanto bebia o café e se distraía com o celular.

Havia algumas mensagens de suas amigas do Brasil, especialmente as que treinavam ao seu lado, mostrando toda a rotina que mantinham enquanto ela estava longe. Algumas de sua mãe e também de seu pai, e Jade não havia parado para pensar no quanto sentia falta de tê-los por perto até então.

— Qual foi o café temático do dia? — a voz de Vinícius chamou a sua atenção enquanto ele se aproximava lentamente sobre o skate.

— Era um café-floricultura — sorriu, estendendo o café gelado que havia escolhido para ele. — Acho que metade do gelo já derreteu, eu não queria te atrapalhar.

— Valeu — ele agradeceu, soando um pouco surpreso. — Café-floricultura, é?

— É uma gracinha, nós podemos passar na frente dele na hora de ir embora. — Jade estendeu o café que tinha em mãos na direção dele, ainda sem se levantar da calçada. — Quer experimentar?

Vinícius se agachou à sua frente para experimentar, não escondendo a careta assim que puxou o líquido pelo canudinho.

— Que horror — ele resmungou. Jade desviou o olhar para observar um dos outros skatistas equilibrar-se em cima de um corrimão e ainda fazer um salto no final. — Quer tentar?

— Fofo da sua parte pensar que eu conseguiria fazer algo assim.

— Não isso. Só subir no skate.

— Ah, eu acho que não...

Antes que pudesse terminar de falar, Vinícius estava de pé, estendendo as mãos para que ela subisse no skate.

Ela bufou, mas levantou-se para se aproximar dele.

— Segure as minhas mãos — ele instruiu, segurando-a com firmeza. As mãos de Vinícius eram calejadas, e Jade não deixou de se perguntar se era normal que um skatista tivesse calos nas mãos ou se ele fazia algo mais no tempo livre. — Você se equilibra sobre um pé e toma impulso com o outro.

Ela tentou. Não deu certo, porque o skate parecia querer ir embora e deixá-la para trás antes mesmo que tomasse o tal impulso. Vinícius usou um pé para segurar o skate.

— Leve o seu corpo junto, ruiva — ele disse, rindo baixo. — Tente mais uma vez.

— Se eu me machucar, vai estragar todo aquele papo de que eu deveria estar aqui e que a medalha vai ser minha — resmungou, usando as mãos dele para equilibrar-se novamente.

— Não vou te deixar cair. — Jade tentou mais uma vez e, por um segundo, achou que conseguiria percorrer dois metros de uma linha reta.

Não.

Assim que pegou velocidade, Jade se desequilibrou. Vinícius a segurou rapidamente, usando um braço para puxá-la pela cintura.

— Chega, isso não é pra mim — arfou, completamente consciente da proximidade com o skatista. Quando ele riu mais uma vez, a ginasta empurrou o ombro dele.

— Tu foi bem — ele mentiu descaradamente. Vinícius tirou o boné para arrumar alguns fios rebeldes e só então Jade pôde perceber o quanto os cachos eram volumosos. Não que tivesse tido muito tempo para olhar, porque ele logo colocou o acessório novamente sobre a cabeça.

— Não me olha assim, ruiva. Topa voltar pra vila? Eu tenho um treino de verdade em uns quarenta minutos.

Jade assentiu. Ela o observou se despedir dos outros que estavam na praça antes de acompanhá-la pelo mesmo caminho que haviam tomado para chegar até ali.

— Quando são as suas classificatórias? — ele perguntou, após algum tempo de silêncio.

— Amanhã pela manhã — suspirou. — É a primeira modalidade a ter classificatórias depois da abertura.

— Ótimo, vou estar lá. — Quando Jade ergueu uma sobrancelha na direção dele, claramente surpresa, Vinícius soltou uma risada. — O quê?

— Por que você vai?

— Porque minha irmã é meio obcecada por ginástica e vai surtar se eu mandar um vídeo de alguém se apresentando pra ela — ele disse, umedecendo os lábios antes de continuar. Foi um gesto mínimo, talvez um pouco nervoso e apressado, mas Jade notou. Embora não soubesse ao certo o que deveria significar. — E eu quero te ver em ação, então é um motivo a mais.

Ela não saberia reagir a isso de forma alguma. Não mesmo.

Por isso, mudou de assunto.

— Você é próximo da sua irmã? — perguntou Jade, não deixando de notar a mudança de expressão seguinte. Vinícius sorriu, embora tenha soado um pouco... triste. — Eu sou filha única. Passei a minha infância inteira querendo ter irmãos, mas meus pais se separaram e nunca mais se casaram, então... não rolou.

— Ela tem doze anos — ele respondeu. — É a pessoa que eu mais amo no mundo.

Vinícius continuou falando sobre a irmã, para a surpresa de Jade. Sobre o quanto ela amava o balé desde pequena, mas também adorava acompanhar outra infinidade de esportes. A ginástica era um deles.

Quando chegaram à vila olímpica, ele a acompanhou até o corredor do seu dormitório e se recostou na parede quando Jade apontou para a porta pela qual entraria.

— Até mais tarde, então — murmurou, franzindo suavemente o cenho ao notar o sorriso atravessado de Vinícius. — O que foi?

— Foi bom sair com você. Até mais tarde, ruiva.

Jade o observou se afastar, um tanto perplexa. Não esperava um comentário como aquele vindo de Vinícius. Quer dizer, talvez tivesse se surpreendido ao perceber que também tinha gostado – e muito – de passar aquele tempo com ele. Muito mais do que havia se permitido observar durante todo o tempo ao lado dele.

Um ano e meio depois de chegar à conclusão de que provavelmente morreria solteira por suas expectativas altas demais para um simples beijo, Jade Riva percebeu que queria muito beijar Vinícius Carvalho.

E, mesmo depois de algumas experiências fracassadas, a sensação de se sentir atraída por alguém parecia algo completamente novo.

CAPÍTULO NOVE

NO MENU DO DIA: SKATE À PARMEGIANA

Paris, 2024

Vinícius se sentou no canto mais próximo das arquibancadas do ginásio onde as classificatórias de ginástica estavam prestes a começar.

Ele não queria ser notado, e considerando a quantidade de pessoas presentes, esperava conseguir. Não que precisasse se esconder. Depois de conversar tanto com Jade na noite anterior à cerimônia de abertura, estava certo de que as coisas entre eles estavam... bem, na medida do possível.

Conversar com ela era fácil. Com mil e um problemas não resolvidos nos fundos de sua mente ou não.

Ela ficou surpresa com o quanto tinha sido difícil pra ele passar por tantas mudanças. E seu coração ficou quentinho ao saber que ele ajudava crianças e adolescentes a seguir uma carreira no skate. Tinham falado sobre o período de mudança caótico de Vinícius para os Estados Unidos, algumas de suas melhores competições ao redor do mundo após as primeiras Olimpíadas. Tinham conversado também sobre o seu trabalho ocasional para ensinar alguns garotos mais novos que treinavam perto de onde morava.

Tinham falado muito sobre Vinícius e pouquíssimo sobre Jade, embora ela complementasse com algo de seus últimos quatro anos vez ou outra. Não que Vinícius se importasse, porque sabia bem de todos os motivos para que ela preferisse não adicionar muito à conversa além de comentários sobre o que ele falava. Não ficava menos confortável por isso, porque conversar com Jade aparentemente sempre teria esse poder de manter a mente inquieta do skatista no mesmo lugar por mais tempo.

— Minha mãe se casou — ela disse, em algum momento quando já estavam perto dos dormitórios. Como antes, cada um assumiu seu lugar em um canto paralelo do elevador minúsculo. — Há mais ou menos um ano, na verdade.

— Sério? — ele ergueu as sobrancelhas, surpreso. — Isso é uma novidade. Como foi que aconteceu?

Jade riu, balançando a cabeça.

— Com o Hugo.

O queixo de Vinícius caiu. De todas as pessoas que Jade poderia ter citado, por mais que ele conhecesse pouco de seu círculo mais íntimo, Hugo provavelmente era a última pessoa que ele chutaria como um pretendente para a mãe de Jade. E estava tudo bem, porque ela enxergava da mesma forma.

— Não — ele disse, e foi tudo o que saiu da boca dele.

— Sim.

— O Hugo, seu treinador?

— O próprio.

— E você ainda treina com ele?

— Todos os dias — ela assentiu, não contendo uma risada mais alta com a expressão horrorizada do skatista.

Hugo parecia ser legal – embora Vinícius nunca tivesse, de fato, conversado com ele.

Mas Hugo o odiava. E por mais que ela dissesse que não, ele sabia que sim. Havia-o odiado desde o primeiro momento, e provavelmente ainda mais depois de tudo o que havia acontecido.

— Que pesadelo.

— Para, ele é legal.

— Essa informação mudou a minha vida.

— Acho que eu tive a mesma reação quando eles me contaram. — Jade mudou o peso do corpo de um pé para o outro desajeitadamente ao sair do elevador, observando-o acompanhá-la até o fim do corredor. — Obrigada por me acompanhar.

— Sempre que precisar, ruiva.

Então, antes que Vinícius pudesse realmente processar a movimentação, Jade o abraçou. Ele se deu conta de que desde que a havia reencontrado não tinham se tocado uma única vez.

E Jade ainda tinha o abraço que rodeava seu pescoço e que demandava que ela ficasse na ponta dos pés para alcançá-lo. Era confortável e carinhoso, especialmente quando ela deslizava os dedos entre os fios de cabelo da sua nuca.

— Boa noite, Vin — ela disse, antes de se afastar. Jade se limitou a sorrir antes de se virar na direção contrária e andar, a passos rápidos, para o dormitório.

Então, sim. Ele poderia dizer que estavam bem.

★ ★ ★

Algumas pessoas do time de ginástica já se aqueciam sobre o tatame, mas não todas – Jade não estava lá, provavelmente ainda se preparando.

Mas havia uma pessoa que ele conhecia por perto. Sinceramente, Vinícius preferia não conhecer.

Hugo notou a presença de Vinícius assim que apareceu na área principal das atletas, o que fez com que o skatista se perguntasse se o treinador de Jade tinha algum tipo de sensor para rastreá-lo. Não seria uma surpresa.

O padrasto de Jade – ele ainda não havia processado essa informação – estreitou os olhos na direção dele, gesticulando para que se aproximasse da barreira que separava as arquibancadas de onde os atletas, jurados e equipes em geral podiam circular.

— Oi, Hugo! — cumprimentou, esforçando-se para soar o mais confiante que conseguia. — Faz um tempão que não te vejo, né?

— É. — retrucou Hugo, e Vinícius engoliu em seco com a aproximação. — Veio ver as classificatórias?

— É, eu estava por perto — mentiu. Deveria estar bem longe dali, praticando com seu time. Pietro não precisava saber que havia furado para ver as classificatórias de outra categoria. Droga, o que estava fazendo ali? — Tudo bem?

— Ótimo — ele respondeu, calmo. O grisalho se aproximou da barreira que os separava, suavizando a expressão ao apoiar os braços ali. — Olha, isso não é da minha conta e eu não vou me meter. Mas não pise na bola. Seria demais pra todos nós.

Vinícius engoliu em seco. Bem, não era o tipo de conversa que esperava ter. Hugo provavelmente tinha uma ideia muito diferente de suas intenções ao se aproximar – mesmo que apenas fisicamente – de Jade, mas não o culpava por isso de forma alguma. Ele tinha todos os motivos do mundo para ter um senso de proteção sobre ela não apenas como treinador. Por mais que não se dessem muito bem desde as Olimpíadas de Tóquio, sabia que aquele cara se preocupava com Jade.

— E você ainda cheira a cigarro velho — completou Hugo, fazendo uma careta ao se afastar.

"Bom te ver também", pensou Vinícius, voltando para o canto onde estava sentado antes.

Não pise na bola. O que ele queria dizer com aquilo? Vinícius jamais faria mal para Jade.

Não intencionalmente. Sabia como ninguém o que havia acontecido quatro anos antes.

Vinícius soltou um resmungo ao perceber o quanto havia deixado aquele pequeno momento afetá-lo. Droga, era adulto o suficiente para saber como agir. Independentemente do que outra pessoa falasse ou pensasse dele.

Ele observou duas ou três ginastas apresentarem suas sequências, desinteressado. Ainda não fazia a menor ideia das diferenças entre saltos e, sinceramente, achava que nunca entenderia. O importante seria ver Jade avançar nos jogos. Vinícius se distraiu com o celular até escutar o nome da ginasta ser chamado.

A Jade prestes a se apresentar tinha uma postura dura e impecável, uma expressão serena e concentrada. O cabelo ruivo brilhava no coque bem preso. Ela estava linda. Parecia confiante.

O uniforme azul e brilhante se destacou quando Jade parou sobre o tatame. Pela imagem ampliada do telão principal, ele pôde notar a respiração profunda da ginasta antes de assumir a postura com que iniciaria sua apresentação.

O instrumental de um violino começou a tocar, suave e calmo, tal qual os primeiros movimentos feitos pela ginasta. Alguns saltos e giros, os braços acompanhando o ritmo triste. Era como ver uma apresentação de balé tradicional até a música se intensificar, tomando um tom tenso e enérgico.

Vinícius, que fazia o que fazia sobre um skate, jamais seria capaz de entender como era possível fazer o que Jade fazia sobre o solo – isso sem mencionar as outras modalidades da ginástica, mas não era o caso.

Ela era impressionante. Jade Riva finalizou a performance com a mesma postura confiante e dura que apresentara no início, o peito controlando uma respiração pesada que demonstrava o quanto ela não queria parecer cansada. A ginasta se manteve séria até o último segundo em que estava no tatame, mas um sorriso largo tomou conta do seu rosto quando pulou em um abraço com Hugo. Considerando o quanto ela parecia feliz, aquela sequência era motivo de comemoração.

Não foi surpresa alguma ver o nome dela entre as melhores notas da performance em solo. Jade se classificou para os jogos por medalhas com êxito e perfeição, mesmo que no terceiro lugar. A expressão de alívio e felicidade que tomou conta do rosto dela ao ver o resultado dizia muita coisa.

Vinícius não duvidava que estar naquelas Olimpíadas, mesmo depois de tudo, era extremamente significativo para ela.

A trave seria a segunda categoria a ter suas classificatórias, e também a última à qual Vinícius poderia assistir antes de precisar voltar para sua própria equipe. Tinha, pelo menos, mais uma hora e meia. Dentro do esperado.

O skatista relaxou mais uma vez no assento da arquibancada, voltando a rolar as redes sociais para se distrair enquanto esperava pela continuação das classificatórias.

— Oi. — A voz de Jade chamou a sua atenção, e ele arregalou os olhos ao vê-la parada na sua frente. A maquiagem e o penteado continuavam ali, mas ela vestia um conjunto esportivo com as cores da bandeira brasileira sobre o uniforme principal. — Eu não esperava te ver.

— Eu não esperava que tu me visse — confessou, umedecendo os lábios. Jade não parecia incomodada com a presença dele. — Oi, ruiva. Parabéns pela classificação.

— Valeu. — Ela limpou a garganta antes de se sentar ao seu lado. — Eu te vi desde que subi, na verdade. Hugo disse que conversou com você.

— Ele foi um amor.

— Não sei o que ele disse, mas peço desculpas desde já. — Jade suspirou, balançando a cabeça. —Acho que depois do que aconteceu com...

— Ei, ruiva — chamou, fazendo com que Jade o olhasse diretamente. — Tá tudo bem. Não é como se eu já não soubesse que ele não me curte muito.

Jade abriu a boca para protestar – provavelmente para dizer que não, Hugo não o odiava mesmo. Mas Vinícius se limitou a inclinar a cabeça com um sorriso, dizendo silenciosamente que era uma brincadeira. A ginasta soltou uma risada baixa e sem graça.

— Eu preciso voltar agora, só queria ter certeza de que você não me odiaria depois de falar por dois minutos com o meu padrasto.

— Tu precisa parar de achar que eu vou começar a te odiar a qualquer momento, isso é definitivamente impossível. — Vinícius a viu se forçar a relaxar. — Pode ir, Jade.

Ela suspirou, afastando-se em seguida. Não demorou muito para que as classificatórias retornassem, dessa vez para a trave. Se ele estava bem lembrado, aquela costumava ser a especialidade de Jade. Não sabia se aquilo havia mudado em quatro anos, mas duvidava que ela não tivesse melhorado entre horas e mais horas de treino.

— Você é o Vinícius Carvalho? — Uma moça que ele só pôde concluir ser ginasta, pois ela usava o mesmo conjunto de uniforme esportivo que Jade, aproximou-se da separação entre as arquibancadas com um sorriso interessado e perguntou. Ela não parecia ter mais que dezesseis ou dezessete anos, o que o fez erguer uma sobrancelha.

— Depende de quem pergunta.

— Mira — ela se apresentou. — Você e a Jade voltaram?

Não era uma surpresa que algumas pessoas, especialmente as que compartilhavam o mesmo espaço que Jade ou ele próprio, soubessem do histórico de anos antes. Fofocas corriam rápido demais para o seu gosto quando se tratava das equipes olímpicas.

E, bem, eles não tinham feito muita questão de esconder qualquer coisa quatro anos antes. Podia não ser de conhecimento público

– ninguém realmente dava muita importância aos dois antes –, mas não seria novidade para os colegas de equipe.

— Não sei do que você está falando — soltou, arrumando a aba do boné para trás. Esperava que aquela resposta fosse o suficiente para afastar aquela criança, mas Mira continuou apoiada na grade. Encarava-o como se esperasse por uma continuação da resposta. Vinícius suspirou, impaciente. — Por quê?

— Vocês combinam.

Não sei se ainda concordo com isso, pensou. Mira ainda parecia interessada demais em uma resposta direta de Vinícius, e ele não queria dar para ninguém, muito menos para uma desconhecida na adolescência.

Nada contra adolescentes. Ele até tinha amigos que eram.

— Você não deveria estar se preparando pra se apresentar?

— Sou a última. Por que vocês não voltaram?

Porque a vida é muito mais complicada que os filmes de romance açucarado que você provavelmente consome, sua cabeça insistiu em retrucar. Não, Vinícius não responderia uma criança daquele jeito.

— Porque eu já namoro — mentiu, só porque aquela era a única coisa que parecia ser capaz de afastar aquele assunto da cabeça da menina. Mira arregalou os olhos, e Vinícius precisou conter um sorriso satisfeito. — Jade é só minha amiga agora.

— Ah, que pena. — Mira suspirou, decepcionada. — Sua namorada é legal?

— Ela é — resmungou, pensando em como todas as pessoas com quem havia se relacionado recentemente eram tudo, menos legais de verdade. Com exceção de André, talvez, mas o ponto entre eles era justamente que funcionavam mais como amigos do que como qualquer outra coisa. — Já acabou o interrogatório?

Mira revirou os olhos, afastando-se sem dizer mais nada.

Bem, não tinha sido seu diálogo favorito. Ele afastou o assunto da mente quando as apresentações na trave do Brasil se iniciaram, sabendo que Jade entraria a qualquer momento.

Ele se perguntou o que Jade responderia caso Mira fizesse aquelas mesmas perguntas para ela – se é que já não as tinha feito, considerando que eram colegas de equipe. Talvez Jade tivesse dito à garota que eram apenas amigos, como ele próprio havia dito.

O que era melhor que nada.

A vez de Jade foi anunciada, chamando a sua atenção para o momento.

Ela continuava com o mesmo traje, mas era impossível não notar como ela parecia um pouco mais tensa. Jade respirou profundamente uma, duas, três vezes antes de assentir com a cabeça como se estivesse conversando consigo mesma e preparar-se para subir na trave.

Ela correu a passos rápidos, iniciando a subida com um mortal. Ou seja lá qual fosse o nome daquele movimento, que, pelo menos para Vinícius, poderia ser chamado de mortal. Provavelmente havia um nome diferente para quem realmente entendia o que ela estava fazendo ali.

Mesmo com a tensão evidente no início, ela se saiu bem. E Vinícius não precisava entender tudo aquilo para constatar. Bastava ver os aplausos do público ao redor a cada novo movimento que parecia mesmo mais complexo que o anterior, ou as respirações aliviadas e um pouco ofegantes que ela soltava entre um salto e outro. Jade se movimentava com leveza, ainda no ritmo da música, como se fosse levada por ela.

Ainda era possível ver a influência que o balé tinha em cada movimentação de Jade. E era bonito, hipnotizante.

Ela saltou da trave na finalização com o que parecia ser um mortal triplo que levou todos ao redor à loucura. Jade pousou no chão com um tropeço que parecia mínimo aos olhos de Vinícius, mas a fez expressar uma careta por um milésimo de segundo. Se não estivesse olhando para a ginasta pelo telão, provavelmente nem teria percebido.

Ele não sabia se aquele tropeço era algo que lhe tiraria muitos pontos ou se ela havia pousado no chão de mau jeito, mas qualquer uma das opções seria uma preocupação. Vinícius se inclinou para a frente, apoiando os cotovelos sobre os joelhos descobertos pelos rasgos do jeans que usava como se os cinco centímetros de aproximação que a posição lhe proporcionava fossem fazer com que enxergasse melhor os passos de Jade.

Ela sorriu ao descer, correndo na direção de Hugo para abraçá-lo. Considerando a animação de ambos, ela havia se saído bem. Não parecia estar mancando ou machucada, o que era ainda melhor.

A nota saiu cerca de dois minutos depois, o que pareceu ser uma eternidade para Vinícius. Provavelmente para Jade também.

O número 13.500 brilhou no telão do ginásio.

Era uma boa nota? Parecia uma boa nota. Talvez Vinícius devesse pesquisar um pouco mais sobre o sistema de pontuação da ginástica, porque tudo parecia mais simples no skate – a nota máxima era 10, então tornava-se mais fácil ter uma ideia do que era bom ou não.

Agora, 13.500? Qual era a pontuação máxima daquilo? Poderia ser 15 mil, o que tornaria a apresentação boa. Mas poderia ser 20 mil, o que ainda seria muito bom – mas talvez não o bastante para uma classificação, conhecendo a base de notas das Olimpíadas.

Quando Jade não esboçou qualquer expressão além de mais um abraço no treinador, Vinícius ficou ainda mais confuso.

Ele tirou o celular do bolso e mandou uma mensagem para Patrícia. Se havia alguém que saberia o básico da ginástica, seria ela.

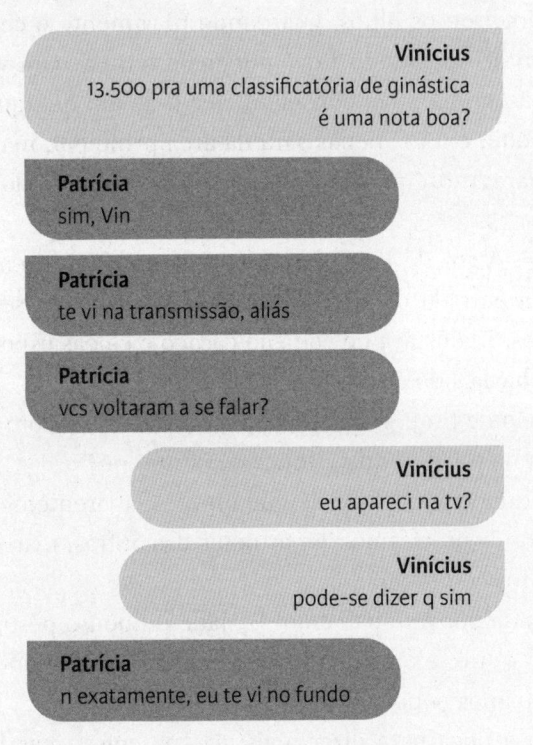

> **Vinícius**
> 13.500 pra uma classificatória de ginástica é uma nota boa?

> **Patrícia**
> sim, Vin

> **Patrícia**
> te vi na transmissão, aliás

> **Patrícia**
> vcs voltaram a se falar?

> **Vinícius**
> eu apareci na tv?

> **Vinícius**
> pode-se dizer q sim

> **Patrícia**
> n exatamente, eu te vi no fundo

Patrícia
vc é bem diferente do público usual da ginástica, sabe

Vinícius
n sei se isso foi um elogio

Vinícius
mas obrigado

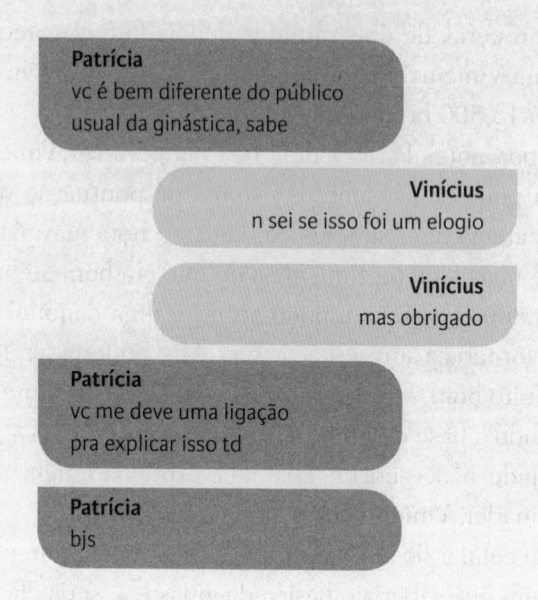

Patrícia
vc me deve uma ligação pra explicar isso td

Patrícia
bjs

Vinícius revirou os olhos, guardando novamente o celular no bolso para levantar-se. Queria ficar por mais tempo para ver as outras fases, mas não podia. Não conseguiu ver Jade em qualquer lugar dali para se despedir, então apenas saiu da área principal, mandando uma mensagem para André para avisar que já estava saindo do ginásio para encontrá-lo.

— Vin! — A voz de Jade chamou a sua atenção, fazendo-o se virar na direção da entrada da área de competição, vendo-a se aproximar a passos rápidos. Ela estava de volta ao casaco e calças esportivos, mas o cabelo ruivo havia sido solto. — Você já vai?

— Reunião de time — justificou, vendo-a relaxar com o motivo. — Você foi bem na trave. Ainda é seu ponto forte, né?

— Acho que sim. — Jade deu de ombros, aparentemente despreocupada. — Ainda precisamos ver as notas das outras, mas fui bem.

— Nada fora do esperado.

— Obrigada por ter aparecido. — Jade mudou o peso do corpo de um pé para o outro, e era engraçado perceber que ela ainda tinha essa mania mesmo anos depois.

Ela abriu a boca para dizer mais alguma coisa, mas foi interrompida pela aproximação de uma jornalista. Não a mesma que os havia entrevistado quatro anos antes, mas ainda com um uniforme de imprensa brasileira.

Vinícius balançou a cabeça, indicando que estava tudo bem e que ela podia dar atenção para a mulher tranquilamente. Afinal, era seu momento. Havia acabado de conseguir as primeiras classificações do Brasil para a ginástica. Ele com certeza não deveria ser sua prioridade.

Também não deveria ter sido quatro anos antes, pensando bem. Mas jovens de dezoito anos sempre são um pouco mais inconsequentes.

Vinícius pensou que adoraria ter conhecido Jade apenas ali, nas Olimpíadas de Paris. Mais maduro, mais certo de quem era. Muita coisa teria sido evitada de ambos os lados. Muita coisa teria sido diferente de ambos os lados.

Ele afastou o pensamento assim que saiu do ginásio e colocou os fones de ouvido. Também não valia a pena pensar no que seria diferente se inúmeras circunstâncias de ambos os lados fossem diferentes.

Vinícius tinha mais no que focar. Como o próprio treino e as classificatórias que teria no dia seguinte.

Muito mais além de Jade Riva, embora fosse preocupante o quanto ela ainda ocupava um espaço significativo de sua mente.

CAPÍTULO DEZ

APARENTEMENTE, TODAS AS CAMISINHAS DE TÓQUIO VIERAM PARAR NO MEU DORMITÓRIO

Tóquio, 2020

Vinícius já tinha beijado algumas pessoas.

Seu primeiro namorinho havia sido no último ano do ensino fundamental, quando tinha quinze anos – se é que ter que lidar com a garota segurando a sua mão durante todos os intervalos quando claramente odiava esse excesso de toque pudesse ser chamado de namoro. Conheceu um garoto interessante no segundo ano do ensino médio. Saiu com duas ou três pessoas que frequentavam a mesma praça onde passava suas tardes livres com o skate.

Apesar disso, ele não se lembrava de ter chegado perto de gostar dessas pessoas. De desejar mais cinco minutos perto delas na hora de se despedir, de procurar pelo toque. De arrumar uma desculpa para vê--las. Na verdade, ele parecia gostar de fingir que nada havia acontecido depois de dois dias.

E não era que descartasse as pessoas. Quer dizer, podia até parecer que sim. Ele não sabia ao certo explicar.

Afastar-se parecia mais fácil que explicar que simplesmente não conseguia gostar de estar na presença de alguém dessa forma. Talvez o problema estivesse nele, afinal. Vinícius pensava demais no que viria depois do primeiro beijo, nas expectativas aumentadas. Na espera de uma atenção que ele, sinceramente, não sentia vontade alguma de proporcionar.

Até Jade.

Patrícia havia dito uma vez que ele era uma pessoa Aroace, muito tempo antes, mas ele não se importou o suficiente para sequer procurar o que era aquilo. Tinha feito uma nota mental para pesquisar depois.

E, bem, tudo fez muito sentido quando parou para pesquisar. A pouca atração romântica e sexual que sentia pelas pessoas não era algo estranho, anormal ou que só ele tinha.

E ele estava muito ferrado. Porque da mesma forma que não conseguia explicar por que não conseguia ficar mais do que alguns momentos na presença de alguém, por mais que tentasse, também não conseguia explicar por que a ideia de passar mais tempo com Jade parecia tão atraente.

O que não deveria ser, porque a última coisa que ele deveria fazer era pensar no quanto queria beijar Jade Riva. Uma ginasta. No que ele havia se tornado?

Depois de Tóquio, eles nunca mais iriam se ver. Moravam em estados diferentes, tinham rotinas completamente diferentes. E Vinícius ainda pensava que, se fosse ficar com alguém que realmente o interessasse, essa pessoa deveria ser alguém com quem quisesse ter algo. Não necessariamente um compromisso para o resto da vida, porque não era tão clichê e altamente romântico assim, mas mais que algo de um único dia.

Em resumo, não gostava de gastar seu tempo.

Infelizmente, quando percebeu isso, já parecia tarde demais. Patrícia e Jade já haviam criado uma amizade admirável, o que tornava qualquer horinha livre a oportunidade perfeita para que elas combinassem de se encontrar, nem que fosse para lanchar em algum lugar perto da vila olímpica.

Naquela noite, após um dia de classificatórias do skate – tanto Vinícius quanto Patrícia haviam se classificado –, sua melhor amiga disse que seria uma ótima ideia sair para comemorar em uma festa.

— Eu ainda acordo cedo amanhã, preciso me preparar para a minha classificatória — Jade disse, do outro lado da ligação pelo celular de Patrícia.

— Não precisamos ficar até tarde! — Patrícia insistiu, mantendo a ligação no viva-voz. Vinícius precisava admitir, enquanto ouvia ambas conversarem no banheiro do dormitório masculino invadido pela melhor amiga, que estava torcendo para que Jade mantivesse sua decisão. Ela era mais autoconsciente que Patrícia, então essa não parecia ser uma grande preocupação. — Vamos só... fazer algo diferente. Você pode voltar e dormir às dez. O Vinícius também vai.

— Isso deveria me convencer a não ir, né? — ela respondeu, entre uma risadinha que denunciava o tom de brincadeira da fala.

— Vou ignorar isso. Acredite, eu sou tão refém dela quanto você — rebateu, saindo do banheiro enquanto secava o cabelo do banho recém-tomado. — Tu não me deixaria sozinho naquele inferno, né?

— Um lugar mais tranquilo não é uma opção?

— Não! Além disso, aquela jogadora de vôlei também vai...

— Então tu está usando a gente como desculpa pra sair e flertar com alguém? — Vinícius riu, abrindo a mala para procurar por algo melhor para vestir. A maioria de suas roupas era só o que costumava usar para treinar, nada que Patrícia aprovaria para uma festa. Droga, ela encheria o seu saco pela milésima vez a respeito do quanto precisava de roupas novas.

— Vocês podem aproveitar a oportunidade para fazer o mesmo.

Houve um silêncio, e Vinícius precisou se conter para não xingar a melhor amiga e dizer que a única pessoa com quem ele conseguia pensar em flertar estava do outro lado da linha. E pior, não fazia a menor ideia de como fazê-lo. Talvez porque já a conhecesse um pouco para saber que qualquer tentativa de flerte com Jade seria patética.

Ou só seria patética porque Vinícius já gostava de estar com ela o suficiente para querer impressionar com mais do que um flerte ruim.

É, ele preferia engolir um skate a sentir tudo aquilo. Infelizmente não era uma opção, então teria que ficar com o estômago revirado que, de acordo com o Google, era um sintoma de paixão grave por alguém.

— Eu fico feliz se tiver comida — Jade disse, por fim. Considerando o tom de voz dela, era uma tentativa de acabar com o silêncio constrangedor.

— Se eu não me engano, eles servem uns petiscos bem legais.

— Certo, você me convenceu. — Vinícius estalou a língua, contendo um palavrão diante da confirmação de que Jade iria. Mas não conteve a reação, que com certeza não passou despercebida por Patrícia.

A skatista ergueu uma sobrancelha na sua direção em uma expressão completamente acusatória. — O que eu deveria vestir?

— Eu não sei? — Patrícia riu, como se a pergunta fosse besta. — Estarei feliz com meu jeans.

— Você e Vinícius realmente são a mesma pessoa.

— Você percebeu que só se dirigiu à minha pessoa pra me criticar durante toda essa ligação? — ele perguntou, revirando os olhos ao ouvir a risada leve de Jade.

— Você pode se retirar se for um incômodo.

— Patrícia está no meu dormitório.

— Já que você topou, eu vou me arrumar e ficar cheirosa pra minha jogadora de vôlei — Patrícia cantarolou, colocando-se de pé. — Eu odiaria me atrasar. Beijos, Jade!

Ela finalizou a chamada antes que Jade pudesse se despedir apropriadamente, apontando um dedo na direção do amigo assim que jogou o celular na cama.

— Você gosta dela!

Ele nunca mais teria um dia de paz.

— Não sei do que você está falando — murmurou, fingindo prestar mais atenção na camisa branca que havia encontrado na mala. Se encontrasse a calça preta, talvez conseguisse montar algo digno...

Há quanto tempo ele realmente se preocupava com o que vestiria para sair?

— Vinícius, você é legal com ela — Patrícia insistiu, acabando com a linha de raciocínio dele sobre a roupa que usaria. — E você não é legal nem comigo.

— Está fazendo com que eu pareça um babaca — resmungou.

— Você é meio babaca.

Vinícius desviou o olhar da mala para encarar a amiga, se é que ainda podia chamá-la assim a este ponto.

— Não veja como uma crítica — ela adicionou. — É seu jeitinho de socialização. Mas você é legal com ela. Sabe, parece gente.

— Falar que eu gosto de alguém é tão quinta série. — Vinícius deslizou os dedos entre os cachos ainda úmidos, respirando profundamente. — Além disso, eu tenho mais o que fazer do que "gostar" de alguém.

— Sei. — Patrícia murmurou, embora ainda não parecesse tão convencida. — Bem, te vejo em meia hora. Tente não se atrasar enquanto se arruma pra sua ginasta, viu?!

Vinícius fuzilou Patrícia com o olhar, expulsando-a silenciosamente dali antes que se sentisse obrigado a mandar que ela se lascasse.

Como se sentisse que ele estava a um passo de ter uma síncope, o celular de Vinícius começou a tocar o toque específico que havia programado para as chamadas feitas por sua mãe. Na verdade, não duvidava que Marília realmente sentisse isso. Coisa de mãe e tal.

— E aí — disse, apoiando o celular na mesinha ao lado da cama. Sua mãe estava em casa e, por mais que um sorriso estivesse em seu rosto, ela ainda parecia cansada. — Como vocês estão?

— Bem, eu vim tomar um banho de verdade e pegar algumas roupas antes de voltar para o hospital. — Marília prendeu o cabelo cacheado e volumoso desajeitadamente. Vinícius olhou para o relógio, percebendo que não deveria passar das sete da manhã no Brasil. Ela pareceu perceber a sua expressão, porque tentou sorrir mais largamente para acalmá-lo. — Eu dormi lá essa noite, Vin. E sua irmã também, ela está reagindo bem. Assistiu à sua classificatória e quase saiu pulando pelo quarto de tanta felicidade quando você passou.

Vinícius sabia que era um exagero, mas não conteve uma risada baixa e anasalada.

— Acho que consigo fazer uma ligação entre vocês depois — ela continuou, e Vinícius se limitou a assentir. Normalmente, ele jamais sairia de perto de Lena enquanto ela estivesse em um hospital, fosse em um exame de rotina ou durante os períodos mais difíceis da doença. Talvez por isso estar do outro lado do mundo parecesse tão ruim quanto já era naturalmente. — Enfim, como estão as coisas por aí?

— Bem — murmurou, respirando profundamente. — Percebi que não levo jeito pra conversar com garotas. Flertar, que seja.

— Você conheceu uma garota? — Marília soou tão chocada que Vinícius se ofenderia se não viesse de sua mãe. No fundo, ele sabia que era mesmo uma surpresa para outras pessoas quase tanto quanto era uma surpresa pra ele. — Sério?

— Patrícia teve uma reação parecida — resmungou. Conversar com a mãe sobre aquilo não era nem um pouco difícil, porque tinham proximidade o suficiente para isso. Marília riu, e foi o bastante para que Vinícius relaxasse um pouco. — Ela só é legal. Sei lá.

— Bem, você tem dezoito anos. Não é surpresa alguma que se sinta atraído por alguém. — Marília soltou um suspiro cansado ao sentar-se no sofá de casa, e Vinícius desejou que ela pudesse descansar um pouco ali antes de voltar para as poltronas desconfortáveis do hospital. Mas, no lugar dela, também passaria o menor tempo possível longe de Lena. — Só lembre-se de ser sempre respeitoso, e...

—Ah, não vamos ter essa conversa — balançou a cabeça, entre uma risada forçada. — Porque, mesmo se eu quisesse tentar tomar qualquer iniciativa, o que eu não quero, eu não faria nada enquanto estou aqui. A única coisa que quero conquistar no momento é a medalha de ouro e voltar pra casa. Tu sempre disse que essas paixonites duram uma semana e passam.

Era o que ela costumava dizer quando ele tinha catorze anos, não dezoito. Mas imaginava que ainda valia de algo.

— Tudo bem, não vamos ter essa conversa — Marília concordou, embora não parecesse convencida quanto ao que ele havia dito, bocejando demoradamente em seguida.

— Descansa, gata. — Vinícius viu a mãe abrir a boca para protestar, mas a interrompeu. — Eu vou sair daqui a pouco. Me prometa que vai cochilar por vinte minutos que seja, antes de voltar para o hospital.

— Posso tentar.

Ela não tentaria. Vinícius conhecia a mãe o suficiente para saber que não.

— Mas você não vai me dizer quem é? — ela continuou, tentando fugir de qualquer bronca que poderia levar por não descansar apropriadamente.

— Não — riu, balançando a cabeça e pegando o celular para finalizar a chamada. — Descanse, dona Marília. E mande notícias.

— Pode deixar — ela assentiu, como se fosse a jovem irresponsável naquela conversa. — Eu te amo.

— Eu também, mãe — suspirou, contendo a respiração preocupada que só foi solta quando a ligação se encerrou. Por mais que conversar com Marília o tranquilizasse quanto a estar tudo bem na medida do possível, ainda era horrível estar tão longe.

Quando levantou para terminar de se preparar para a tal festa de Patrícia, uma batida na porta do dormitório o fez soltar um palavrão baixo. Aparentemente, não teria um segundo de paz até a hora de sair.

— Eu abro — disse, mais alto, antes que um dos outros se levantasse. Provavelmente era Patrícia.

No apartamento de quatro quartos que dividia com outros atletas do time brasileiro, sua porta era a mais próxima da principal, o que o deixava responsável por checar quem estaria enchendo a paciência deles na maioria das vezes.

Mas não era Patrícia.

Era Jade. Ela arregalou os olhos e, por um segundo, Vinícius quase pensou que ela poderia ter batido na porta errada. Até lembrar-se de que não havia vestido uma camisa. Parecia motivo suficiente para que ela ficasse tão corada, aparentemente.

— Pat disse que eu podia vir pra cá quando ficasse pronta — ela justificou, rápido. — Posso voltar depois.

— Relaxa, eu tô quase pronto. — Jade pareceu pensar uma vida inteira quando o garoto abriu espaço suficiente para que ela entrasse, como se estivesse prestes a entrar em uma armadilha para ginastas odiadas por skatistas ou algo assim. Quando ela finalmente entrou, Vinícius apontou para o quarto. — Pode sentar, eu só vou me vestir.

Otávio, seu colega de time que estava no quarto ao lado, pareceu não conter a curiosidade dentro do próprio corpo e apareceu na porta, arregalando os olhos ao ver uma garota desconhecida ali. E, bem, Vinícius estar sem camisa enquanto Jade estava timidamente sentada sobre a cama não pareceu passar a ideia verídica da situação.

Não que Vinícius tenha tido tempo de falar qualquer coisa. Não quando Otávio estava bem ali, olhando para ele com a maior cara de quem o havia visto ganhar na droga da loteria.

— Cara, fato engraçado — ele pontuou, alternando o olhar entre os dois. — Em todas as Olimpíadas anteriores distribuíram camisinhas. Tipo, em todos os cantos possíveis, até no refeitório. Em 2012, esgotaram um estoque de cento e cinquenta mil.

— Otávio — disse apenas. Era um alerta, não apenas um pedido, para que ele calasse a boca. Pelo canto do olho, pôde ver a expressão quase aterrorizada de Jade. Seria engraçado se não fosse vergonhoso, até mesmo para Vinícius.

— E essa é a primeira vez que não fazem isso, porque sabe como é, o pessoal da organização tá cada vez mais conservador. Até as camas são desconfortáveis demais pra isso — ele continuou, ignorando-o completamente. — Não que impeça muita coisa. Se você não tiver aqui, eu tenho um monte no meu quarto pra...

Vinícius fechou a porta na cara dele – o que talvez não tenha sido a melhor opção para fazê-lo acreditar que não estava com uma garota ali para transar, mas era o mais eficiente para fazê-lo calar a boca.

— Esqueça o que eu disse sobre ter tentado falar em inglês com você, esse acaba de se tornar o momento mais constrangedor da minha vida — Jade murmurou, engolindo em seco. Se ela parecia vermelha quando entrou, estava pior depois daquela cena.

— Deve ser ótimo ter a idade mental de uma criança de onze anos. — Depois de pegar a roupa que havia separado, Vinícius a olhou. Quer dizer, olhou pra Jade de verdade. Porque usar de sua visão periférica para não ter que lidar com a presença da garota ali até então havia funcionado muito bem, e ele pretendia continuar.

Não que tenha durado muito. Esperava mesmo que fosse ficar uma noite inteira ao lado de Jade Riva sem olhar para ela? Talvez estivesse sendo mais ingênuo do que gostaria de admitir.

— Foi mal por isso, eles não estão acostumados a existir perto de garotas.

Nem eu, pensou, mordendo a língua assim que o pensamento cruzou a mente dele. *Não com garotas pelas quais realmente me sinto atraído, aparentemente*.

— Ah, tudo bem — ela disse, gesticulando como se não fosse grande coisa. — São mais de dez mil pessoas do mundo inteiro convivendo em um complexo de apartamentos, não me espanta que esse tipo de coisa aconteça. Não é tão diferente no meu dormitório, aliás. Mas a curiosidade das cento e cinquenta mil camisinhas me surpreendeu um pouco.

Dessa vez, Vinícius não conteve uma risada antes de entrar no banheiro pequeno do quarto.

A camiseta branca não era nada de mais, mas caía bem com o jeans surrado. E com o boné verde que nunca tirava da cabeça, é claro.

Quando ele saiu do banheiro, Jade continuava na mesma posição de antes. Quase como se tivesse medo de quebrar algo se movesse um músculo sequer. A ginasta esticava o vestido preto como se existisse qualquer amassado no tecido – não existia – e colocava a mesma mecha ruiva atrás da orelha repetidamente.

Ela estava bonita. Pra cacete, Vinícius diria.

— Você não tem um colega de quarto? — ela perguntou, por fim.

— Tenho, mas ele passa a maior parte do tempo com a namorada. Ficam no mesmo apartamento que Patrícia, o que faz com que ela durma por aqui de vez em quando. — Vinícius se sentou ao lado dela na cama, mas para calçar os tênis. — E dá mais motivos pro Otávio pensar que eu trago gente pra dormir comigo. No outro sentido da coisa.

Como se Patrícia não deixasse bem claro o tempo inteiro que era lésbica. Vinícius provavelmente gostaria mais de Otávio se ele cuidasse mais da própria vida.

O mesmo valia para Patrícia, de vez em quando. Naquele exato momento, na verdade. O skatista pegou o celular, abrindo o aplicativo de mensagens e selecionando o contato da melhor amiga.

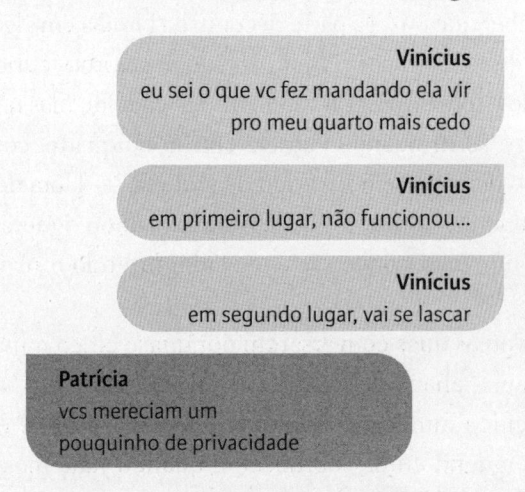

> **Vinícius**
> eu sei o que vc fez mandando ela vir pro meu quarto mais cedo

> **Vinícius**
> em primeiro lugar, não funcionou...

> **Vinícius**
> em segundo lugar, vai se lascar

> **Patrícia**
> vcs mereciam um pouquinho de privacidade

> **Vinícius**
> sua privacidade envolvia o Otávio falando sobre como atletas esgotaram camisinhas durante as olimpíadas passadas?

> **Patrícia**
> isso n estava no meu roteiro

> **Vinícius**
> vc tem 2 minutos pra chegar aqui

— É a sua irmã? — A voz de Jade chamou a atenção dele, e Vinícius demorou para perceber que ela estava falando da foto que havia deixado sobre a mesinha ao lado da cama. Uma foto antiga, até, de três anos antes. Mas gostava dela, porque havia sido o primeiro aniversário sem a presença do pai por perto. Helena e Marília tinham os sorrisos mais bonitos do mundo, mas se pareciam ainda mais naquela foto.

Era uma das primeiras fotos do recomeço deles.

— Ela e a minha mãe — assentiu. Era quase estranho deixar qualquer pessoa ver aquela foto, porque quase não tinha tatuagens na época e seu corte de cabelo era péssimo, mas Jade não era uma pessoa qualquer. Quer dizer, ela não parecia ser mais. Ou Vinícius só não queria que fosse.

— Você é idêntico à sua mãe.

— Bom saber que puxei a parte decente da família em algo — ironizou, colocando-se de pé para abrir a porta. Jade o encarou, curiosa, provavelmente notando o tom levemente ácido da brincadeira, mas não perguntou. Ela se limitou a sorrir quando Patrícia entrou no quarto, completamente alheia ao plano diabólico e fracassado da skatista. — Hora de ir.

— Eu adorei a sua roupa! — Patrícia exclamou, ignorando completamente Vinícius para conversar com Jade, fazendo-o revirar os olhos. — De onde é?

Ele observou as duas conversarem por quase cinco minutos antes de limpar a garganta, chamando a atenção de ambas.

— Mais cinco minutos tendo que ouvir esse papo e eu desisto de ir — soltou, erguendo uma sobrancelha quando Jade mostrou a língua na direção dele em deboche.

Patrícia não falou nada sobre o lugar para o qual estavam indo durante todo o caminho feito a pé, o que indicava que estavam perto. Em vez disso, manteve o assunto da conversa do quarto com Jade enquanto Vinícius as acompanhava com o celular em mãos, trocando algumas mensagens com a mãe. De acordo com Marília, Helena estava cansada demais quando a mãe voltou para o hospital de casa e deixaria a ligação entre eles para depois. Não era surpresa alguma que o tratamento deixasse a garota mais cansada que o normal. Desde que ela ficasse bem no final, Vinícius entenderia qualquer coisa.

Ele franziu o cenho quando a melhor amiga parou na entrada de um estabelecimento iluminado por luzes neon azuis, tomada por uma fila de pessoas que esperavam pela liberação de um segurança para entrar.

— Achei que você nos levaria para uma festa, não para uma... boate — murmurou, encarando Patrícia. Jade parecia tão surpresa quanto ele, mas ainda havia animação em sua expressão.

— Seu conceito de festa é chato. — Patrícia pegou o celular, digitando algo antes de olhar na direção dele. — Relaxa, Vin. Nós não precisamos ficar até tarde.

— Considerando o tamanho dessa fila, nós só vamos entrar daqui a umas duas horas. Além disso...

Vinícius parou quando uma jovem alta saiu do bar, conversando brevemente com o segurança que guardava a porta e apontando na direção dos três. Quando ele assentiu, a jovem os chamou com a mão.

— Acho que eu vou chorar se nunca beijar essa garota — Patrícia murmurou, aproximando-se dela para cumprimentá-la com um abraço. — Essa é a Sophia, ela é do vôlei de praia. Sophia, essa é a Jade e esse é o Vinícius. A Jade é ginasta.

— Eu ouvi falar de você! — Sophia exclamou, apontando para Jade. — A garota que veio de última hora, né? Você parece muito com um amigo meu, me lembre de apresentar vocês.

Jade soltou uma risadinha sem graça, mas assentiu. Era bem óbvio que Sophia já estava animada – lê-se: embriagada.

— Vem, nós estávamos prestes a virar uns shots — ela disse, pegando a mão de Patrícia, que sorriu como se tivesse acabado de ganhar sozinha a loteria, para puxá-la boate adentro.

O lugar estava lotado. A música era alta o suficiente para que Vinícius sentisse o próprio corpo vibrar com a batida. Aquele tipo de lugar não era algo novo para ele, mas não seria sua primeira opção de programa do outro lado do mundo.

Quando o volume de pessoas tornou-se mais intenso no caminho para onde quer que Sophia os estava levando, seu primeiro reflexo foi estender o braço para manter Jade a uma distância segura que não os separasse entre tanta gente. Vinícius pousou a mão nas costas expostas da ruiva, olhando na direção dela por um segundo quando sentiu que ela se aproximava.

A expressão quase impressionada da ginasta era o que denunciava que, ao contrário dele, Jade não estava acostumada com o ambiente. Vinícius fez uma nota mental para redobrar sua atenção nela tanto quanto a redobraria em Patrícia.

Ser o responsável por alguém em um lugar como aquele, sim, era algo novo para ele.

— Se alguém perguntar a sua idade, diga que tem vinte anos — Sophia instruiu, e Jade não conseguiu esconder a careta com aquilo. Dessa vez, Vinícius precisou conter uma risadinha com a expressão dela. — Ninguém realmente liga pra isso aqui, mas vão perguntar por desencargo de consciência.

— Você tem dezoito, não é? — perguntou, olhando na direção da ruiva. Mesmo com a proximidade que a mão ainda presente nas costas dela proporcionava, ainda precisava se inclinar para perto para que pudesse ser ouvido por cima da música alta.

Ela assentiu, ainda olhando ao redor.

— Mas eu não bebo — ela adicionou, alguns segundos depois.

— Eu também não.

Bebia, mas apenas casualmente. Não em lugares lotados de gente que não conhecia. Não virando um shot após o outro. Normalmente, Vinícius sempre tinha que acordar cedo no dia seguinte – sendo final de semana ou não –, então não era como se pudesse, nem mesmo se quisesse.

Jade pareceu relaxar um pouco mais diante da afirmação. Foi uma questão de alguns minutos até que Patrícia a arrastasse para onde o volume de pessoas dançando era maior.

Vinícius se acomodou em um dos bancos livres do bar, tirando o celular do bolso para continuar a conversa com a mãe, que agora não era sobre nada além de atualizações quanto a assuntos externos. Como o seu emprego – que, ao que tudo indicava, não estava tão ameaçado quanto pensou que estaria –, as fofocas que Marília sempre conseguia em suas noites de conversa com as vizinhas e também sobre a temporada do MasterChef que Vinícius já não conseguia acompanhar há algum tempo, graças ao aumento dos treinos e viagens para competir. Bebia uma água com gás, limão e gelo entre uma mensagem e outra, vez ou outra levantando o olhar apenas para checar se Jade e Patrícia ainda estavam dentro do seu campo de visão.

Mas não demais, porque olhar para Jade enquanto ela dançava e sorria tão largamente parecia ser algo perto de assinar o próprio atestado de óbito.

Não que o destino, ou qualquer entidade ou ser que controlasse todo e qualquer acontecimento, parecesse estar ao seu lado.

Jade parou na sua frente após passar algum tempo ocupada demais dançando com todas as outras pessoas do time brasileiro, chamando sua atenção.

— Você vai ficar o tempo inteiro no celular? — ela perguntou, aproximando-se mais dele para ser ouvida. Normalmente, Vinícius conseguia ser uma pessoa focada. Isso não parecia se aplicar a Jade. Porque ele se deixou perder o suficiente na proximidade com a ginasta para gastar alguns segundos olhando para os lábios dela. Se ela notou, não sabia dizer. Esperava que não. — Aconteceu alguma coisa?

— Não — murmurou, balançando a cabeça. Assim como havia feito alguns dias antes, Jade estendeu uma mão para deslizar entre a corrente que tinha no pescoço.

Vinícius estava tão consciente de tudo ao seu redor quanto nunca. Do toque superficial de Jade em sua pele ao tocar a corrente, graças à gola aberta da camiseta. Da forma como ela umedeceu os lábios com a ponta da língua. E como parecia cada vez mais próxima, por mais que não fosse necessário que ficasse tão perto.

Não era uma reclamação. Não por completo, porque sabia bem que seria muito melhor para a sua sanidade mental que não se sentisse tão atraído por alguém quando toda a sua atenção deveria estar nas competições que viriam nos dias seguintes. Era o seu futuro, o evento para o qual havia treinado desde que percebeu que era capaz de chegar a algum lugar com o skate, que tinha começado a praticar apenas para se afastar dos próprios problemas por algumas horas durante o dia.

Ainda assim, Jade Riva não parecia um erro. Era difícil sequer pensar que uma pessoa tão bonita fosse algo ruim.

— Sendo muito sincera — ela começou, e não precisava mais falar tão alto — eu quero te beijar.

— Por que eu sinto que você precisou de muito tempo pra ter coragem de me dizer isso? — provocou, apenas para vê-la relaxar em uma risada leve. Ainda desajeitada, como se não soubesse ao certo qual deveria ser seu próximo passo, mas ainda mais relaxada que antes.

— Porque eu nunca tive que dizer isso pra alguém.

— Normalmente os caras chegam em você primeiro?

— Não é recorrente como você parece achar. — Ela revirou os olhos, inclinando-se ainda mais na direção dele quando, com a mão livre, tocou a cintura exposta pelo corte do vestido. A garota estava tão receptiva ao toque quanto parecia disposta a proporcioná-lo, e Vinícius gostou disso mais do que esperava. Não costumava ser o maior fã de contato físico em excesso, mas estava curioso para saber a reação de Riva caso continuasse. — Sabe como é, normalmente eu passo tempo demais treinando para pensar em sair com alguém, ainda mais com os estudos, e...

— Entendi, ruiva — interrompeu, mas só porque ela parecia mais nervosa que o necessário. — E, sendo muito sincero, eu também quero te beijar.

— Ótimo. — Ela assentiu, e claramente não sabia o que fazer. Jade era expressiva demais. Não era difícil perceber como aquela era a sua primeira vez em uma festa daquelas, a primeira vez falando para alguém que queria beijá-lo. Não era o primeiro beijo, pelo que ela mesma havia dito. O que, sinceramente, o tranquilizava um pouco. Jade parecia ser do tipo que se importava com suas primeiras vezes, e Vinícius não queria ser o cara que a beijaria apenas para que perdessem o contato quando os jogos acabassem.

Ela olhou ao redor por um segundo, revirando os olhos. Vinícius demorou um pouco para perceber a rodinha de quatro ou cinco pessoas – Patrícia inclusa – que parecia muito mais interessada em observar os dois do que aproveitar a música.

Jade soltou uma respiração irritadiça ao pegar a mão dele e puxá-lo dali. Foi quando Patrícia ergueu os punhos, fazendo um sinal de joinha na direção do melhor amigo.

Vinícius respondeu com um dedo do meio da mão que não estava sendo puxada por Jade, voltando a atenção para a ginasta, que o guiou entre todas as pessoas até o corredor vazio que levava até o banheiro. Uma pessoa ou outra ainda passava entre alguns intervalos de tempo, mas era melhor que o bar, com certeza.

Ela o fitou ao se recostar na parede, parecendo muito mais à vontade com a ideia.

Naquela noite, Jade Riva o beijou pela primeira vez. O beijo começou tímido, talvez um pouco desajeitado. Vinícius gostou do toque delicado, mas firme, dela entre os cachos da sua nuca. Gostou quando Jade o puxou para que colasse o corpo ao dela. Gostou ainda mais do som baixo que ela soltou quando beijou um ponto de sua mandíbula, descendo pelo pescoço.

Não era o primeiro beijo dele, longe disso. Não era a primeira vez que alguém demonstrava interesse nele. Mas era a primeira vez que gostava do momento o suficiente para não querer que acabasse. Talvez fosse porque, pela primeira vez, permitiu-se realmente conhecer um pouco a pessoa que estava beijando, porque saber quem era Jade Riva parecia fazer toda a diferença. E poderia até se questionar se as outras pessoas teriam parecido mais interessantes aos seus olhos se as tivesse conhecido melhor antes de tentar beijá-las, mas não tinha nenhum interesse em pensar em qualquer pessoa que não fosse a ginasta.

E Vinícius não costumava ser a pessoa que criava grandes expectativas com qualquer coisa – na verdade, ele preferia esperar sempre por menos. Mas havia algo ali que indicava que Jade Riva era o início de algo maior.

Ele gostou desse pensamento.

CAPÍTULO ONZE

ALGUÉM LEVOU O DITADO "QUEBRE A PERNA" A SÉRIO DEMAIS

Tóquio, 2020

Jade Riva se arrependeu amargamente de ter beijado Vinícius Carvalho no instante em que acordou no dia seguinte.

Certo, ela não se arrependia. Não completamente. Porque não existia um mundo onde poderia não ter gostado de beijar aquele cara. Fosse na primeira vez, no corredor abafado da boate, ou quando voltaram para perto do bar. Muito menos quando Vinícius a beijou até que se sentisse completamente incapaz de respirar quando voltaram para a vila olímpica e ele a acompanhou até a porta do seu apartamento. Não sabia como ele conseguia tocá-la a ponto de transformar seu cérebro em gelatina, mas sem ultrapassar qualquer limite que a deixasse desconfortável.

— Boa noite, ruiva — ele sussurrou, pousando os lábios sobre a sua testa. — Qual é o horário da sua classificatória?

— Às duas. — Jade fez uma careta. Havia evitado pensar que seria seu último dia de classificatórias antes das competições valendo medalhas. Vinícius pareceu perceber, porque deslizou os dedos para arrumar uma mecha do cabelo ruivo dela atrás da orelha em um gesto... reconfortante.

— Vou tentar aparecer — ele prometeu, antes de se afastar.

Mas, ao acordar, ela percebeu que não fazia a menor ideia de como seria encarar Vinícius Carvalho depois de beijá-lo por vários minutos. Até que sua boca ficasse dormente.

Porque, bem, não seria incomum se ele só seguisse com a vida como se nada tivesse acontecido. Jade podia não ter uma lista de experiências muito extensa, mas não significava que não soubesse como funcionava.

Ela não tinha capacidade de olhar para alguém que havia beijado na noite anterior. Não fazia parte do seu personagem, aparentemente.

— E aí, você vai levantar ou não?

Jade soltou um gemido ao ouvir a voz de Patrícia, porque era a última pessoa que queria ver logo ao acordar. Ela cobriu a cabeça com o cobertor, enfiando o rosto no travesseiro.

— Só mais cinco minutos... — resmungou, contendo um palavrão quando a skatista puxou o cobertor para longe. — Achei que você fosse minha amiga.

— Eu sou, e é por isso que vim te trazer um café cheio de frescura antes da sua última fase classificatória! — Patrícia deixou o copo sobre a mesinha ao lado da cama. — Não sei se escolhi certo, mas o Vini disse que você gosta.

Jade levantou a cabeça para encará-la, erguendo uma sobrancelha.

— Ele falou?

— Comentou brevemente antes de sair pra classificatória dele — Patrícia sorriu, como se o súbito interesse da garota a divertisse. — Então, vocês dois... né.

— Sem comentários — murmurou, sentando-se sobre a cama desconfortável. Checando o relógio, Jade relaxou um pouco ao ver que ainda tinha um bom tempo antes de ter que sair. Tempo o suficiente para tentar colocar a mente no lugar. — Não é nada de mais.

— Que bonitinho, vocês dois agindo como se não ficassem como dois pombinhos perto um do outro — ela ironizou, olhando para o uniforme separado sobre uma cadeira. Jade fez uma careta enquanto bebia lentamente o café, tentando entender o que ela queria dizer com aquilo.

— Enfim, eu tenho que filmar conteúdos para um dos meus patrocinadores, então já vou indo também. Só queria te desejar boa sorte, já que ontem você ficou ocupada demais beijando o meu melhor amigo.

Jade riu, jogando o travesseiro na direção dela.

— Não estou te julgando. Aliás, tenho planos pra mais tarde, quando você também estiver classificada.

— Sem festas — pontuou Jade.

— Com certeza. — Patrícia gesticulou, como se ela não tivesse quase que literalmente arrastado os dois para uma festa na noite anterior. — Vamos assistir a temporada nova de Casamento às Cegas!

— Me parece o tipo de programa perfeito — concordou, não contendo um sorriso largo. Jade podia não ter a maior proximidade com seus colegas de time, mas havia encontrado uma companhia incrível em Patrícia e Vinícius. — Boa sorte pra vocês também.

Jade respirou fundo quando a skatista saiu do quarto, esforçando-se para reorganizar a mente e finalmente se arrumar. Depois de um banho frio, a ginasta arrumou o cabelo e vestiu o uniforme, mandando uma mensagem para avisar Hugo de que logo estaria junto com o restante do time.

Era mais um dia nos Jogos Olímpicos de Tóquio que se iniciavam.

Ela não sabia o que esperar até a primeira fase, para ser sincera. Quer dizer, havia treinado muito, por muito tempo. Havia competido em várias categorias da ginástica nacional, sabia que era boa. Mas estar nas Olimpíadas pela primeira vez era outro nível. Quem garantiria que ela – a garota que só estava ali porque outra pessoa havia se machucado – era boa o suficiente para se classificar?

Independentemente de como ela chegou ali, o importante era manter o foco e conseguir boas notas em cada sequência, era provar para si mesma que era boa o suficiente.

★ ★ ★

A última fase das classificatórias do dia seria na trave, onde sentia-se plenamente no controle. O que era irônico, considerando que equilibrar-se sobre uma trave parecia sempre ser muito mais arriscado que o solo, mas talvez fosse justamente a concentração a mais que demandava de si mesma que fazia com que confiasse mais no controle que tinha sobre o próprio corpo.

— É verdade que você tá pegando um skatista? — uma de suas colegas perguntou, interrompendo seu ritual de silêncio absoluto por, pelo menos, quinze minutos antes de uma apresentação. Além disso, estava no meio do alongamento. Definitivamente não era o melhor momento para se distrair.

Lucas, que estava na mesma sala separada para o time brasileiro, ergueu uma sobrancelha em um gesto interessado na direção da conversa. Jade havia conseguido evitar a aproximação dele o suficiente nos últimos dias, mas não gostou nem um pouco da cara que ele fez quando pareceu perceber quem era o tal skatista.

Jade ajeitou a postura, cruzando as pernas.

Negar seria uma mentira, mas afirmar também parecia estranho. Sim, tinham ficado.

Mas estavam ficando? No presente? Jade ainda não sabia como seria quando se vissem novamente, e estava se saindo bem em evitar pensar nisso até o assunto ser jogado na sua cara.

— É — respondeu, apenas. — Só uma vez.

— Ele é bonitinho, mas é um pouco babaca — outra ginasta disse, olhando na direção de Jade como se quisesse ajudá-la. — Eu tenho uma amiga que tentou ficar com ele na semana passada e ele praticamente riu da cara dela.

Jade precisou conter uma risadinha, porque conseguia imaginar a cena perfeitamente. Vinícius não era lá o melhor em disfarçar suas expressões, assim como a própria Jade.

A diferença era que ele normalmente não se importaria tanto se isso o fizesse parecer um babaca. Jade não sabia se admirava isso ou achava preocupante. Talvez fosse gostar de se importar um pouco menos com a impressão que passava para as pessoas sempre.

Jade agradeceu mentalmente quando Hugo, seu grande salvador, apareceu para chamá-la para a última sequência do dia. Já estava classificada para todas as categorias, classificar-se para a trave não deveria ser tão difícil assim.

Ela tirou o uniforme esportivo que usava sobre o traje, mordendo a ponta da língua ao sentir o ar frio do ginásio. Demoraria alguns minutos até que se acostumasse, mas iria sobreviver.

— Vamos seguir com a sequência A, tudo bem? — Hugo perguntou, estendendo uma garrafinha de água na direção dela. — Não beba muito.

— E se eu fizer a B? — murmurou, observando a sequência de uma ginasta russa. Ela era boa, boa demais. Se aquilo era a sequência de classificação dela, Jade precisava começar a se preocupar com as fases seguintes.

— A sequência B não era para a competição pela medalha? — Hugo perguntou, erguendo uma sobrancelha.

— Pra isso temos a sequência C. — Jade tentou sorrir em um gesto tranquilizador na direção do treinador, mas não pareceu funcionar. Hugo estreitou os olhos na sua direção. — O que eu fiz?

— A sequência C ainda não foi aperfeiçoada, querida.

— Mas eu já acerto a saída na maioria das vezes! E nada nos impede de criar uma sequência de emergência.

— Dois dias antes do início dos jogos oficiais? — disse Hugo, como se a escolha fosse muito óbvia. Jade bufou. — Jade, lembra do que conversamos sobre seus objetivos? A medalha de ouro é algo incrível, mas a de bronze também. Não se cobre tanto. Sabemos que você é capaz. Não estaria aqui se não fosse.

Um treinador deveria incentivá-la a buscar o lugar mais alto do pódio, mas Jade entendia bem o que Hugo queria dizer. De vez em quando, Jade chegava a ignorar seus próprios limites para procurar por resultados estratosféricos. Ignorava que havia um tempo de treino e aperfeiçoamento necessário. Colocava-se em risco.

Da última vez que tinha tentado a sequência C, precisara ficar cerca de uma semana sem treinar por torcer o tornozelo na saída da trave. Havia sido uma vez, mas uma vez era o suficiente para mostrar que não era o momento de tentar aquela sequência nos jogos olímpicos.

— Tudo bem, manteremos a A — suspirou, olhando ao redor. Como o que já era esperado, o ginásio estava consideravelmente mais cheio que nos outros dias.

Ela não conseguiu encontrar Vinícius em lugar algum. Não que a presença dele fizesse diferença, mas queria saber como ele havia se saído. Odiava o fato de que as classificatórias deles haviam sido todas no mesmo horário.

Poderia ver a primeira disputa dele pelas medalhas, pelo menos.

— Procurando alguém? — Hugo perguntou, um pouco distraído pela sequência da ginasta holandesa que estava na trave antes de Jade. Coisa que ela também deveria estar.

— Achei que uma amiga estaria aqui — mentiu, embora não fosse uma completa mentira. Patrícia provavelmente também apareceria com Vinícius.

— Sua hora está chegando — ele disse, tocando o cotovelo dela.

Jade assentiu, afastando o pensamento de Vinícius.

Ela não sabia em que momento havia se descoberto apaixonada pela trave. Algumas de suas colegas do ginásio de quando começou a treinar gostavam do solo, outras gostavam das barras.

Jade, mesmo caindo feio na primeira tentativa, gostou da trave.

E cá estava, nas Olimpíadas. Precisava admitir, pensar isso após uma sequência considerada difícil por vários especialistas, ainda mais com dezoito anos de idade, ajudava muito na autoestima dela. O que era bom, considerando que não costumava ser uma das melhores do mundo.

A sequência A era boa, sabia disso. Mas boa o suficiente para classificá-la, pois a sequência B era o que usariam para levá-la para o pódio. Haviam combinado várias sequências para cada categoria do esporte, como vários planos. Quando se está ao lado de atletas do mundo inteiro, você precisa se preparar para mudanças de última hora. E guardar algumas cartas na manga para o momento certo.

Se surpreendesse demais antes da hora, teria que surpreender ainda mais quando a hora chegasse.

Sequências eram um padrão, um encaixe de movimentos que combinavam entre si. Não era fácil apresentar-se com naturalidade, com tanta leveza, a ponto de parecer uma dança, mas Jade conseguia fazê-lo. Talvez fosse a prática da dança de anos e anos atrás que tivesse lhe dado esse tato.

Jade respirou profundamente ao começar com o movimento dos braços para girar antes de executar um mortal duplo estendido. Mesmo que seu corpo tenha pendido para a esquerda na finalização da manobra, sabia que havia sido algo mínimo demais para ser considerado uma falta grave.

Um giro, movimentos laterais dos braços, a sequência de três mortais de costas que com certeza lhe renderiam pontos extras. Um espacate com o pé na cabeça. O movimento de reversão sem as mãos.

Movimento após movimento, Jade Riva apresentou a sua sequência da melhor forma possível.

Tentou não sorrir demais ao finalizar e ouvir as palmas do ginásio.

Mas ela não conseguiu manter a seriedade quando viu o sorriso no rosto de Hugo. Jade pulou para fora da área de competição para abraçar o treinador, soltando uma risadinha quando ele a apertou como se nunca mais fosse soltá-la.

E um pouco mais quando sua nota a classificou no topo das ginastas. Jade competiria pelas medalhas.

— Parabéns, querida. — Hugo murmurou, balançando suavemente seus ombros. — Agora a coisa fica feia.

— Isso deveria me encorajar? — riu, encarando-o.

— Não, deveria te dar medo. Medo move as pessoas. — Hugo a ajudou a vestir o casaco, passando um braço ao seu redor para acompanhá-la de volta à área onde o resto do time estaria.

Jade ainda olhou mais uma vez ao redor, rapidamente. Nenhum sinal de Vinícius.

Suas colegas a parabenizaram, assim como Lucas – que ainda estava agindo estranho desde mais cedo –, e até algumas ginastas de outros países demonstraram empolgação e a congratularam, embora a comunicação com elas não fosse das melhores.

— Vamos sair pra jantar depois daqui — Lucas disse, quando terminou de conversar com uma ginasta da Espanha. — Você vem?

Jade não gostou do tom na voz dele. Como se esperasse um não.

Não podia culpá-lo, na verdade. Havia encontrado um jeito de fugir dos convites dele durante todos aqueles dias.

Mas, aparentemente, aquela vez seria com mais pessoas. E ela não tinha combinado nada com nenhuma outra pessoa, então não faria mal sair com seu time.

Na verdade, Patrícia tinha sugerido uma maratona de Casamento às Cegas, mas ela duvidava que Lucas fosse deixá-la fugir do jantar com essa desculpa.

— Pode ser, eu só preciso trocar de roupa — assentiu, forçando o sorriso mais amigável que podia quando ele ergueu as sobrancelhas em surpresa.

Jade pegou o celular para mandar uma mensagem para Patrícia, mas parou ao ver a primeira notificação.

> **Pat**
> parece que o Vini se machucou e vai ficar um tempo na enfermaria, vamos atrasar a maratona de casamento às cegas

Por um momento, ela sentiu a respiração falhar. Não, não era impressão. Jade sentou-se no chão do vestiário, digitando uma resposta.

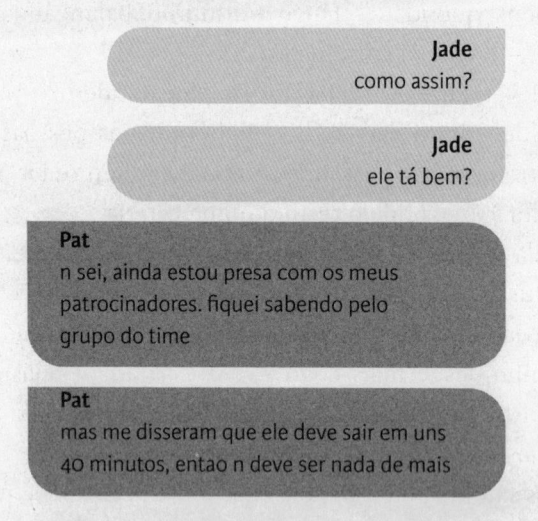

> **Jade**
> como assim?

> **Jade**
> ele tá bem?

> **Pat**
> n sei, ainda estou presa com os meus patrocinadores. fiquei sabendo pelo grupo do time

> **Pat**
> mas me disseram que ele deve sair em uns 40 minutos, entao n deve ser nada de mais

Quarenta minutos pareciam uma eternidade. *Droga*. Talvez não devesse se preocupar tanto com alguém que mal conhecia, mas o pensamento de Vinícius em uma maca a fez estremecer. Não queria nem pensar na possibilidade de ser algo sério o bastante para impedir que ele continuasse competindo.

Bem, seria mais um dia sem sair com sua equipe.

> **Jade**
> chego lá em 30 min

> **Pat**
> kkkkkkkkkkk que

> **Pat**
> sério?

> **Pat**
> Jade?

> **Pat**
> ai mds vc tá mesmo vindo

> **Pat**
> Deus proteja o Vini

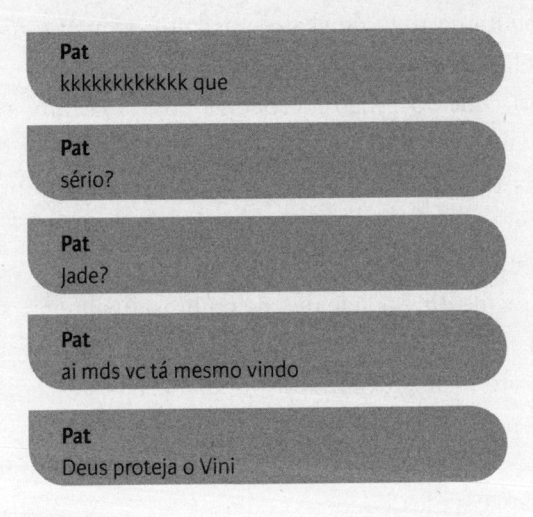

O ginásio onde suas classificatórias tinham acontecido era consideravelmente longe da pista de skate organizada para os jogos, mas nada que um carro de aplicativo não resolvesse. Para a sua sorte, o horário ajudava para que alguém que não soubesse um pingo de japonês e apenas o básico do inglês andasse por ali com certa facilidade.

A única parte difícil tinha sido entrar na área reservada aos atletas, mas Jade deu seu jeito. Sem a ajuda de Patrícia, que estava impedida de entrar na enfermaria porque estava no compromisso dos patrocinadores, ela teve que recorrer ao jeito mais complicado.

Encontrou Vinícius Carvalho deitado em uma maca da enfermaria, conversando animadamente com uma mulher da equipe médica enquanto deixava a perna direita levantada.

— Olha, a minha assassina chegou — ele disse, soltando uma risadinha quando percebeu a presença de Jade. A mulher balançou a cabeça, um sorriso simpático no rosto quando deu espaço o suficiente para que Jade se aproximasse. Não que ela tenha se aproximado. — Patrícia me mandou umas mil mensagens dizendo que você estava vindo terminar de me quebrar. E eu disse que aceitava o meu destino se significasse ser morto por você.

— Então você faz piadas pra fugir da bronca de todo mundo? — a mulher, Sara, que tinha um crachá com seu nome e a indicação de que era fisioterapeuta do time de skate brasileiro, ergueu uma sobrancelha na direção dele.

— Eu diria que você não é especial, Sara, mas ainda sou um cara legal. Mas a questão principal a ser tratada aqui... — ele disse, virando novamente na direção de Jade, que estava um tanto confusa. Ele não parecia nem um pouco preocupado com a perna imobilizada — é como você conseguiu entrar aqui, ruiva?

— Dei o meu jeito. — Jade deu de ombros, finalmente se aproximando de onde ele estava. Mas não demais. Não queria se preocupar em invadir a área da enfermaria de outra categoria tão cedo. — O que aconteceu?

— Eu caí na última fase — ele explicou, simplista. — O que não me impediu de ser classificado, porque eu claramente sou muito foda. Até aquele cara dos Estados Unidos viu que...

— Vinícius, meu bem, o que você acha de tirar essa perna da imobilização? — Sara propôs, o que realmente o pegou de surpresa. Ela soltou uma risadinha sem graça, balançando a cabeça. — Não queremos preocupar a Jade, né?

Vinícius a encarou e, finalmente, pareceu perceber que Jade não sabia sequer como existir naquela enfermaria, vendo-o com a perna imobilizada em uma enfermaria depois de uma queda. Ela nem sabia como ele conseguia estar tão tranquilo com aquilo, porque o simples pensamento de se machucar nos jogos olímpicos já era o suficiente para fazê-la estremecer da cabeça aos pés.

— Tu ficou *mesmo* preocupada... — ele constatou, como se tivesse acabado de descobrir o sol.

Sara soltou uma risada, balançando a cabeça. Ela pegou algumas coisas antes de passar por Jade para sair da enfermaria.

— Homens são meio bestas assim mesmo — ela assegurou, virando na direção de Vinícius novamente em seguida. — Mesmo assim, acho bom você tomar cuidado, mocinho. Não abuse da sorte.

Jade observou Vinícius retirar com facilidade a perna do apoio que a imobilizava depois que Sara saiu, abrindo os braços como se quisesse mostrar que estava inteiro.

— É procedimento padrão, Sara é mais cuidadosa que o necessário — ele explicou, jogando um saco de gelo na bancada ao lado da maca antes de ficar de pé. — Eu ainda preciso me preocupar com a possibilidade de assassinato?

— Estou decidindo — confessou, ainda analisando-o da cabeça aos pés. Ele parecia mesmo estar bem. Talvez tenha sido um exagero de Patrícia. Ou ele sabia fingir muito bem. Preferia pensar que era a primeira opção. Naquele momento, o fato de que ele estava sem o maldito boné chamou muito a atenção dela, porque os cachos rebeldes eram tão lindos que Jade precisou se conter para não deslizar os dedos por eles. — Parabéns pela classificação.

— Achei que eu seria parabenizado com um beijo — ele provocou, e aquilo a pegou desprevenida. A maior parte de Jade não achava que ele realmente fingiria que nada tinha acontecido, mas não pensava que ele traria o assunto tão diretamente. E rápido. — Sem beijo? Isso me machuca mais que a queda.

— Acho que eu vou entrar em colapso se você continuar fazendo piada com uma queda nas Olimpíadas — falou, soltando uma respiração densa.

— Já tive quedas piores no meu dia a dia, o pessoal daqui é dramático. — Vinícius se aproximou, tocando o braço de Jade. — E tu, como foi?

— Estou classificada.

— É claro que está — ele se inclinou para perto dela, usando a mão livre para segurar suavemente seu queixo. — Então, você saiu do ginásio e veio até aqui só porque eu caí?

— Eu vou embora — ameaçou, já se afastando dele. Não que tivesse conseguido, porque Vinícius segurou a mão dela e a puxou de volta enquanto ria.

— Vai ter que se acostumar com as minhas quedas se quiser ficar comigo.

— E quem disse que eu quero ficar com você?

— E você não quer? — respondeu Vinícius, e Jade soube que estava perdida assim que ele disse aquelas palavras. O garoto se aproximou bastante dela, movimentando-se delicadamente. Como se ele ainda tentasse não cruzar qualquer linha que ela colocasse entre eles.

Como se ela fosse capaz de impor qualquer linha para aquele cara. Talvez estivesse finalmente descobrindo qual era o seu tipo – se eram as tatuagens ou a personalidade duvidosa, ela ainda não sabia.

E ele a beijaria outra vez. Jade sabia disso porque ele a checou brevemente antes de deslizar uma mão por seu pescoço. Assim como fez todas as vezes que queria beijá-la pelo que parecia ser a milésima vez na noite anterior.

Ele ia beijá-la. *Ia*.

— Me pergunto quando você ia me contar que tinha uma namorada. — Um homem entrou na enfermaria, pousando a mochila de Vinícius sobre a mesa da sala. O skatista soltou uma respiração pesada, mas ainda estava com um sorriso largo no rosto. — Quando me falaram que ela entrou desesperada pra te ver, quase achei que fosse engano.

Vinícius abriu a boca, a percepção daquela situação o atingindo.

Jade queria enfiar a cara em um buraco. Quando disse que era a namorada do skatista que havia caído para conseguir entrar na área de atletas, achou que isso não chegaria até os ouvidos de Vinícius. É claro que não tinha tido tanta sorte assim.

— Pois é — ele respondeu, simplista, com o sorriso mais ridículo que Jade poderia ver naquele rostinho bonito. — Jade, esse é o Pietro, meu treinador. Pietro, essa é a Jade. Ela é ginasta.

— Sei quem é, conheço o seu treinador. — Pietro estreitou os olhos, mesmo que tivesse um sorrisinho simpático no rosto. — Ele vai te odiar, Vinícius.

— Ah, bom saber.

— Eu diria que é mentira, mas aí *eu* estaria mentindo — soltou Jade, porque não duvidava mesmo que Hugo implicasse com Vinícius unicamente por estar tirando a atenção total dela da competição.

— Nada que eu não consiga superar — Vinícius disse, dando de ombros ao pegar a mochila. Ele tornou a olhar para o próprio treinador. — Tô liberado?

— Mantenha o gelo na perna e faça repouso. Pelo menos uma vez na vida, Vinícius, fique de cama um pouco. — Pietro olhou para o rapaz como se soubesse muito bem que Vinícius não tinha qualquer intenção de obedecer àquilo. Jade arregalou os olhos quando o mais velho a encarou. — Pode ficar de olho nele pra mim?

— Golpe baixo, eu não vou conseguir desobedecer essa mulher — ele ironizou, o que provavelmente terminou de transformar Jade em um pontinho vermelho na sala. — Pat já saiu?

— É a última fase dela agora.

— Foda, nós vamos pra lá.

— Você vai descansar, Vinícius — Pietro insistiu.

— Aham, depois que a Pat se classificar.

Pietro soltou mais uma respiração pesada, acenando amigavelmente na direção de Jade quando ela acompanhou Vinícius para fora.

— Em minha defesa, ninguém queria me deixar entrar — soltou, revirando os olhos quando ele soltou uma risada. — Patrícia fez parecer muito pior do que é.

— Todo mundo faz, aparentemente. Pra minha sorte, eu tenho o poder de me curar muito rápido — Vinícius ironizou. Arrumou o cabelo cacheado para trás antes de colocar o boné verde sobre os fios, tirando também os fones do bolso do jeans. Jade relaxou um pouco quanto à história de dizer que namoravam, porque ele realmente pareceu não ligar nem um pouco. Pelo contrário, porque segurou sua mão para subir até a área onde parte da equipe brasileira do skate podia ver a competição de outros atletas, incluindo alguns dos garotos que havia visto no dormitório de Vinícius.

Jade nunca havia parado para assistir a uma competição de skate. Tinha feito uma pesquisa rápida naquela mesma semana que lhe rendeu a descoberta de que havia duas categorias diferentes: *street* e *park*. Tanto Vinícius quanto Patrícia competiam pela street, que era a modalidade que simulava andar de skate na rua, com rampas, degraus e corrimões.

Parecia potencialmente perigoso. Mais que sua trave.

— Você não deveria estar deitado? — Otávio, que era o seu nome, pelo que Jade conseguia lembrar, franziu o cenho na direção do colega de equipe.

— Deveria — Vinícius assentiu, procurando Patrícia ao redor. Ele apontou na direção em que a amiga estava para que Jade a visse também, não escondendo um sorriso largo quando ela acenou na direção deles.

Jade o olhou pelo canto do olho e para suas mãos unidas.

Quando pensava no evento de gostar de alguém além das paixonites que havia sentido antes, Jade não sabia ao certo o que esperar. Bem, via o fenômeno das borboletas no estômago e calafrios nos livros e filmes que consumia, mas agora sabia que também havia o medo. A preocupação de não cometer nenhum tropeço. A necessidade de agradar.

Ela não sabia para onde as coisas com Vinícius Carvalho iriam, não fazia a menor ideia. Afinal, os jogos olímpicos não durariam para sempre e a proximidade e a facilidade para se encontrarem acabariam em breve.

Mesmo assim, era fácil estar com ele. Talvez porque não precisava se preocupar com tudo o que falava, porque ele com certeza teria algo um pouco mais duvidoso a dizer logo em seguida. Ou porque, mesmo falando muito pouco, ele já demonstrava com pequenos gestos ser uma das pessoas mais gentis e carinhosas que Jade já havia conhecido em toda a sua vida, quando estava disposto a demonstrar isso. Ele era divertido e engraçado e beijava bem demais para ser verdade.

Enquanto durasse, Jade podia se deixar aproveitar o tal evento de realmente gostar de alguém.

— Você não tem medo de acabar se machucando de verdade e, tipo, não poder mais competir? — perguntou, quando já o tinha obrigado a sossegar no dormitório. Vinícius não parecia feliz com a pergunta, mas também não discutiu.

— Não. — O tom de voz tranquilo a irritaria se ele não mantivesse aquele sorriso bonito no rosto enquanto o dizia. — E se acontecer, eu vou melhorar e ser ainda melhor depois. Coisas do esporte.

Jade tinha vontade de arrancar os próprios cabelos com toda aquela paz interior diante dos piores cenários possíveis.

— Nada te tira do eixo?

— Ah, muita coisa. — Vinícius estendeu a mão, a chamando para se sentar ao lado dele na cama estreita. Ele pareceu pensar por um segundo antes de continuar. — Estar longe da minha família. Pensar que o babaca do Lucas vai se dar bem nesse esporte mesmo sendo o maior pé no saco do mundo todo. Saber que o John Mayer foi um escroto com a Taylor Swift...

Foi impossível conter uma risada com a última parte.

— Você pesquisou sobre isso só pra encher o meu saco, não é?

— Bingo, ruiva. Gostou do meu vasto conhecimento sobre a sua cantora favorita?

— Impressionada. — Jade o observou tirar o boné verde e surrado, deixando-o pendurado na cabeceira da cama. Dessa vez, ela não conteve o impulso de deslizar os dedos entre os cachos que caíram sobre o rosto dele, jogando-os para trás. Não que esperasse algo diferente, mas ela se surpreendeu de novo com o quanto os fios de Vinícius eram macios. Seus dedos caíram pela nuca do moreno, parando na corrente com o pingente de sapatilhas.

— Minha irmã vai ficar obcecada por você quando se conhecerem — ele disse, e Jade não deixou de se surpreender ao saber que, de alguma forma, Vinícius pensava em uma realidade onde ela seria apresentada de verdade para a família dele. E já o conhecia o suficiente para saber que não era qualquer pessoa que Vinícius apresentava para a mãe e a irmã. — Quando ela se curar dessa doença maldita, com certeza vai te chamar pra uma das apresentações dela.

— E eu vou estar na primeira fileira. — Mesmo não tendo a menor ideia de como aquilo funcionaria quando moravam tão longe um do outro, mas não era o momento para pensar nesse tipo de complicação.

Era muito melhor pensar que, em um futuro não tão distante, aquilo que existia entre eles seria mais do que um simples sentimento passageiro. Coisas assim não acontecem todos os dias, e Jade não queria desperdiçar isso deixando Vinícius para trás.

CAPÍTULO DOZE

TREINANDO O ALFABETO

Paris, 2024

Jade queria um pouco de paz. Era pedir muito?

Aparentemente, sim.

Saiu da última fase das classificatórias com um gosto amargo na boca e a leve tontura que só a certeza de que poderia ter se saído muito melhor trazia.

Estava classificada. Mas podia contar nos dedos e apontar cada um dos erros que tinham tornado a sua nota final inferior ao que deveria e sabia apresentar. O pouso incerto no salto, a escorregada de mão nas barras, um movimento incompleto na maldita trave.

— Temos dois dias até o início da disputa pelas medalhas — Hugo disse, acompanhando-a para fora da área dos atletas, parecendo alheio aos ânimos da ginasta. — O que você acha de treinarmos mais cedo amanhã e depois?

— Eu quero fazer a sequência C — anunciou, limpando o pó de magnésio das mãos. E Hugo a olhou como se estivesse perguntando se podia sair das Olimpíadas ali mesmo. — E treinar a D, só por precaução.

— Jade.

— Eu consigo, Hugo — insistiu, murmurando um agradecimento quando ele estendeu uma garrafa de água na sua direção. — Nós treinamos bastante, só preciso aperfeiçoar.

— Em dois dias?

— Nada que eu não possa fazer. — Jade não tinha tanta certeza disso, mas queria trazer outro nível de dificuldade para si mesma. Podia deixar a zona de conforto, os movimentos que dominava plenamente.

— Podemos tentar, mas a segunda sequência ainda é nossa opção mais segura. — Jade assentiu, fingindo que aquela ainda era uma opção. Não para ela. — Você tem planos pra essa noite?

— Não, Hugo. Eu não vou sair com o Vinícius — riu, balançando a cabeça.

— Eu não perguntei isso — ele resmungou, sem desmentir estar pensando nisso. — Mas bom saber.

— Claro. — Jade virou para procurar pelos vestiários, porque estava ansiosa para sair do *collant* e tomar uma ducha para tirar o excesso de gel do cabelo. Mas ela parou ao ver Vinícius na entrada do ginásio. — Bom, agora eu vou falar com o Vinícius.

Hugo franziu o cenho, seguindo o olhar dela até visualizar a figura tatuada e alta. Ele respirou profundamente, balançando a cabeça.

— Te vejo depois — Jade disse, antes que ele pudesse dizer qualquer coisa, inclinando-se para abraçar suavemente o treinador e padrasto. Isso pareceu fazê-lo relaxar, o que era uma vitória. Afinal, conversar não era o mesmo que sair.

Jade se aproximou de onde Vinícius estava, conversando com o que parecia ser uma equipe da imprensa. Ele parecia tranquilo, embora apressado. Precisou conter um sorriso divertido ao lembrar do quanto ele odiava aquele tipo de coisa antes. Se só havia aprendido a fingir que os suportava ou se havia se acostumado, ele já não sabia. Mas Vinícius respondeu às perguntas calmamente, atento ao que a jornalista dizia com um sorriso curto no rosto.

Quando a equipe se afastou, ele finalmente notou Jade ali.

— Eu me atrasei, né? — perguntou, com uma careta.

— Não é um atraso se não era algo combinado ou esperado — disse, o tom de brincadeira nítido. — O que você veio fazer aqui?

— Pensei em me inscrever pra competir de última hora, sabe como é — ele respondeu, no mesmo tom leve. Vinícius comprimiu os lábios, balançando a cabeça antes de continuar. — Não sei. Pensei em ver se tu estaria livre pra sair e comer algo, qualquer coisa assim.

— Vin... — Jade suspirou, analisando bem o que falaria a partir dali. Não que parecessem existir palavras certas para dizer quando se tratava de Vinícius. Ela ainda não havia aprendido a existir perto dele outra vez. — Eu não acho que seja uma boa ideia.

— Por quê? — ele soltou o questionamento subitamente, parecendo surpreso. Quando percebeu que poderia estar invadindo algum espaço que não deveria, comprimiu os lábios.

— Porque eu não quero arranjar nenhum problema — explicou, pacientemente. — Você tem namorada, e eu preciso muito focar no meu treino pelos próximos dois dias, então...

— Calma lá, eu tenho o quê? — ele perguntou, tão confuso que por um momento Jade achou que tivesse falado grego. Quando Vinícius soltou uma risadinha, ela ficou tão confusa quanto ele.

— Namorada. E a última coisa que eu quero é arranjar qualquer problema pra mim ou pra você. Mira comentou comigo que conversou com você, o que com certeza foi um erro, mas...

— Jade, eu não tenho namorada.

Bem, aquilo era estranho. Mas se Mira tivesse mentido, Jade com certeza daria um beliscão naquela criança quando a visse.

— Ela começou a fazer perguntas sobre, tu sabe... nós. E eu só soltei isso pra ver se ela saía da minha cola.

Isso fazia muito mais sentido. Porque era a cara de Vinícius inventar qualquer coisa pra se livrar de uma adolescente intrometida.

Jade precisava admitir, aquilo a fez relaxar um pouco. Porque não sabia ao certo quais eram as intenções de Vinícius ao se reaproximar, mas era perigoso gostar tanto daquela presença outra vez.

Era como estar novamente nas Olimpíadas de Tóquio, permitindo-se gostar tanto de alguém que logo iria embora para longe. Não que Jade ainda nutrisse sentimentos por Vinícius Carvalho, porque seria tempo demais cultivando algo que fora arrancado subitamente dela. Mas estaria mentindo se dissesse que não o considerava, e muito. O tipo de carinho que qualquer pessoa que te marque de alguma forma vai deixar pra trás.

— Não que eu espere que isso mude algo — ele completou, continuando. — Eu não espero nada, na verdade. Não sei. Só é muito bom te ver, e eu não quero ir embora sem poder conversar de verdade com você... como antes.

Como antes. Jade não sabia há quanto tempo ela não tinha uma conversa como as que tinha com Vinícius.

— Não exatamente como antes. — Ele corrigiu, revirando os olhos para si mesmo. E, precisava admitir, era adorável vê-lo tomando tanto cuidado com as palavras, por mais que elas saíssem antes que pudesse de fato pensar nelas. Aquilo era algo novo nele, ou só algo novo nele para Jade.

— Eu acho que entendi — assentiu, entre uma risada. O gesto pareceu fazer com que Vinícius deixasse de lado a ideia de que poderia ter dito algo errado. — Podemos fazer algo hoje, eu só realmente preciso tirar o gel do cabelo e me trocar.

— Leve o tempo que precisar. — Foi a vez dele de assentir, e Jade ainda não sabia ao certo o que pensar sobre toda aquela situação.

Ela nunca havia reencontrado alguém com quem havia tido um envolvimento no passado. Quer dizer, exceto quando tinha participado de um encontro do ensino médio e ficado cara a cara com o garoto – que já não era mais um garoto – que havia beijado em sua noite de formatura. Davi Lins a secou por uma noite inteira, mas não ousou se aproximar. Afinal, Jade estava acompanhada pelo namorado.

Namorado. O pensamento fez sua boca amargar novamente.

Jade sabia que todo aquele climão estranho entre ela e Vinícius era muito mais pelos acontecimentos dos quatro anos de distância do que por qualquer coisa que houvesse acontecido entre eles. Afinal, não havia acontecido nada de trágico entre os dois. Algumas relações chegam ao fim por motivos externos, e havia sido o caso deles.

Os mesmos inúmeros motivos externos continuavam ali, pairando entre eles. A distância, uma rotina completamente diferente. E nenhum dos dois sabia ao certo como – e se – deveriam falar sobre aquilo.

Era quase como ter dezoito anos outra vez. Não tinham qualquer experiência sobre algo que parecia ser tão simples. Pelo menos dessa vez, ela não tinha a impressão de que Vinícius estava melhor que ela, porque ele parecia tão perdido quanto.

Mas era bom saber que ele não tinha qualquer tipo de expectativa. Jade podia não ter certeza sobre muitas coisas, mas sabia que não tinha condições de retribuir qualquer tipo de avanço ali. Naquele momento, talvez nunca. Era um pensamento que ela já havia aceitado há algum tempo.

Ela tirou sem pressa todo o gel que mantinha seu cabelo firme durante os dias repletos de apresentações e arrumou-o para que secasse por si só. Não sabia ao certo para onde iria com Vinícius, mas esperava que não fosse qualquer lugar que pedisse roupas melhores que uma calça de moletom e camiseta, porque era o que ela havia separado na mochila. Seus planos anteriores eram voltar para seu quarto assim que saísse dali, especialmente depois do fracasso de mais cedo.

Fracasso, ela pensou, não contendo uma careta. Seu conceito de fracasso era ser classificada com uma nota que não queria?

Jade pegou o celular para enviar uma mensagem para a mãe. Só porque tinha certeza absoluta que aquilo já havia chegado aos ouvidos dela, mesmo que não tivessem tocado no assunto.

> **Jade**
> não acredite em nada que o Hugo disser,
> ele é legal

Enquanto se encaminhava para a saída do ginásio, Jade pensou nas palavras de Vinícius. *Conversar como antes.* Jade entendia o que ele queria dizer. Ela conheceu – de verdade – Vinícius Carvalho quando passou uma noite ao lado dele pela primeira vez. Uma noite sem nada além dos assuntos mais variados que surgissem e alguns beijos. Muitos beijos.

Quatro anos antes, Jade realmente não tinha intenções de passar uma noite com Vinícius, porque era chegar perto demais de um momento que ainda não estava segura o suficiente para explorar com alguém. Mas devia ficar de olho nele depois da queda e uma maratona de Casamento às Cegas – que Patrícia acabou furando quando a jogadora de vôlei a chamou para sair.

Não que tivessem realmente visto algo. Vinícius trancou a porta quando Otávio informou casualmente que havia deixado algumas camisinhas na gaveta da cômoda, murmurando um palavrão enquanto jogava o casaco longe.

Jade não se lembrava da última vez que havia se sentido tão confortável com alguém, mesmo anos depois. E confortável não significava que tivessem apenas falado sobre assuntos confortáveis, muito pelo contrário. Jade o ouviu falar sobre a irmã com leucemia – doença maldita, ele havia dito –, o tipo de coisa que Jade definitivamente não sabia como responder. Falou sobre o quanto a qualidade de vida da sua família só havia mudado quando o pai fora embora, enquanto Jade não sabia ao certo se um dia saberia verdadeiramente lidar com a separação dos pais, mesmo sabendo que já não havia qualquer tipo de sentimento ou intimidade entre os dois que justificasse manter uma relação.

Ouviu-o dizer – não apenas dizer, mas confessar, como se verbalizar aquele pensamento e soltar aquelas palavras em voz alta fosse algo que ele jamais imaginou que faria – que, de vez em quando, pensava em desistir do skate.

Porque o skate não pagava suas contas. Não ajudava em casa. Jade sabia como ninguém que estar nas Olímpiadas não era um sinônimo de prosperidade, só um talvez. Talvez você chame atenção de gente grande no seu meio. Talvez as pessoas gostem de você a ponto de te chamar para trabalhos remunerados. Em um país onde o esporte não é incentivado e valorizado, você precisa se contentar com alguns talvez.

E Jade disse que ele não podia desistir. Soltou sem pensar muito. Não deveria soar como uma proibição, mas talvez tenha soado no momento de exasperação, porque Vinícius perguntou o motivo dando uma risadinha.

Mas ainda bem que ele tinha seguido sua sugestão. Lá estava ele, esperando por ela na saída do ginásio olímpico, quatro anos mais tarde, no outro lado do mundo. Era engraçado como, em todo esse tempo, a pessoa com quem estava não havia mudado.

Se qualquer pessoa lhe dissesse que não apenas reencontraria Vinícius como também sairia com ele, ela soltaria uma risada incrédula. Gostaria de dizer que seu passado com Vinícius Carvalho era algo distante, mas parecia cada vez mais próximo a cada segundo que passava com ele.

Isso era perigoso. Jade não gostava nem um pouco disso, embora gostasse dele. Eram duas coisas diferentes de uma forma que ela não saberia explicar, mas seus sentimentos eram conflituosos demais para que lidasse sozinha com eles há algum tempo.

Seria muito assunto para tratar com sua terapeuta.

CAPÍTULO TREZE

MERCI BEAUCOUP

Paris, 2024

Vinícius gostava da risada de Jade.

Desde sempre.

Ele se lembrou disso quando a viu confortavelmente sentada na poltrona de uma cafeteria parisiense, as pernas cruzadas em uma postura impecável sobre o assento. E era a forma como ela sempre colocava uma mão sobre o rosto e soltava o ar pelo nariz em um barulho não muito bonito que o fazia gostar tanto daquela risada. Era a risada de quando ela estava rindo de verdade.

Quando a única lembrança que você tem de algo é incrivelmente boa, voltar para ela pode ser perigoso. Sua mãe havia dito isso no instante em que ele contou que estava voltando a falar com Jade, e era quase impossível acreditar que aquela coisinha adorável de um metro e meio poderia mesmo ser um perigo, mas sabia o que sua mãe queria dizer.

E, de certa forma, concordava. Diferente de quando discordou da mãe quando ela disse que deveria tomar cuidado ao se apaixonar – só isso lhe pareceu ridículo – pela primeira vez, quatro anos antes.

A primeira vez torna tudo muito mais intenso. E intenso é um sinônimo de perigoso, aparentemente.

Vinícius ainda discordava. Principalmente quando o culpado do fim havia sido ele, pra começo de conversa.

Jade agradeceu à atendente – em francês, o que apenas fez seu estômago revirar um pouco mais – quando os cafés foram entregues na mesinha onde estavam. Como de costume, porque nem tudo muda em quatro anos, ela havia escolhido a opção que parecia ter tudo disponível na cafeteria, menos café. Ela mexeu o chantilly com o canudo, dando de ombros em seguida.

— Engraçado como fui em um restaurante com temática de oficina de carros mas não em cafeterias legais como sempre disse que faria — ela comentou, arrumando o cabelo ainda úmido do banho pós-classificatórias atrás das orelhas. — Mas esse lugar é um amor.

— Você sabe francês?

— Só o básico, achei que seria interessante saber ao menos como agradecer sem gaguejar — ela justificou, deixando o celular de lado na mesinha. — Se eu me perdesse, ainda teria que me virar com um inglês mediano. O que já é mais do que o de quatro anos atrás, de qualquer forma.

— Minha mãe disse que eu deveria aprender também, mas acho que eu só fiz o primeiro dia de Duolingo pra isso. Aquela coruja aparece nos meus pesadelos até hoje.

— E como ela tá? — Jade riu mais uma vez, balançando a cabeça.

— Bem — disse, mexendo o café puro que havia pedido. Para ser sincero, havia passado a odiar café há alguns anos. Ou havia se obrigado a odiar quando percebeu o quanto a cafeína o deixava pilhado. — Ela deixou de dar aulas há três anos e se mudou pra capital pouco depois, o que foi uma surpresa. Mas acho que ela queria ficar mais perto das minhas tias, mesmo que fosse na capital. Foi bom, já que eu estava longe.

— Mas ela ficou feliz com a sua mudança — ela adicionou, embora soasse como uma pergunta também.

— Como qualquer mãe ficaria, eu acho. Só fico pensando se não foi uma decisão egoísta, e...

— Você ainda tem a vontade de estar sempre em dois lugares ao mesmo tempo.

— Pare de falar como a minha terapeuta, é muito assustador — falou Vinícius, e Jade soltou outra risada que fazia seus olhos se fecharem, relaxando-o um pouco. Era mesmo muito bom vê-la à vontade. Ainda não sabia ao certo o que esperava antes de chegar em Paris, mas com certeza não envolvia tomar café com Jade enquanto conversavam sobre suas vidas quase como antigamente. Quase. Vinícius ainda sentia que tinha muito a dizer, e era onde estava tentando chegar. — Eu sinto muito sobre quatro anos atrás, inclusive. Eu...

— Não — Jade o interrompeu, subitamente séria. Séria e surpresa, como se estivesse surpresa por aquele tópico ter sido levantado. Era uma surpresa? Vinícius sabia que o traria no momento em que fora convocado, estava apenas esperando o momento certo. — Não peça desculpas por isso.

— Eu preciso pedir.

— Vinícius, *não*.

Era o mais firme que já tinha ouvido Jade Riva ser. Ela parecia séria, tensa e quase... irritada.

— Eu larguei você.

— Você voltou para a sua família. Não a coloque acima de mim.

— Eu deveria ter enviado uma mensagem.

Jade soltou uma respiração pesada, fechando os olhos por um momento.

— Não vou mentir, fiquei mal por uns dias. Porque achei que a culpa fosse minha, ou que você fosse, na verdade, o babaca que tentaram me avisar, tipo o primeiro garoto que eu gostei realmente era. — Jade desviou o olhar para as próprias mãos que ainda seguravam o café. Vinícius nunca havia parado para pensar o que ela havia pensado quando tudo aconteceu, embora soubesse que a deixaria chateada. Saber que em algum momento ela se culpara pelo seu chá de sumiço tornou o sentimento um pouco pior. — Até saber os seus motivos. Em momento algum senti raiva de você depois disso, muito menos mágoa. Você tem o direito de viver o luto da sua forma e no seu tempo. Você me conhecia há alguns dias, por mais que eu não pense menos do que existiu entre nós, ainda não era nada comparado ao que você tinha com sua irmã.

Aquela conversa não estava indo como ele planejava. Mas será que ele havia planejado algo? Não exatamente.

A morte de Helena não era um tópico confortável para ele. Nunca seria, provavelmente. Mesmo quatro anos depois, ele ainda estava aprendendo a lidar com as fases do luto que nunca passariam completamente. Sabia que o mesmo valia para sua mãe, porque mãe alguma se acostumaria com uma vida após perder uma filha tão cedo, tão repentinamente.

O máximo que podia fazer era conter os danos que havia causado na época, dificultando o processo. Deixar a mãe sozinha para fugir de tudo em outro país depois de usar os treinos como escape, usando a desculpa de que era para crescer profissionalmente no skate.

Deixar a garota pela qual estava se apaixonando sem qualquer explicação ou sinal de vida. O luto pode ser cruel e paralisador, mas ele não tinha noção do quanto até ver as mensagens e ligações perdidas de Jade no celular e não ter forças para respondê-las. Parecia ser um gasto enorme da energia que ele já não tinha desde o momento em que recebeu a notícia. E Vinícius não gostava nem de pensar sobre os danos que essa decisão havia causado na vida de ambos.

— Pare de pensar — ela pediu, vendo-o se perder entre os pensamentos. — Se isso estava te incomodando todo esse tempo, posso garantir que você não me deve nada.

Nisso ela estava errada.

Vinícius respirou demoradamente mais uma vez, vendo-a fazer o mesmo. Quatro anos antes, as coisas eram mais simples.

Mas pedir que algo na sua vida fosse simples parecia ser demais. Não que Jade fosse alguém difícil de entender – muito pelo contrário –, talvez fosse o mundo e o passado.

Ou, talvez, ele fosse o problema. Era o tipo de pensamento que gostava de evitar, porque o que mais queria há algum tempo era ser a melhor versão de alguém para as pessoas que amava. Talvez não houvesse mais uma versão dele que encaixasse na vida de Jade.

Não mais. Não depois de tanto tempo.

—Acho que eu deveria voltar para o meu dormitório, Hugo deve estar preocupado comigo — ela disse, e Vinícius pediria que ela ficasse se não soubesse que aquela conversa já não tinha mais para onde ir. Quando Jade se levantou, ela parou por um segundo antes de se inclinar na direção dele para depositar um beijo na sua bochecha. Um beijo suave, quase superficial demais. — Olhe para mim, Vin.

Ele a olhou. Olhou para os olhos verdes e a constelação de sardas quase invisíveis, e Jade estava perto o suficiente para fazê-lo flutuar.

Como um dia havia sequer considerado ter superado Jade Riva? Quatro anos e ela ainda lhe causava o mesmo efeito. Mesmo tão diferente, ainda era ela.

Nenhum dos acontecimentos havia sido capaz de derrubá-la. Erro de quem um dia a havia olhado e a chamado de frágil.

— Você está me vendo agora — ela continuou, sorrindo suavemente quando ele assentiu, mesmo que não tivesse sido uma pergunta. — Pare de tentar me enxergar no passado.

CAPÍTULO CATORZE

NÃO É TÃO FÁCIL ASSIM, NÃO

Paris, 2024

Aos vinte e dois anos, Jade ainda se questionava se permitir a si mesma se apaixonar deveria ser uma questão tão difícil. Na verdade, ela sabia que era algo tão natural que seria impossível notar em um primeiro momento. Você não poderia prever ou impedir, muito menos tomar uma decisão depois que já estava lá.

Se apaixonar por Vinícius – novamente – era uma das coisas mais fáceis do mundo. Até mesmo ter uma vida ao lado dele (se não pensasse na parte mais complicada da distância que os separava quando não estavam nos jogos olímpicos) parecia simples. Jade havia pensado muito sobre o quanto seria possível fazer o relacionamento entre os dois funcionar anos antes, e essa confiança estava voltando com tudo recentemente.

Seria fácil, tão fácil.

O suficiente para que Jade sentisse que era tão fácil quanto estragar tudo aquilo.

Ela tentou ao máximo afastar esses pensamentos que a mantiveram acordada durante a noite ao sair do vestiário do ginásio. Tinha dois dias para treinar a sequência mais arriscada que já havia se decidido a fazer desde que voltara a treinar. Se estava bem lembrada, um dos movimentos nunca havia sido feito nas Olimpíadas.

Mas Jade estava mesmo tentando não pensar nisso ali.

Ela respirou profundamente, tentando juntar as pecinhas que ligavam sua mente ao corpo. Naquela manhã em específico, parecia quase impossível.

— Você tem certeza que quer tentar essas sequências, querida? — Hugo perguntou, soltando uma respiração pesada.

— Você é meu padrasto e treinador, achei que estivesse aqui pra me motivar — ironizou, forçando um sorriso na direção do homem.

— Só quando eu acho que você está tomando decisões inteligentes. — Ele a acompanhou até a trave, vendo-a cobrir as mãos com o pó de magnésio. — Jade, aquele garoto fez algo pra você?

Sim, me mostrou tudo que eu poderia ter se tivesse forças para correr atrás de uma vida que definitivamente me tornaria a pessoa mais feliz do mundo.

— Achar que Vinícius vai fazer algo ruim pra mim é tão 2020, Hugo — murmurou, balançando a cabeça enquanto se alongava uma última vez. — Se você se desse a chance de realmente conversar com ele por cinco minutos, já teria superado isso.

— Ei, eu estou preocupado. — Hugo cruzou os braços, defensivo. — Você já ficou mal por causa dele uma vez.

— A irmã dele tinha acabado de morrer e eu não sabia. — Jade olhou para o padrasto e treinador, erguendo uma sobrancelha. — Eu sei me cuidar. Não vou acabar caindo no colo de outro Lucas, caso esse seja o medo que você e a minha mãe têm.

Jade se sentiu instantaneamente mal por dizer aquilo naquele tom para Hugo, que já cuidava dela como uma filha anos antes de se aproximar de sua mãe.

Só era muito sufocante sentir que as pessoas ao seu redor não apenas pisavam em ovos para falar com ela, como queriam que ela pisasse em ovos para existir para sempre. Era o tipo de preocupação sutil que podia achar apenas irritante no dia a dia, mas tornava-se sufocante de vez em quando. Nunca havia conversado sobre isso com os pais ou Hugo, talvez porque esperasse que eles se tocassem sozinhos.

Não estava acontecendo. Na verdade, a mínima possibilidade de que se envolvesse com alguém outra vez parecia ter acendido um alerta vermelho na cabeça deles.

Como se Jade estivesse fadada para sempre a se enfiar em relacionamentos que a colocariam no fundo do poço. Não era justo que Vinícius caísse no meio dessa bagunça e ainda fosse culpabilizado por algo que não era sua culpa mais do que ele próprio já parecia se culpar.

Jade subiu na trave, fechando os olhos por alguns segundos.

De vez em quando, a mente dela era como um desses quebra-cabeças de quinhentas peças.

De vez em quando, havia duas ou três peças fora do lugar. Com sorte, apenas uma. Era algo fácil de resolver com respiração e foco.

Outra vezes, era como se alguém tivesse chutado toda a montagem que havia levado horas e horas para completar.

Naquela manhã, Jade repassou os movimentos mais simples antes de partir para os mais complexos. Aos poucos, esqueceu-se das pessoas ao redor. Dos problemas em sua mente. Era bom sentir a confiança voltar para o próprio corpo conforme estava no ar, mesmo com alguns desequilíbrios mínimos que com certeza conseguiria evitar da próxima vez.

Completamente diferente do que sentia quando estava com Lucas por perto.

Mesmo tanto tempo depois, mesmo com todas as sessões de terapia, Jade ainda não conseguia achar uma razão que explicasse ter se envolvido com Lucas após os Jogos Olímpicos de Tóquio. Estava se acostumando a pensar que talvez nunca encontrasse uma explicação para isso, e tudo bem. Tinha só acontecido. E tudo que viera a partir daquilo não era culpa de ninguém além dele mesmo.

Tudo tinha começado com os flertes usuais, e é difícil afastar alguém quando vocês treinam juntos diariamente. Na verdade, é difícil afastar alguém que é insistente demais quando você não quer dar um corte seco demais. Jade não gostava de pensar que deveria ter visto algo de errado a partir desse momento porque a fazia entrar em um ciclo infinito de se culpar, mas sabia que deveria ter colocado os próprios sentimentos acima da vontade de não desagradar alguém.

Ela se esforçou para tirar algo positivo daquilo tudo. As colegas de time tinham ajudado, até. "Ele está tentando ser legal com você, ele está há tempos caidinho por você. Você deveria dar uma chance, não é justo dizer que não gosta dele se nunca tentou conhecê-lo fora dos treinos."

Foi uma surpresa para Jade perceber que Lucas conseguia ser algo além dos treinos. O que deveria ser óbvio, mas ela havia bloqueado a informação até então.

Lucas se aproximou de Jade com o humor agradável e conversas sobre seus gostos semelhantes. Ele era um ginasta exemplar, o melhor de sua categoria, então era difícil não admirá-lo por isso também.

Não era como Vinícius, Jade duvidava que um dia alguém seria, mas era alguém que lhe proporcionava algum tipo de conforto. Massageava seus ombros ou seus pés após as longas horas de treino e parecia se preocupar com seu desempenho e com ela.

Seis meses após o fim abrupto do que viveu com o primeiro garoto pelo qual se interessou, Jade assumiu o relacionamento com Lucas. Porque ele tinha seus pequenos momentos de pressão quanto aos treinos, mas ainda era uma pessoa boa.

As coisas mudaram tão vagarosamente quanto se iniciaram. Lento o bastante para que fosse quase imperceptível. Começou com as respostas grossas sem motivo algum, o humor instável. As ofensas gratuitas e sem precedência. Começou com Jade pedindo desculpas sem ao menos saber o que tinha feito para que seu namorado ficasse tão irritado. Começou com Lucas criticando seus erros mínimos durante os treinos, aumentando seus horários e convencendo-a a repetir suas sequências até que estivessem perfeitas, porque sua namorada deveria ser uma ginasta exemplar como ele. Se ela não fosse, que tipo de ginasta ela era?

Até que os empurrões começaram, os gritos e apertos no braço. Consequentemente, sua frequência de treinos diminuiu tanto quanto a vontade de fazer o que mais amou um dia. Sua vontade de olhar para o espelho, porque o que via era exatamente o que seu namorado, a pessoa que dizia amá-la, dizia ver – sem beleza nem talento, desinteressante e indigna de qualquer coisa além do que já tinha. As convocações para competir deixaram de lhe parecer tão incríveis assim. Sair de casa para qualquer coisa que não fosse o essencial do qual não podia fugir tornou-se insuportável. Pouco a pouco, Jade se tornou muito pouco. Quase nada. Um efeito da maldade. Se a pessoa que ela amava, que vivia ao seu lado e a conhecia como ninguém, pensava tão pouco dela, então não fazia sentido tentar ser mais.

E mesmo que seu pai, mãe, treinador e amizades tentassem entender o que estava acontecendo, Jade ainda sabia fingir bem. Na verdade, ela fingiu muito bem por muito tempo.

Muito tempo até que não fosse mais possível fingir.

Até que Jade Riva se tornou qualquer coisa, menos Jade Riva. O momento que quase lhe custou a capacidade de fazer o que mais amava para sempre, que a colocou em uma cama de hospital e no consultório de um fisioterapeuta por meses e meses. Jade não sabia de muitas coisas, mas de onde havia tirado forças para ir contra todos os médicos que lhe disseram que nunca mais poderia treinar era o seu maior mistério.

De volta ao presente, Jade se desequilibrou entre um giro, esticando os braços para recobrar o equilíbrio sobre a trave. Pelo canto do olho, viu Hugo se mover como se estivesse prestes a tirá-la dali ele mesmo, mas a ginasta ergueu um dedo para impedi-lo.

— Estou bem — assegurou, embora a sensação de desconexão estivesse ali. À espreita, apenas esperando por um momento de distração.

Jade soltou a respiração antes de descer da trave, balançando a cabeça.

— Como eu estava?

— Bem, como sempre. — Hugo estendeu a garrafa de água na direção dela. — O que acha de treinar no solo primeiro?

Era como estar de volta à estaca zero, mas Jade assentiu. Se era assim que ela conseguiria se preparar, era o que faria.

Um passo de cada vez. Jade repetia isso todos os dias para si mesma na fisioterapia, quando até andar havia se tornado uma tarefa difícil.

Mas ela ainda repetia as mesmas palavras com uma frequência maior do que gostaria.

Jade se forçou a sorrir na frente do treinador, uma das pessoas mais importantes de sua vida, antes de iniciar sua sequência da trave no solo da mesma forma que havia sido anos antes, quando ainda não sabia o que era ser uma ginasta convocada para os jogos olímpicos.

No fim, talvez esse também fosse o melhor caminho para se apaixonar por alguém. Um passo de cada vez.

CAPÍTULO QUINZE

A PROVA VIVA DE QUE BEIJOS DE BOA SORTE FUNCIONAM: VOZES DA MINHA CABEÇA E A MEDALHA NO PESCOÇO

Tóquio, 2020

Jade não tinha grandes expectativas sobre como seria sua primeira vez. Por mais que toda a experiência e conhecimento que tinha no assunto viesse de livros e filmes, ela ainda tinha noção o suficiente para não acreditar que esse momento viria com o grande amor da sua vida, com a pessoa que permaneceria ao seu lado pelo resto da vida ou qualquer coisa assim. Sabia que não necessariamente seria a coisa sensual e perfeita que parecia ser de longe.

Ela só não havia se sentido atraída por alguém a esse ponto... até Vinícius. Porque havia esses momentos nos quais ele a beijava até que ela ficasse sem ar e ainda parecia muito pouco. Jade queria arrancar aquelas camisetas largas e surradas para tocá-lo pele com pele, descobrir todas as tatuagens que ainda não havia visto debaixo de sua roupa.

E queria que ele fizesse o mesmo com ela.

Naquele ponto, já havia se tornado impossível fingir que não tinham algo. Tinham muito. Mesmo com a rotina de treinos antes das finais, ainda arrumavam tempo para ficar um com o outro. Vinícius a buscava no ginásio – o que deixava Hugo maluco, mas o treinador não dizia nada mesmo assim. Saíam para comer com Patrícia ou outros colegas da equipe do skate e voltavam para a vila olímpica, onde teriam um tempo sozinhos até que o cansaço do dia cheio tomasse conta de ambos. Não era ideal, talvez, mas Jade gostava da pequena rotina entre um evento tão grande. Rotinas deixavam-na segura, e uma rotina com Vinícius era ainda melhor.

Mesmo que não fosse durar muito. Depois da competição final dele, Jade teria a própria competição antes de voltarem para suas respectivas casas. Jade não gostava do pensamento de que não se encaixaria na vida e na rotina de Vinícius fora da competição, mesmo que não existisse qualquer distância entre eles.

— Não é da minha conta, mas tome cuidado — Hugo comentou, entre um suspiro. — Não gosto de atletas.

— Eu sou atleta, Hugo. — Jade soltou uma risada, mas parou quando o treinador se agachou na frente dela. Ela soltou o pé que estava esticando no alongamento para olhá-lo.

— Homens. Nunca confie em homens. Se ele for atleta, menos ainda. Se for um atleta em época de competição, provavelmente é um caso perdido. — Jade riu daquilo, porque parecia ridículo sequer pensar que Vinícius tinha intenções de lhe fazer qualquer mal. — Querida, essas coisas são sempre mais intensas na primeira vez.

— Eu não estou deixando que isso afete meu desempenho — assegurou. E não estava, assim como Vinícius definitivamente também não. Dormia na hora certa e não se atrasava um segundo sequer para seus treinos. O foco dela nunca estivera tão bom quanto naqueles dias.

— Sei que não, Jade. — Hugo suavizou a expressão. — Só não quero ninguém machucando esse coraçãozinho. Você é boa demais pra ser verdade.

Jade o observou se afastar quando o treinador do time masculino o chamou, um pouco sem reação. Hugo agia constantemente como o que Jade reconhecia como figura paterna, e isso sempre a deixava desconcertada. Seu pai era alguém presente desde sempre e mesmo depois do divórcio, mas não era... como poderia dizer? Saulo não era alguém com quem pudesse contar para uma palavra reconfortante ou um abraço seguro. Fosse por conta do trabalho ou porque ele era completamente desajeitado para isso. Jade o amava, mas sentira falta dele durante toda a vida.

E se sentia mal quando uma vozinha dentro de sua cabeça insistia em gritar que Hugo era muito mais pai que ele. Ah, sim. Jade se sentia um monstrinho quando pensava isso. Ingrata e insensível.

★ ★ ★

Enquanto observava Vinícius se alongar de longe esperando pelo início da última fase do skate street pela medalha, Jade não conseguiu deixar de se questionar pela milésima vez como as coisas seriam quando voltassem para suas casas. Ela achava ridícula a possibilidade de que apenas chegasse ao fim, sem mais conversas.

Ela achava. Era complicado não saber o que Vinícius pensava sobre isso.

Do outro lado da pista de skate, Vinícius parecia ser o mais relaxado entre os skatistas. Tinha sentado na ponta de uma das rampas e mexia no celular distraidamente, balançando a cabeça e os pés no ritmo de qualquer que fosse a música que tocasse nos fones de ouvido.

Jade pegou o celular que vibrou no bolso, arrumando a postura ao ver que era uma mensagem do próprio Vinícius.

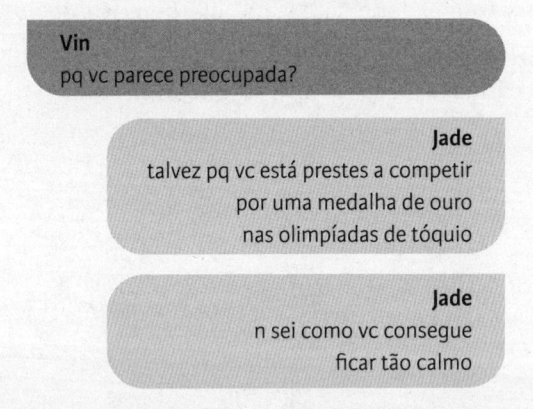

> **Vin**
> pq vc parece preocupada?

> **Jade**
> talvez pq vc está prestes a competir por uma medalha de ouro nas olimpíadas de tóquio

> **Jade**
> n sei como vc consegue ficar tão calmo

Jade levantou o olhar na direção do skatista, apenas para vê-lo olhar na sua direção com um sorriso calmo antes de dar de ombros.

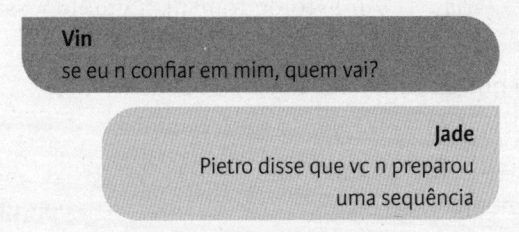

> **Vin**
> se eu n confiar em mim, quem vai?

> **Jade**
> Pietro disse que vc n preparou uma sequência

> **Vin**
> n gosto que vc esteja conversando com meu treinador, parece um complô contra mim

> **Vin**
> e n faz sentido preparar uma sequência antecipadamente

> **Jade**
> o que?

> **Vin**
> skate é diferente da ginástica

> **Vin**
> n gosto de definir nada antes da hora, as coisas fluem melhor quando confio no agora

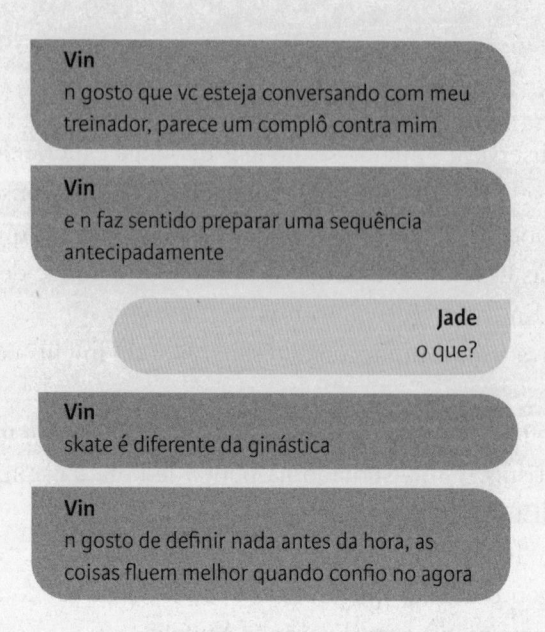

De alguma forma, Jade sabia que ele pensava daquela forma não apenas sobre o skate. Talvez por isso não parecesse nem um pouco preocupado com o fim dos jogos olímpicos, que indicariam o fim do convívio entre eles.

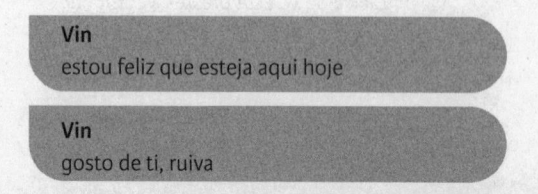

> **Vin**
> estou feliz que esteja aqui hoje

> **Vin**
> gosto de ti, ruiva

Jade soltou a respiração, que ficou presa com aquela mensagem.

Se alguém lhe dissesse que ela conheceria alguém como Vinícius Carvalho ao viajar para competir do outro lado do mundo, acharia inacreditável. Não vivia em um livro de romance, era impossível que algo assim realmente acontecesse.

Acreditava que o tempo não era algo que definia o quanto alguém é importante para você, ou o quanto você se afeiçoa a essa pessoa. Acreditava que algumas pessoas estavam apenas destinadas a se encontrar em algum momento e, de alguma forma, daria certo porque era pra ser.

Porque existia alguma força maior e uma sintonia que seriam incapazes de acabar com aquilo.

Ela só não achava que poderia ser uma dessas pessoas.

Antes que pudesse pensar em uma resposta, foi anunciado que a competição final se iniciaria em alguns minutos. Jade observou Vinícius assumir uma postura diferente ao guardar o celular no bolso, uma expressão mais séria. A postura que havia visto nele quando se conheceram, quando parecia haver um complexo de muros ao redor dele.

Vinícius se aproximou de onde Pietro estava, mascando um chiclete enquanto o treinador falava algo sobre a pista. Se o conhecia bem, ele não estava realmente prestando atenção em uma palavra sequer do homem.

Antes de se juntar aos outros atletas na área onde cada um esperava por sua vez, Vinícius tomou impulso no skate para se aproximar do local na arquibancada onde convidados do time ficavam.

Como se não houvesse pessoas olhando de todos os lados, incluindo câmeras de TV que com certeza repassavam as imagens para canais que estavam fazendo uma cobertura completa de todos os esportes possíveis o tempo inteiro, ele subiu na grade que os separava para ficar mais perto dela.

— O que você tá fazendo? — Jade falou, uma risada nervosa saindo entre a pergunta. Ela comprimiu os lábios para conter o sorriso besta quando Vinícius arrumou a aba do boné para trás.

— Eu quero um beijo de boa sorte.

— Mais um?

— Nunca é demais — ele justificou, entre um selinho rápido. — Tu não respondeu a minha mensagem.

Gosto de ti, ruiva. Jade ainda estava processando aquilo.

— Você me deixou um pouco sem palavras — admitiu, puxando-o para outro beijo. Um pouco mais demorado, mas nada comparado aos beijos que Vinícius lhe dava quando estavam sozinhos. — Também gosto de você, Vin.

— Bom saber. Se me permite, tenho uma medalha de ouro pra ganhar. — Jade observou Vinícius se afastar com um sorriso torto nos lábios, sentindo o rosto queimar ao se sentar novamente no canto da arquibancada, de onde tinha uma visão um tanto privilegiada da pista.

Ver Vinícius competir pela tão desejada medalha de ouro se tornou o seu mais novo método de tortura. Naquele momento, não parecia haver nada pior que vê-lo com outros skatistas fazendo sequências e não ter a menor ideia de como prever um resultado, o que valia mais pontos na tabela final ou erros bobos que colocariam tudo a perder. Era assim que ele se sentia vendo-a competir? Porque ela estava odiando muito.

Jade não conteve o impulso de pular para ficar de pé quando Vinícius caiu ao tentar uma manobra no corrimão de alguns degraus. Por mais que ele tenha se levantado logo em seguida sem esboçar qualquer expressão que demonstrasse dor, pegando o skate para tentar mais uma vez, ela não deixou de se preocupar. Não seria surpresa nenhuma se ele estivesse escondendo qualquer tipo de dor – na verdade, seria a cara de Vinícius.

Como se pudesse ouvir seus pensamentos, Vinícius olhou na direção dela e abriu o sorriso tranquilizador que só fazia com que Jade quisesse bater a cara dele em uma parede por agir como se nada tivesse acontecido quando estava preocupada. Mas tentou mais uma vez, e a mesma manobra parecia ter sido feita com perfeição, considerando as palmas generalizadas que vieram a seguir e a expressão de alívio que tomou conta do rosto dele quando fechou os olhos e soltou uma respiração pesada.

Naquele momento, Jade entendeu um pouco o sentimento do pai em final de Copa do Mundo.

Em algum momento, entre uma pausa rápida, Vinícius se aproximou de um Pietro que parecia nervoso, mesmo que ele ainda parecesse calmo demais para a ocasião. Se o nervosismo do treinador significava que deveria se preocupar ou não, Jade não sabia. Hugo não costumava ser tão expressivo assim.

Era mais um dos momentos em que Jade amaria entender o locutor da competição.

— Ele precisa de 9,7 pra levar o ouro — o rapaz ao seu lado disse, em português. Se Jade não estivesse enganada, era um dos colegas de Vinícius que não havia se classificado. Ela se perguntou se parecia tão confusa assim a ponto de alguém explicar a situação para ela. — Mas a maior nota dele até agora foi 9,4, acho difícil subir o nível do que já foi feito. Pelo menos a prata tá garantida se ele fizer a última sequência sem erros.

Conhecia Vinícius bem o suficiente para saber que ele não se contentaria com uma medalha de prata tão facilmente. Talvez essa fosse a conversa entre ele e Pietro – o treinador tentando convencê-lo a não colocar a última reta em risco por uma nota tão difícil.

— É tão difícil assim conseguir um 9,7? — perguntou, recostando-se no assento da arquibancada.

O rapaz soltou uma risadinha, dando de ombros.

— Só os melhores conseguem, eu diria. O estadunidense não tá ajudando muito.

É claro que tinha que ser um estadunidense. Jade observou Vinícius deixar o treinador falando sozinho e tomar impulso com o skate para o canto paralelo da pista, analisando-a como se tentasse definir seus próximos movimentos a partir dali.

Quando chegou a vez de Vinícius, Jade não fazia a menor ideia do que ele precisava fazer para ganhar, mas sabia que daria tudo de si para chegar lá.

E ele fez. Vinícius Carvalho tirou a maior nota do dia ao saltar sobre uma rampa tão impossivelmente alto que Jade achou que ele não conseguiria pousar no chão sobre o skate novamente. Parecia impossível, mas ele tinha feito. A nota 9,6 não foi o suficiente para levar o ouro, mas a medalha de prata estava longe de ser pouco. Ele parecia saber que aquela havia sido a manobra do dia, porque deslizou as duas mãos sobre o rosto em um gesto de alívio tão grande quanto o que havia feito mais cedo, como se nem ele acreditasse antes que aquilo seria possível.

Estava feliz, e feliz demais, mas aquele era o momento dele. O momento dele de dar as primeiras entrevistas na estreia do skate como categoria dos jogos olímpicos, o primeiro brasileiro a garantir uma medalha. E esse era apenas o início para ele, qualquer um poderia ver, mas um início glorioso.

Ele sabia. Com o sorriso tão grande que mal cabia no rosto, Vinícius subiu no pódio e olhou para a medalha em seu pescoço como se não pudesse acreditar que era mesmo sua.

Jade podia sentir o próprio rosto doer de tanto sorrir, porque a felicidade pura era bonita no rosto de Vinícius.

— Seu beijo funcionou — ele disse, quando finalmente teve a chance de se aproximar de onde ela estava. Jade o envolveu em um abraço forte.

— Parabéns! Eu não entendi nada, mas sabia que você conseguiria. — Jade tocou na medalha no peito dele, erguendo uma sobrancelha. — Nós vamos comemorar?

É claro que iriam. O time brasileiro de skate – e alguns skatistas de outros países também – se encontrou cerca de meia hora depois em um bar para comemorar a medalha de Vinícius Carvalho e o fim da etapa do skate nos jogos olímpicos. Jade ainda precisaria acordar cedo no dia seguinte para a sua própria competição, mas queria marcar presença para comemorar com ele pelo tempo que fosse.

— Me avise quando quiser vazar — ele pediu, após quase uma hora e meia desde que haviam chegado ali. Vinícius havia virado dois shots de alguma bebida por insistência de seus amigos, o que não o deixava embriagado, mas lhe dava um aroma leve de álcool que Jade estava começando a achar estranhamente atraente. Ele provavelmente havia notado que ela já estava checando o relógio na tela do celular incessantemente há alguns minutos, tentando encontrar o momento certo para se despedir.

— Você pode ficar, eu posso voltar sozinha.

— Tu acha mesmo que essa galera tá aqui por mim? — ele perguntou, pegando a mão dela ao acenar para os amigos, indicando que iria embora. — É só uma desculpa pra encherem a cara sem limites depois de um tempão sem beber.

Jade ainda contestaria, diria que talvez fosse a oportunidade perfeita para que ele também enchesse a cara sem limites sem ter que se preocupar com os horários dela. Mas sabia que ele não mudaria de ideia.

Vinícius aproveitou o trajeto para responder às centenas de mensagens que havia recebido desde cedo, ainda parecendo uma criança feliz com seu presente de Natal enquanto o fazia.

— Você quer ficar? — perguntou Jade, quando pararam na frente de seu dormitório.

— Não vou incomodar? — respondeu Vinícius, e Jade balançou a cabeça. Normalmente passavam a maior parte do tempo no dormitório dele, onde nunca tinha ninguém além de um amigo ou outro, e raramente o colega de quarto dele passava a noite lá. O dormitório de Jade sempre tinha alguém e, bem, a maioria de suas colegas não ia muito com a cara de Vinícius por pura implicância. Fosse por conta da rivalidade infantil que havia se instaurado contra skatistas ou porque Vinícius tinha aquela expressão de tédio natural para qualquer pessoa que não fosse Jade ou, no máximo, Patrícia.

— Não tem ninguém hoje, elas estão fazendo uma noite do pijama ou algo assim em outro apartamento com o resto do time.

— E você não deveria estar lá?

— Não, estou com você — justificou, puxando Vinícius para dentro. — Dá pra acreditar que você ganhou uma medalha? De prata!

— Não, não dá — ele confessou, olhando ao redor. O apartamento da ginástica feminina era inegavelmente mais organizado que o dele, sem qualquer sombra de dúvida. Chegava a ser engraçado. — O que é interessante, porque eu vim pra cá pensando em quando pararia com o skate.

Jade parou, sentada na cama. Estava tirando os tênis quando escutou aquilo, mas precisou parar no meio do caminho para conseguir – ou melhor, para tentar – processar o que Vinícius havia dito.

Ela processou, e mesmo assim ainda parecia ridículo que ele tivesse mesmo dito aquilo.

— Parar? — Quando ele assentiu, Jade não conseguiu ter outra reação além de soltar uma risada incrédula. — Por que você pararia?

— Porque, de vez em quando, eu ainda acho que poderia fazer mais pela minha família. Se eu usasse o tempo de treino para arranjar um emprego que me pagasse mais, talvez minha mãe não precisasse trabalhar tanto para pagar as contas de casa, e... — Vinícius parou, dando de ombros como se não fosse um grande assunto. Mas era, e Jade podia ver com facilidade o quanto dizer aquilo em voz alta era novo e talvez até desconfortável para ele. — Tem gente que mal vê o que eu faço como algo de verdade. Não tenho patrocinadores fixos, só os que me deram a chance de estar aqui. As competições não pagam as contas, isso quando pagam *qualquer coisa*. Eu nem sei se deveria mesmo estar aqui.

— Mas você acabou de ganhar uma medalha de prata, isso vai mudar — argumentou, puxando-o pela mão até que ele se sentasse ao seu lado.

— Será?

— Você não vai desistir antes de ter certeza, essa é a oportunidade e o momento da vida de qualquer atleta do mundo inteiro. — Quando Vinícius deu de ombros mais uma vez, esquivando-se de qualquer resposta, Jade soltou uma respiração densa. Cruzando as pernas sobre a cama pequena, ela se virou para ficar de frente para o rapaz. — Você ama o skate, certo?

— Não sei o que eu seria sem ele.

— Exato! É exatamente isso, Vinícius. É um axioma.

Dessa vez, Vinícius a fitou como se procurasse no fundo da própria mente por uma explicação para o que ela havia acabado de dizer.

— Um axioma? — ele perguntou, por fim.

— É, um axioma. Algo que sempre vai ser a mesma coisa, independentemente do que aconteça no meio do caminho. Como X sempre vai ser igual a X, não importa todos os processos de uma conta matemática. E como você sempre vai pertencer ao skate, mesmo que tente fugir disso. É uma parte de você, e não vai mudar.

— Um axioma — ele repetiu mais uma vez, não soando mais como uma dúvida. Parecia mais que ele estava digerindo o que havia acabado de ouvir. E, parando para pensar, Jade percebeu que talvez tivesse soado um tanto patética. — Você é mesmo uma caixinha de surpresas, ruiva.

— Eu te convenci a não parar?

Vinícius se inclinou para a frente, até estar perto demais do rosto dela. Não para um beijo, inicialmente. Ele deslizou uma mão por sua nuca em um carinho suave, assim como todas as coisas que dizia e fazia quando se tratava dela.

— Vou ver e te aviso.

— Babaca — riu, embora tivesse certeza de que sua risada tivesse soado mais nervosa que o normal. — Eu falei sério.

— Eu sei, e gostei de te ouvir falando isso. — Vinícius a segurou entre o movimento para beijar um ponto da sua mandíbula. — Obrigado, Jade.

Jade não sabia em que momento havia puxado Vinícius para o beijo que ambos queriam iniciar desde cedo. Mais enérgico, com certeza carregado da euforia do skatista com sua primeira medalha olímpica.

Vinícius assumiu controle do beijo com a mesma confiança que tinha em absolutamente tudo que se prestasse a fazer, mas ainda carinhoso como sempre. Delicado, mas firme. Jade já havia se acostumado com o sentimento de que seu cérebro se transformava em gelatina quando ele a beijava daquela forma.

O que se tornou um pouco pior quando tocou o peito firme sob a camiseta larga, arrancando um suspiro pesado dele. Outro quando a mesma camiseta foi arrancada dele em um movimento atrapalhado das mãos de ambos entre passos cegos até a cama do quarto. Otávio não estava brincando quando disse que aqueles quartos pareciam ter sido projetados para evitar qualquer tipo de atividade íntima entre mais de uma pessoa, mas Jade não poderia se importar menos com isso quando Vinícius a puxou até que estivesse sobre ele na cama, os dedos longos segurando firmemente os fios ruivos para que tivesse melhor acesso ao seu pescoço.

E, ah, ela definitivamente conseguia sentir o quanto ele estava quase tão animado quanto ela.

Quando Jade fez, mesmo que timidamente, a menção de tirar a própria camiseta, ele parou. Vinícius pareceu precisar de alguns segundos para recobrar a respiração, talvez a linha de pensamento do que diria com a boca entreaberta.

— Tudo bem? — ele perguntou, acariciando suavemente a coxa dela.

Jade piscou, confusa. Tinha feito algo errado? Droga.

— Como assim?

Vinícius soltou uma risadinha baixa, segurando seu queixo com a ponta dos dedos para puxá-la para outro beijo. Dessa vez, mais lento. Nem um pouco parecido com o ritmo frenético de antes.

— Não vamos fazer nada que não te deixe confortável — ele disse, mas soou mais como um pedido do que qualquer outra coisa.

— É tão óbvio assim que eu nunca fui pra cama com alguém?

— Tu entregou bastante quando disse que nunca tinha realmente ficado com alguém. Sexo é uma consequência disso. — Vinícius aproveitou o diálogo para tirar os tênis com os pés e jogá-los para o lado, a mão sempre firme na cintura de Jade para mantê-la no lugar. — Só não quero que você faça isso por outro motivo que não sua vontade.

— E a sua?

— Ah, Jade... — Vinícius umedeceu os lábios com a ponta da língua, e Jade precisou conter o impulso de se inclinar para beijá-lo antes que ele terminasse de falar. Mas ele nunca a havia olhado daquele jeito, tão intensamente que Jade quase se sentiu despida. — Tu não tem ideia do quanto eu quero isso, não é?

Talvez não fizesse. Na verdade, Jade havia até pensado que Vinícius não se atraía nem um pouco por ela a ponto de passar dos beijos. Havia perdido a conta de quantas vezes ele havia interrompido os toques despreocupados do nada para mudar de assunto bruscamente, ou pior, levantado-se para passar um tempo maior do que imaginava ser necessário no banheiro. Jade não sabia o que pensar disso, especialmente porque ele ainda estava sendo tão carinhoso como sempre fora, mesmo depois de se afastar quando Jade estava tão imersa no momento.

Ali, as peças pareceram se encaixar. Vinícius havia se afastado justamente porque queria continuar, mas Jade ainda não havia dado qualquer sinal de que também ansiava pelo mesmo.

Não era que não tinha essa vontade antes daquela noite. Jade não saberia explicar se lhe perguntassem, porque também não sabia por que aquela noite em específico havia lhe dado a coragem de avançar alguns sinais. Mas se havia uma pessoa no mundo em quem confiava o suficiente para aquilo, esse alguém era Vinícius.

— Eu quero — assegurou, por fim.

— Tudo bem. — Jade o observou respirar profundamente e, olhando bem, ele parecia estar um tanto mais nervoso que ela. O que era engraçado, porque ele claramente já havia ido pra cama com outras pessoas. — A porta tá trancada?

Jade assentiu, fechando os olhos quando Vinícius se aproximou para beijar um ponto da sua mandíbula.

— Tire a roupa pra mim, ruiva.

O tom baixo da voz do skatista foi apenas uma das coisas que fez com que Jade sentisse o corpo arrepiar da cabeça aos pés. Não havia sido nada comparado aos toques, às palavras provocativas, a forma como Vinícius sabia usar a boca. Ele a levou ao limite e a deixou completamente sem ar e atordoada, mas o fez com as mãos ásperas que, ainda assim, eram um carinho suave mesmo nos toques mais firmes. Ele o fez com beijos que faziam com que Jade sentisse que havia descoberto alguém com a capacidade de parar o tempo.

Se achava que sabia o que era beijar até aquele momento, estava muito enganada. Estar impossivelmente perto de Vinícius naquela noite foi a junção máxima de tudo e qualquer coisa que sentiu durante todo aquele tempo, na verdade curto, perto dele.

Não foi perfeito. Foi desajeitado, tímido. Houve um desconforto que Jade quase pensou que não poderia ignorar.

E, ao mesmo tempo, não havia nada que Jade quisesse mudar. Mesmo quando pensou que teria acabado, Vinícius ainda foi infinitamente cuidadoso até o momento em que vestiram as roupas para dormir.

Quando acordou, Jade estava sozinha. Não era comum que acordasse depois de Vinícius, mas imaginou que os compromissos dele depois de garantir a medalha de prata poderiam ser mais cedo que o normal. Não era uma preocupação.

Mas Jade estranhou um pouco quando ele não respondeu nenhuma das mensagens que mandou pela manhã. Ela não sabia ao certo que tipo de entrevista era aquela, mas achava estranho que demorasse tanto.

Jade queria muito acreditar que era apenas isso. Mesmo que sua cabeça, lá no fundo, dissesse que havia alguma relação com a noite anterior. Não fazia sentido, mas e se fosse?

Quando estava se arrumando para o início da competição nas barras e lhe disseram que não, Vinícius Carvalho não estava em lugar nenhum daquele ginásio, Jade lutou contra o nó que se formou em sua garganta. Não apenas por chateação, mas também preocupação. E se algo tivesse acontecido?

— Um garoto me falou que o time de skate inteiro já foi embora depois do almoço — informou uma de suas colegas, entre uma risadinha. Porque ela claramente não achava que era grande coisa para Jade também. — Eles já estão bem longe daqui uma hora dessas.

Bem, certo.

Jade não queria ficar nervosa com isso, muito menos triste. Mas ela estava, e muito. O misto de sentimentos não a ajudou no foco quando tinha uma série inteira de sequências prestes a começar. Vinícius havia mentido, e isso a deixava com raiva. Mas por quê? Tudo parecia estar tão bem quanto nunca quando tinham caído no sono na noite anterior.

Era a última preocupação de que ela precisava.

Hugo foi o primeiro a notar que a mente da ginasta estava em qualquer lugar, menos onde deveria.

E ele parecia saber bem o que a expressão dela significava.

— Ah, Jade...

— Pode dizer que me avisou — murmurou, a garganta apertada. Jade não havia notado que queria chorar até aquele momento.

É claro que Hugo não disse nada sobre ter avisado. Em vez disso, ele a abraçou. Jade também jurava que não queria a droga de um abraço até ser envolta pela figura alta do treinador.

— O que o garoto fez?

— Nada, só achei que ele estaria aqui.

Mas "nada" não parecia fazer jus ao que pensava da situação. Se é que realmente pensava qualquer coisa, porque... tudo ainda estava uma bagunça. E nem ferrando que Jade diria para Hugo que Vinícius havia sumido depois da primeira vez dela.

Jade podia até não ter nutrido expectativas gigantes, mas ainda se sentiria melhor se a pessoa não desse um chá de sumiço sem qualquer sinal de vida depois que a noite acontecesse.

— Tudo bem — disse, talvez um pouco mais para si mesma do que para ele. — Eu vou terminar de me preparar.

— Certo, vamos lá.

★ ★ ★

Quando Jade pousou no chão após a melhor sequência que poderia apresentar na trave, ela sabia que não acabaria no pódio.

Poderia responsabilizar a si mesma por não ter treinado o suficiente – embora, bem no fundo, achasse que tinha treinado além da conta. Poderia culpar Vinícius por tirar o seu foco desde o momento em que se conheceram, mas principalmente depois de sumir misteriosamente. Poderia culpar o frio do ginásio. Poderia culpar uma lista de coisas e acontecimentos.

Em vez disso, Jade respirou fundo e se limitou a afastar o pensamento de que não sentiria o peso de uma medalha olímpica no pescoço naquele ano.

Naquela tarde, Jade Riva terminou em quarto lugar na colocação geral. Ninguém diria que era uma posição ruim – entre tantas, ela havia ficado entre as melhores. Só não significava que Jade estava feliz com esse resultado. Não quando ela sabia que poderia ter feito mais se, talvez, estivesse com a cabeça no lugar.

Não que sua cabeça tenha voltado ao lugar nas semanas seguintes também. Mesmo quando voltou para casa, com toda a programação de parabenização para a ginasta que havia ficado em quarto lugar na colocação geral, Jade não conseguia pensar em qual teria sido o motivo para que Vinícius apenas tomasse um chá de sumiço.

Mesmo nos dias seguintes, ainda sem responder suas mensagens ou atender às suas ligações.

Jade podia não saber muita coisa, mas sabia reconhecer quando alguém não a queria por perto. E, bem, por mais que não fosse fácil ter uma conexão cortada tão bruscamente, deixar de correr atrás não foi grande coisa.

E, rápido assim, acabou.

CAPÍTULO DEZESSEIS

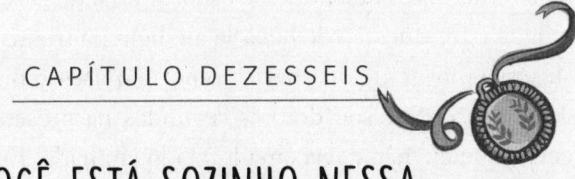

VOCÊ ESTÁ SOZINHO NESSA, GAROTO

Paris, 2024

Vinícius Carvalho definitivamente não levava jeito algum pra relacionamentos. Qualquer coisa que passasse dos momentos e encontros casuais já estava fora da sua zona de conforto.

E enquanto se preparava para a última fase do skate, não conseguia parar de pensar em tudo que havia acontecido desde o reencontro com Jade.

Não que aquele tivesse sido o primeiro. Vinícius ainda se lembrava perfeitamente bem de tê-la visto dois anos antes, durante o período de duas semanas que passou no Brasil para competir.

Jade entrara no restaurante onde ele estava jantando com alguns amigos acompanhada de um grupo pequeno, alguns rostos já conhecidos por Vinícius do meio da ginástica. E como não a notaria?

Ela também o notou, e Vinícius poderia jurar que o ar do seu corpo sumiu. Ele pensou que Jade o ignoraria da mesma maneira que ele a ignorou quando deixou Tóquio às pressas.

E pelas semanas seguintes.

Vinícius só estava perdido demais para conseguir aguentar a ideia de conversar com qualquer pessoa, por isso saiu do Brasil, para evitar todo mundo.

Em vez disso, Jade Riva, sentada à mesa, olhou diretamente pra ele, abriu um sorriso tímido e deu um leve aceno de cabeça em sua direção. Aquilo era muito mais do que ele esperava – e muito mais do que merecia. Mas antes que pudesse esboçar uma reação, Lucas puxou o rosto de Jade e fez questão de beijá-la ali, bem na frente de Vinícius. Como se quisesse provar algum ponto, como se quisesse marcar um território. O skatista não precisou de dois segundos na presença do ginasta para perceber que ele não havia amadurecido em nada. Era patético.

Jade se despediu com um aceno desajeitado. E então, ela estava longe do seu alcance outra vez.

Dois anos depois e Vinícius precisou mastigar o gosto amargo do pensamento de que poderia ter feito algo. O que faria? Naquele momento, ele não tinha como imaginar o que acontecia naquele relacionamento.

Ou, talvez, poderia ter sido um pouco menos egoísta e não chutado Jade para fora da sua vida quatro anos antes. Não podia ser tão difícil assim. Era difícil não assumir uma parcela de culpa. Se tivesse feito algo diferente, eles ainda estariam juntos? É fácil conviver com alguém dentro de uma pequena bolha criada em meio a uma competição esportiva, mas e na rotina? Com os treinos, competições, distância.

A intuição de Vinícius sempre indicava que sim, daria certo. Não havia nada que os impediria de funcionar independentemente do cenário em suas vidas.

Nada além dele mesmo.

— Pareces pensativo — André observou, fazendo-o voltar ao momento. Ergueu uma sobrancelha. — Estás a pensar na ginasta, né? Gostas mesmo dela.

— Não sei se eu definiria assim — deu de ombros, ajustando os fones de ouvido para dar play na playlist mais barulhenta que tinha no Spotify. — Mas é frustrante pensar em como tanta coisa seria diferente se eu não tivesse fugido.

— Já conversamos sobre isso. Não fugiste. — André puxou um lado do fone de Vinícius, tentando manter a atenção do outro. — Quatro anos, Vinícius. Chega de se culpar.

— Não que faça alguma diferença. Ela volta pro Brasil depois de amanhã.

— E tu em dois meses, e daí?

Dessa vez, Vinícius encarou o melhor amigo. Chocado. Perplexo. André não deveria saber sobre a oferta – e, sinceramente, seus planos

– quanto a voltar para o Brasil. Era algo que Vinícius vinha considerando silenciosamente. Não apenas por ser uma decisão e tanto, mas também por deixar de viver com a pessoa que havia morado sob seu mesmo teto pelos últimos anos. Não queria que ele soubesse antes que uma decisão fosse tomada, e apenas se a tomasse.

— Pietro acabou deixando escapar — ele explicou, gesticulando com a mão tranquilamente. Se Vinícius nunca havia sentido vontade de matar o treinador, sentia naquele exato momento. — Tudo certo. Eu entendo. Vais estar mais perto da sua família, mais perto da garota...

— Jade nunca foi um fator na minha decisão — explicou. E realmente nunca havia sido... até muito recentemente. Não que realmente pensasse que aquele emprego no Brasil como treinador traria de volta os resquícios do que quer que tivesse existido entre eles, mas ainda estariam na mesma cidade. Como nunca haviam tido a chance de estar. Reencontrar Jade fizera essa percepção ficar mais forte, por mais que seu principal motivo para considerar aquilo fosse para voltar a ficar perto da mãe. Quatro anos e ainda não havia se acostumado completamente com a distância. — Tu não ficaria chateado?

— Não, seu otário — André riu, como se aquela possibilidade fosse ridícula. Era? — Vou sentir saudades, decerto. Mas não vou ficar irritado. Seria ridículo.

— Eu ainda não decidi.

— Sabemos que já tomaste uma decisão. — Ele devolveu o fone à orelha de Vinícius, balançando a cabeça. — Faça o que te fizer feliz, eu arranjo outro colega em uma semana.

Dessa vez, Vinícius não conteve a risada relaxada que deixou seu corpo com a fala do amigo. Bem, aquilo era um peso a menos em seus ombros. Uma parte dele deveria saber que André jamais levaria essa decisão para o pessoal, mas, como sempre, conversar sobre isso era muito mais difícil.

— Vai se foder — murmurou, ainda entre a risada, empurrando levemente o ombro do amigo, que se afastou em cima do skate.

Vinícius tirou o boné da cabeça para arrumar o cabelo úmido de suor, xingando mentalmente o sol castigante daquela manhã.

Mas, ao se virar para procurar pela garrafinha de água, Vinícius parou.

Jade estava na arquibancada, acompanhada de Paulo e Fernando. Longe demais para que pudesse falar com eles, mas ainda ali. Vinícius definitivamente não esperava vê-la naquele lugar. Não depois da última conversa que tinham tido, porque ele estava certo de que havia terminado de arruinar qualquer mínima chance que tivesse.

Então, ele apenas acenou na direção deles para que soubessem que já os havia notado.

Ao contrário dos jogos olímpicos de quatro anos atrás, Vinícius estava realmente confiante daquela vez. Treinar com os melhores do mundo nos últimos anos havia lhe dado confiança, embora ainda não chegasse a se considerar um dos melhores do mundo. Ganhar a prata nas Olimpíadas infelizmente ainda não tinha o mesmo peso que as grandiosas notas das competições mundiais da Street League. Mas era um passo mais perto disso.

Pietro aproveitou o tempo restante antes que a final pela medalha se iniciasse para repassar os planos que haviam feito para garantir a vitória, e Vinícius fingiu que realmente pretendia seguir com o combinado, como havia se acostumado a fazer desde que Pietro se recusou a deixá-lo escolher suas próprias sequências.

E, pela hora seguinte, Vinícius focou em conseguir a medalha de ouro, pela primeira vez nos jogos olímpicos.

— Você errou — André observou sabiamente, depois que o brasileiro se desequilibrou ao tentar uma última manobra na sequência de 45 segundos.

— Não me diga — resmungou, pegando o celular do bolso para procurar por qualquer outra playlist que parecesse funcionar mais que a atual. Ou talvez fosse a sua desculpa para não ter que olhar para os outros skatistas em suas sequências.

Talvez uma combinação de ambos.

Foda-se o papo de estar confiante.

O nome de Jade apareceu nas notificações, chamando sua atenção. Não sabia ao certo como ela tinha conseguido o seu número novo – provavelmente com Paulo ou Fernando –, mas não era importante no momento. Na verdade, uma parte dele estava feliz que ela tivesse como contatá-lo agora.

> **Jade**
> tenta essa

A mensagem estava acompanhada de uma playlist criada por ela com o nome "calma e foco".

Ele olhou na direção em que ela estava sentada, vendo-a abrir um sorriso e gesticular para que ouvisse a playlist. Até onde se lembrava, tinham um gosto muito diferente para música.

Isso se mostrou ainda ser verdade assim que viu que a primeira música da playlist era da Taylor Swift.

Mais uma vez, olhou na direção de Jade com uma sobrancelha erguida. *Sério*?!

A resposta dela foi um dar de ombros despreocupado, gesticulando mais uma vez para que ouvisse a playlist.

Não era como se tivesse outras opções. Precisava de novas playlists urgentemente, porque não era nada sem música.

Costumava gostar do barulho – era o mais eficaz contra todo o habitual barulho da sua mente. Músicas que tinham grandes chances de deixá-lo com um problema auditivo em algum momento da vida. Como se fumar já não fosse o suficiente para deixar sua mãe maluca.

Mas a playlist de Jade era... calma. Pacífica. Ainda assim, com letras profundas e que traduziam bem os sentimentos mais comuns de qualquer jovem que tivesse entre dezessete e vinte e poucos anos. O tipo de letra que normalmente o colocaria em um desses ciclos onde pensava demais sobre tudo o que preferia ignorar. Por que pensar nos seus problemas quando pode apenas ignorá-los?

Aquelas músicas, porém, lhe causavam algum tipo de conforto. Estaria mentindo se dissesse que não eram boas. Talvez aquela playlist se tornasse seu próximo vício musical, apenas para analisar calmamente cada letra.

Quando olhou mais uma vez na direção da ginasta, ela fez joinha com as duas mãos, como se perguntasse se tinha gostado.

Ele respondeu com outro joinha, desviando o olhar quando seu nome foi chamado mais uma vez.

A sequência seguinte era a penúltima, talvez tão decisiva quanto a última. Cada nota importava, mas quando se está tão próximo de outro skatista na colocação, os décimos finais contavam como nunca.

Vinícius jamais imaginou que a responsável pelo pouco de paz interior diante dessa informação seria a Taylor Swift. Talvez mandasse uma cesta de flores pra ela depois dali.

A penúltima sequência definitivamente não foi uma das suas melhores, mas serviu para que tivesse uma diferença mínima entre ele e o primeiro colocado, um garoto japonês de dezoito ou dezenove anos. Deixando seu orgulho mais evidente do que gostaria mesmo com uma medalha de prata praticamente garantida, Vinícius se recusava a perder pra alguém mais novo.

Então, o momento final chegou. No fundo da sua mente, era quase possível escutar Pietro implorando para que não se arriscasse.

Mas o que seria de Vinícius Carvalho se não se arriscasse até o último segundo? Talvez devesse ser assim fora das pistas também. Era algo a se pensar.

E ao som de "You're On Your Own, Kid", de Taylor Swift, e se identificando um pouco mais do que gostaria com a música de batida calma, Vinícius Carvalho se deixou levar pela confiança momentânea que estar em cima de um skate sempre lhe causava. Afinal, era apenas ele consigo mesmo. O que sempre soube fazer, sem que ninguém o atrapalhasse desde que desse o primeiro impulso.

Enquanto se movimentava pela pista, passando por sobre os degraus e saltando sobre um corrimão após o outro, Vinícius não pensou em qual seria a sua nota após aquela sequência. Ou no quanto os pequenos desequilíbrios o prejudicariam. Nesses momentos, Vinícius tentava pensar um pouco mais como o rapaz que se apaixonou pelo skate quando tudo o que queria com ele era tentar se esquecer um pouco do quanto nada na sua vida parecia se encaixar. Sobre aquelas quatro rodas, ele parecia se encaixar em algo.

A sensação de controlar a gravidade quando todo o resto parecia uma bagunça tendia a ser reconfortante.

Quando finalizou, ofegante e com uma onda de excitação no peito, Vinícius tirou os fones de ouvido apenas para ouvir as palmas vindas

das arquibancadas da pista e de outros atletas. A nota ainda sairia, mas considerando a expressão marcante no rosto de Pietro e André, não tinha feito merda. Vinícius sempre carregava consigo essa confiança excessiva, talvez uma forma de se afastar de qualquer insegurança. Momentos como aquele faziam com que isso estremecesse um pouco. Tinha mesmo ido tão bem quanto achava que iria quando tomou o primeiro impulso sobre o skate? Tinha mesmo evoluído em quatro anos, ou o seu grande momento no esporte estava chegando ao fim? Vinícius nunca se acostumaria com o quanto a idade passava rápido e pesava naquele mundo.

O anúncio de sua nota veio com o resultado: após a medalha de prata nas Olimpíadas anteriores, havia conquistado o ouro pela primeira vez.

Um momento de comemoração era sempre demais para ser processado de uma única vez. As parabenizações, abraços, entrevistas no calor do momento e toda a movimentação misturada com a euforia eram demais.

E então, havia o pódio. Vinícius jamais saberia descrever a sensação de subir no lugar mais alto de um pódio.

Talvez devesse ganhar mais vezes para saber.

Vinícius ergueu a medalha de ouro ao final da cerimônia, abraçando André – que havia ficado com o terceiro lugar – em seguida.

Mas, na primeira oportunidade, Vinícius se afastou. Bem a tempo de ver Jade, Paulo e Fernando prestes a sair da área da pista. A ginasta parou ao vê-lo, envolvendo-o em um abraço logo em seguida.

— Eu sabia que você ganharia! — ela disse, com o rosto ainda enfiado no abraço. — O que achou da playlist?

— Um pouco fora do que eu costumo ouvir, mas gostei — confessou, rindo baixo com o sorriso que cresceu no rosto dela. — Valeu, ruiva. Estou nojento, tu não deveria me abraçar tanto.

Vinícius desviou o olhar para cumprimentar também Paulo e Fernando.

— Bem, nós vamos indo — Fernando disse, apressado até demais. Paulo abriu a boca para protestar, claramente mais interessado em participar da conversa. Fernando ergueu as sobrancelhas na direção do namorado, comunicando-se silenciosamente com Paulo até que ele parecesse perceber algo e o puxasse para longe dali. Era bem autoexplicativo.

Jade soltou uma respiração anasalada, balançando a cabeça.

— Eu não sabia que vocês se conheciam — ela disse, ignorando completamente o fato de que eles haviam se afastado para deixá-los sozinhos. Ou quase, considerando que o lugar como um todo estava lotado.

— Temos alguns amigos em comum — explicou, umedecendo os lábios. — Obrigado por vir.

— Não me agradeça, eu estaria desocupada depois do meu treino.

— O pessoal deve sair pra comemorar em um bar mais tarde. Vocês podiam aparecer por lá.

Jade ficou pensativa.

Foi tempo o suficiente para que um homem se aproximasse dela, ignorando completamente a presença de Vinícius, e se apresentasse para ela como parte da equipe de uma revista esportiva.

Vinícius se afastou alguns passos, permitindo que o homem estendesse o gravador na direção de Jade. Achou estranho o jornalista estar tão focado em Jade, sendo que estava na cobertura de um campeonato de skate, mas ele parecia só querer fazer as perguntas de sempre. Como você começou? Como é estar nos jogos olímpicos? Quais são as suas expectativas para o Brasil em outras categorias?

Jade respondeu a cada uma das perguntas com a maior atenção e carisma do mundo.

Até o assunto mudar bruscamente.

— Como é finalmente voltar ao mundo do esporte depois de se afastar devido à sua fratura?

Vinícius encarou o homem, sem reação. Talvez tivesse escutado errado. Quem em sã consciência perguntaria sem qualquer aviso prévio sobre uma fratura causada por outra pessoa?

Jade arregalou os olhos, tão surpresa quanto. Fazia sentido, porque ela nunca tinha falado sobre o assunto para a mídia – o que não impediu de forma alguma que falassem dela. Quando Vinícius estava prestes a mandá-lo embora dali, a ginasta abriu um sorriso simpático.

Simpático, mas não natural. Não o tipo de sorriso que Jade exibia quando estava feliz. Vinícius nunca a tinha visto forçar um sorriso antes daquele momento, mas a diferença era nítida.

— Devido a uma fratura fruto de uma violência doméstica, imagino que queira dizer — ela corrigiu, o que fez o homem assentir imediatamente. — Não foi fácil. Não apenas a fisioterapia, como o acompanhamento psicológico que envolve a recuperação de um relacionamento abusivo. Mas ter pessoas confiáveis e que amo por perto para me apoiar foi essencial.

Jade parou para respirar profundamente, parecendo também pensar em suas próximas palavras. Ser pega de surpresa para falar sobre algo como aquilo não era certo, de forma alguma. Vinícius a tiraria dali o quanto antes se parecesse ser o que ela queria.

— Mas eu acho importante, como alguém que tem algum tipo de visibilidade quando se trata desse assunto, dizer a qualquer pessoa que esteja em um relacionamento minimamente parecido que denuncie. Nada começa com uma fratura exposta. É gradual, pode até parecer inocente no começo. Mas não é. Denunciar pode ser assustador, pode parecer que é inútil, que não dará em nada. Eu senti esse medo por tempo demais e estaria mentindo se dissesse que foi fácil, porque nada disso é. — Ela parou mais uma vez, comprimindo os lábios por alguns segundos antes de continuar. — Mas é um passo mais perto da felicidade que qualquer pessoa digna merece.

Quando o homem agradeceu pela entrevista, Jade finalizou dizendo:

— Não desperdice o que eu disse aqui, por favor — e soou mais como uma ordem do que como um pedido.

O que fazia muito, muito sentido. Se era a primeira vez que Jade falava do assunto em uma abordagem tão despreparada, o mínimo era que servisse para algo.

A ginasta se aproximou de Vinícius novamente com uma expressão leve, soltando uma última respiração.

— Oi — ela disse, ajustando os fios da franja que lhe caíam sobre a testa atrás das orelhas.

— Oi.

— Quando Hugo me avisou que alguém mencionaria esse assunto, achei que ele estava exagerando — comentou, soando quase aliviada. — Então, você estava falando sobre uma comemoração com o pessoal do skate?

CAPÍTULO DEZESSETE

ÀS VEZES A VALIDAÇÃO FAMILIAR É MELHOR QUE A ACADÊMICA E NINGUÉM PODE ME CONVENCER DO CONTRÁRIO

Paris, 2024

Jade demorou algum tempo para se acostumar com todo o ambiente constrangedor que se formava quando estava entre pessoas novas que sabiam do seu passado.

Ela não se considerava uma pessoa famosa no meio esportivo, nem de longe. Não tinha metade da influência que ginastas que tinham vindo antes dela tinham. Mas Jade sabia que o nome da ginasta que denunciou o filho de um dos principais treinadores da confederação por violência doméstica seria algo marcante independentemente do esporte de que fizesse parte. Nesse meio, as fofocas corriam rápido demais.

E assim se iniciavam os olhares, o medo de dizer algo que a ofendesse. Como se Jade estivesse para sempre fadada a ser uma pessoa fraca e sensível demais para manter uma conversa normal na sociedade.

Era, no mínimo, frustrante. Se sua recuperação era tão importante, por que agiam como se a ferida nunca fosse cicatrizar?

Jade mordeu o lábio em uma tentativa de se conter. Se continuasse pensando demais naquilo, em como estar novamente nos jogos olímpicos era quase como pedir para reviver aquilo, sentiria-se frustrada. E não tinha intenção de frustrar-se na noite anterior à sua provável última chance de conseguir uma medalha.

Última chance. Aquilo era outro tópico no qual estava evitando pensar.

Além disso, estava na reunião de comemoração pela vitória de Vinícius. Precisava desviar a cabeça de seus próprios problemas.

— Agora que você já garantiu a sua medalha, quando é a volta pro Brasil? — um dos colegas dele perguntou, chamando a atenção de Jade. Bem, aquilo era o suficiente para tirá-la dos próprios pensamentos. Só estava bem longe do esperado.

Vinícius arregalou os olhos, tão surpreso quanto. Mas não surpreso como se não soubesse da informação. Considerando que ele olhou ao redor – olhou para Jade –, provavelmente só não esperava que mais pessoas soubessem.

— Pietro realmente saiu falando sobre isso por aí?

— Ah, não. A confederação só quer o bonzão de volta e uns caras não calam a boca sobre isso por lá. — Uma das garotas do time feminino riu, enquanto misturava um drink alaranjado com o canudo. — Você volta mesmo?

— Ao que tudo indica — ele assentiu, desviando o olhar para o próprio copo. — Mas ainda tenho uns dois meses nos Estados Unidos antes de voltar.

— Dois meses até eu ter o meu apartamento só pra mim outra vez — André complementou, com um tom de brincadeira óbvio na voz. Vinícius ergueu o dedo do meio na direção dele.

— Onde você vai morar? — Jade perguntou, tentando soar o mais casual possível.

— Provavelmente, São Paulo. — Vinícius comprimiu os lábios. Ele sabia que não era só uma pergunta casual; era o tipo de coisa que Jade gostaria de saber. — Se tudo der certo.

— Espero que dê — soltou Jade, e realmente esperava. Se aquilo seria o melhor para a carreira de Vinícius e para ele, não tinha por que não desejar o melhor.

O que não significava que a possibilidade lhe causasse um frio no estômago. Significava ter Vinícius por perto – talvez não tão perto quanto na vila olímpica, mas estar na mesma cidade já era algo bem melhor.

Ela observou Vinícius desenvolver a conversa com os colegas por mais algum tempo, tentando não se deixar pensar demais em como ele parecia se certificar de que ela estaria sempre incluída nos assuntos, mesmo que não entendesse um único ponto sobre qualquer categoria do skate, até a hora em que decidiu que talvez fosse melhor voltar para a vila olímpica. Afinal, ainda tinha a sua própria medalha para conquistar. Precisou convencer Vinícius a ficar e continuar aproveitando a noite com seu time, mesmo que ele quisesse acompanhá-la.

— Eu não vou te ver amanhã — ele insistiu, como se aquilo fosse convencê-la. — Meu vôo é cedo.

— Isso é mais um motivo pra aproveitar a sua noite. — Jade balançou a cabeça, apontando para o drink na mão dele. Depois de beber dois ou três, Jade não podia se considerar bêbada. Um pouco mais relaxada do que normalmente estaria com a proximidade do skatista, talvez. Vinícius revirou os olhos. — Aproveite a noite por mim.

— Você ficou mais teimosa em quatro anos?

— Talvez você só tenha perdido o seu charme.

— Impossível, eu diria que melhorei nesse quesito. — Vinícius ajustou o boné verde sobre os cachos, balançando a cabeça.

— É claro que você diria isso. — Jade o fitou por alguns segundos antes de soltar um suspiro. — Tchau, Vin. Se você precisar de qualquer coisa na mudança, eu estou disponível.

— Um flerte muito ruim passou pela minha cabeça agora — ele murmurou, com uma careta engraçada. Impedir-se de perguntar que flerte era aquele foi mais difícil do que Jade esperava. Ah, não. Ela não merecia passar os próximos dias pensando em Vinícius além do que já sabia que pensaria. Não quando ele continuaria tão longe.

E quando estivesse por perto?

Céus. Jade não sabia o que tinha feito em suas vidas passadas para merecer aquilo.

— Boa sorte amanhã — ele continuou, por fim. — Você vai acabar com a raça daquelas gringas.

Jade riu.

— Eu não sei se quero acabar com a raça de alguém, mas obrigada.

— Mas você vai. — Ele disse como se não tivesse qualquer dúvida disso, o que era mais fé do que Jade jamais havia tido em si mesma. Toda aquela certeza quase a fez acreditar também. E deveria. Hugo lhe daria uma bronca das boas se soubesse o quanto seu nervosismo a estava afetando, por mais que não quisesse deixar que isso acontecesse.

— Eu tenho twisties — deixou escapar, o que era ridículo. Não era o momento para falar sobre isso. — O que é uma merda. Eu não contaria tanto com minhas chances de ter uma medalha.

O sorriso cômico e irritantemente bonito que Vinícius tinha no rosto até então sumiu. Ele recostou na parede do lado de fora do bar, observando-a por um segundo antes de finalmente dizer algo.

— Eu não sei o que é isso, foi mal.

— É um termo da ginástica, não sei se usam em outros esportes. — Jade suspirou, mudando o peso do corpo de um pé para o outro. — Eu preciso ter uma noção do espaço quando faço um movimento, qualquer um. Seja em um salto ou uma simples estrelinha no solo, é tudo rápido demais e eu preciso saber para onde meu corpo vai, onde eu vou pisar.

Vinícius assentiu, e ele estava fazendo um esforço claro para compreender a linha que a garota estava seguindo. Ele a estava ouvindo.

— Twisties são... momentos em que a mente se desconecta do corpo, ou o corpo se recusa a obedecer a mente. Não tem um jeito certo de explicar. Eu sei o que eu preciso fazer, como eu preciso me mover e pisar no chão. Sei o que eu treinei por anos e anos, mas meu corpo não consegue acompanhar essa consciência. — Jade gesticulou, cruzando os braços em seguida. Era a primeira vez que precisava explicar isso para alguém que não fosse seus pais. Toda a equipe médica com a qual fazia acompanhamento era parte da confederação de ginástica, e Jade estava longe de ser a primeira com aquela questão. — É uma consequência de eventos traumáticos, na grande maioria das vezes. E nem um pouco fácil de evitar, principalmente em momentos de estresse.

Eventos traumáticos. Ambos sabiam o que aquilo significava. Era óbvio demais quando tudo parecia girar em torno disso em se tratando de Jade Riva.

— Eu não sei o que deveria dizer — ele confessou, respirando profundamente enquanto encarava o copo que tinha em mãos. — É uma merda.

— Tudo bem, nada que uma boa noite de sono e foco não ajudem.
— Mais ou menos. Mas não queria pensar demais no que não podia

evitar. Jade balançou a cabeça quando o carro de aplicativo parou do outro lado da rua deserta do bar. — Eu tenho que ir.

— Mesmo que eu não esteja aqui amanhã, você pode me mandar uma mensagem quando quiser. — Vinícius ergueu uma sobrancelha na sua direção como se quisesse ter certeza de que ela levaria isso a sério. — Nem que seja pra jogar conversa fora, xingar alguma ginasta. Tanto faz.

— Por que eu xingaria uma ginasta? — perguntou, não contendo uma risadinha.

— Xingar outros skatistas sempre me ajuda. — Vinícius limpou a garganta, como se não soubesse bem o que fazer. Abriu os braços timidamente, aproximando-se de Jade para um abraço. — Tchau, ruiva.

O abraço foi silencioso, calmo. Não havia nenhuma pressa para que acabasse – mesmo que o motorista estivesse esperando por ela. Vinícius encostou os lábios no topo da sua cabeça para um beijo silencioso entre uma respiração pesada.

— Foi bom te encontrar — ele disse, afastando-se um passo depois. — Mando uma mensagem quando estiver em solo brasileiro outra vez.

— É bom que mande mesmo.

E ela esperava mesmo que ele mandasse essa mensagem.

★ ★ ★

Jade Riva chegou ao ginásio no dia seguinte acompanhada de seu time, mais silenciosa do que gostaria. Odiaria admitir o quanto gostaria que Vinícius estivesse ali – ele com certeza a distrairia até o momento em que precisasse se apresentar. Mas ele havia partido há pouco mais de quatro horas, se ela se lembrava bem do que ele havia dito na noite anterior.

Mas Jade forçou-se a focar ao máximo no que havia treinado dali pra frente. No que havia treinado muito.

No que havia treinado nas barras assimétricas. Não eram sua especialidade, mas os movimentos tinham a dificuldade considerável com a qual se sentia muito segura. No solo e salto, a menor de suas preocupações era o pouso. Um pé fora da linha e vários pontos estavam perdidos, mas Jade também se sentia segura em fazê-los.

A trave, talvez, fosse sua maior dificuldade. O que era irônico, já que o instrumento deveria ser sua especialidade. Esse era o problema, provavelmente. Sentia a pressão de muitas expectativas, de muito do que sabia e teria que colocar em jogo. Se aquela era a sua especialidade, era inaceitável que não tivesse notas incríveis.

Ainda assim, ela não havia desistido de sua sequência mais complexa. Já havia treinado vezes o suficiente para saber o necessário para cada movimento, o tempo e como se movimentar com precisão. Jade confiava que era capaz, só não sabia se confiava tanto assim no próprio corpo.

O que não ajudava nem um pouco na execução. Como ginasta, ela deveria enxergar o corpo como uma extensão da mente. Desconectá-los era perigoso.

Não que tivesse muito que pudesse ser feito para evitar.

Mas Jade sorriu ao ver Fernando e Paulo sentados na arquibancada, acenando para os dois antes de voltar a atenção para um Hugo que analisava atentamente a performance de uma ginasta canadense.

— Você é melhor — ele constatou, por fim.

— Valeu. — Jade riu, bebendo um longo gole de água.

— Falo sério, Jade. — Hugo balançou a cabeça, grave. O treinador tinha os braços cruzados enquanto olhava a ginasta seguinte, e Jade tinha quase certeza de que ainda tinha bons dez minutos antes da sua vez. — Não que eu possa opinar a fundo sobre essas outras pessoas, mas você se entrega demais em cada etapa e movimento. E é visível. Você não parece se esforçar ou se concentrar demais.

Jade não sabia de onde aquilo estava vindo, e muito menos pensou em disfarçar a expressão surpresa que tomou conta de seu rosto diante das palavras do treinador. Não que Hugo fosse a pessoa mais séria do mundo ou exigente ao extremo, mas ele nunca havia falado sobre ela dessa forma. Mesmo depois de casar com sua mãe, o que os aproximou como nunca. Ali, na sua segunda vez participando das Olimpíadas, a declaração ainda era uma completa surpresa.

— Sempre gostei do quanto você é a ginástica — ele completou, por fim, antes de olhar na direção de Jade. — Sei que você está se cobrando como nunca, mas preciso que saiba que você é especial. Muito especial. E eu não digo isso porque já ultrapassamos as linhas do profissionalismo há algum tempo. De qualquer modo, sua mãe pensa o mesmo. Estamos felizes que você não deixou que isso morresse.

Ela piscou. Perplexa. Na ausência de palavras, a primeira reação foi abraçar o treinador. Hugo a abraçou de volta, tomando o cuidado necessário para não bagunçar o penteado padrão para competir.

— Independentemente do resultado de hoje, você é uma grande ginasta. Só faça o que você sabe fazer de melhor, a maioria prefere se esconder atrás do que é seguro.

— Se eu chorar e borrar a maquiagem, a culpa vai ser sua — ela disse, finalmente. Quando Hugo soltou uma risadinha, Jade o apertou um pouco mais no abraço. — Obrigada, Hugo.

— Não me agradeça, talvez eu devesse falar mais isso.

— Eu acabaria ficando mal-acostumada.

— Certo, esqueça tudo que eu disse.

Jade se afastou com uma risadinha, sentindo-se um tanto mais leve. Não que a confiança necessária para fazer sua sequência sem qualquer preocupação tivesse subitamente atingido seu corpo, mas era bom saber que alguém – Hugo, a pessoa que mais acompanhava o seu progresso – ainda achava que ela era uma boa ginasta depois de tudo que havia acontecido.

A grande maioria das pessoas – Jade inclusa – pensava que era impossível ser grande de novo quando alguém parecia ter sido capaz de te reduzir a quase nada.

Quando seu nome foi anunciado, Jade respirou demoradamente.

Não havia música na modalidade, mas Jade gostava de imaginar que sim – mesmo que Hugo insistisse que treinar com música fosse ruim para sua concentração. Criar uma conexão entre movimentos quando há uma melodia por trás parecia tornar tudo mais leve do que realmente era, intuitivo. Na maioria das vezes, as sequências apresentadas eram acompanhadas de um piano suave, um violoncelo quase melodramático. Jade gostava da suavidade e calma combinadas aos movimentos mais impressionantes que poderia harmonizar com as notas profundas.

Para aquela apresentação, Jade imaginava uma orquestra inteira. Um ritmo enérgico e brusco, definitivamente longe do que costumava treinar. Era o que tornava tudo naqueles poucos segundos sobre a trave mais desafiadores. Incorporar movimentos e sensações que não costumava sentir.

A postura sempre ereta, os princípios básicos da trave aplicados com exatidão. As palmas após cada grande movimento eram quase tão altas quanto a música que a guiava, mas não o suficiente para tirar sua atenção. Naquele momento, Jade Riva não era nada além do seu melhor. Corpo e mente conectados, um guiando o outro. Como as mãos de um pianista se conectavam e se guiavam facilmente por cada nota. Tão imersa que talvez não soubesse identificar onde havia acertado ou errado.

Jade voltou à realidade ao pousar no chão, desperta pelas palmas incessantes e insistentes. A própria respiração ofegante quase tão alta quanto. Para não mencionar a frequência dos seus batimentos cardíacos. Jade não se surpreenderia se todos ali pudessem ouvir também.

A ginasta brasileira soltou todo o ar que parecia ter ficado preso no próprio corpo em uma única expiração, virando-se após o cumprimento final para voltar para perto de Hugo.

Pela primeira vez em muito tempo, Jade não sabia ao certo o que estava sentindo ao finalizar uma sequência. Normalmente tudo era muito claro. Ela sabia que havia ido muito bem ou muito mal, talvez um meio-termo. Ela se sentia satisfeita ou decidida a melhorar.

Daquela vez, não havia nada. Nada ligado ao quanto sua performance havia impressionado o público que assistia às Olimpíadas ou aos jurados. Não, muito longe disso.

Aquela não havia sido uma sequência só para conquistar uma medalha, mas para mostrar ao mundo que Jade Riva era mais que uma personagem de um escândalo sobre abuso doméstico que estampou os noticiários por semanas antes de ser completamente esquecido.

Que qualquer pessoa que passasse por algo parecido iria muito além disso.

— Parabéns, querida — Hugo disse, os lábios contra a sua cabeça em um abraço apertado. — Você foi muito bem.

Mesmo sem saber se tinha ido tecnicamente bem, Jade sabia que tinha passado a mensagem de superação. Ela tinha conseguido encarar seu passado, seus medos e até mesmo os twisties e feito a sequência que queria.

Enquanto assistia no telão do ginásio aos seus próprios movimentos em câmera lenta, sabendo que havia uma câmera capturando suas expressões enquanto isso, Jade sentiu o estômago borbulhar de borboletas. Não de um jeito ruim, muito pelo contrário. Em uma sequência tão arriscada para os jogos olímpicos, com movimentos e combinações nunca explorados naquela competição, ela se viu executar cada uma delas com sucesso. Um mínimo desequilíbrio ou um pé não muito reto aqui e ali, mas nada que fosse atrapalhá-la demais. Alguns décimos a menos era algo normal.

A nota 14.733 veio como confirmação de que as horas e horas de treino tinham servido para algo. Jade Riva estava em primeiro lugar na colocação parcial, o que dificilmente a tiraria de um dos três primeiros lugares no final. Era algo, era grande. Ela havia conseguido.

— Prepare-se para subir no pódio — Hugo disse, balançando a cabeça em um sorriso besta enquanto observava uma das últimas ginastas a se apresentar. — Sua nota foi excelente.

— E pensar que você não queria que eu fizesse essa sequência.

— Era arriscado — ele justificou, beliscando suavemente o ombro dela. — Não vamos pensar nisso.

Jade tentou manter a postura e conter a excitação dentro do próprio corpo quando a realização e confirmação de que, sim, estaria no lugar mais alto do pódio foi anunciada. Era também a confirmação da vitória da categoria geral.

Ela já havia participado de várias cerimônias de competições, mas a premiação dos jogos olímpicos parecia uma realidade muito distante até então. Distante demais para alguém que se dedicava tanto ao grande amor que era a ginástica.

O peso da medalha de ouro das Olimpíadas de Paris em seu pescoço era a melhor coisa que sentira em anos. Jade aproveitou cada segundo, cada abraço, cada parabenização. Sorriu para as fotos, acenou para os rostos conhecidos nas arquibancadas que ainda não podia acessar até sair do ginásio.

— Você vai com a gente para a vila olímpica? — Hugo perguntou, acompanhando-a no caminho para os vestiários após todas as formalidades envolvidas quando se ganha um ouro olímpico.

— Eu vou dar uma volta. — Jade tinha quase certeza de que Paulo e Fernando a estariam esperando do lado de fora, e não queria perder a oportunidade de vê-los mais uma vez antes de ir embora. — Mas eu volto cedo.

— Nem acredito que vamos dar o fora daqui. — O treinador soltou um suspiro, e Jade não podia deixar de concordar. Não havia nada de mais na sua agenda após os jogos, mas também preferia voltar o quanto antes para casa. — Nunca achei que sentiria tanto a falta do meu sofá.

— Minha mãe deve estar muito feliz que não tem ninguém dormindo nele esses dias — ironizou, inclinando-se para beijar o rosto de Hugo. — Te vejo mais tarde.

Jade se deixou relaxar um pouco mais ao fechar a porta atrás de si, entrando na pequena sala separada para o time feminino brasileiro. Parou ao ver que as outras ginastas olhavam na direção dela, alguns sorrisos atravessados. Não sorrisos como se estivessem felizes pelo seu resultado, mas como se outra coisa tivesse acontecido. Jade não conseguia pensar em nada melhor que uma medalha de ouro, mas ela se sentiu uma extraterrestre diante daqueles olhares.

— O que rolou?

— Tem uma coisa pra você — Mira exclamou, animada até demais, recebendo uma olhada feia de outra garota.

Franzindo o cenho, Jade se aproximou de onde suas coisas estavam organizadas. Ao lado da roupa reserva e de sua mochila, havia flores. Não era um buquê, era mais simples que isso. Seis ou sete tulipas vermelhas amarradas por uma fita da mesma cor. Jade já tinha ganhado flores diversas vezes – em cerimônias de premiação, mas também como uma forma de pedir desculpas –, mas nunca tulipas.

— Olha o bilhete! — Mira incentivou, tirando-a do transe momentâneo. A questão parecia ser quem havia enviado aquelas flores, mas Jade sabia. Ela simplesmente sabia. Alguém mandou a garota calar a boca e cuidar da própria vida.

A ginasta pegou o bilhete que estava junto às flores, abrindo-o cuidadosamente.

PARABÉNS POR SER A MELHOR DO MUNDO.

Só isso. Tão simples e tão... Vinícius Carvalho. Jade não conseguia pensar em uma palavra que pudesse definir o pequeno ato do skatista. Muito menos que pudesse definir o quanto seu peito pareceu crescer com aquilo.

Ela pegou o celular da mochila, entrando diretamente na conversa com Vinícius. Havia uma quantidade infinita de pessoas a parabenizando pela medalha que ela precisava responder, mas só mais tarde.

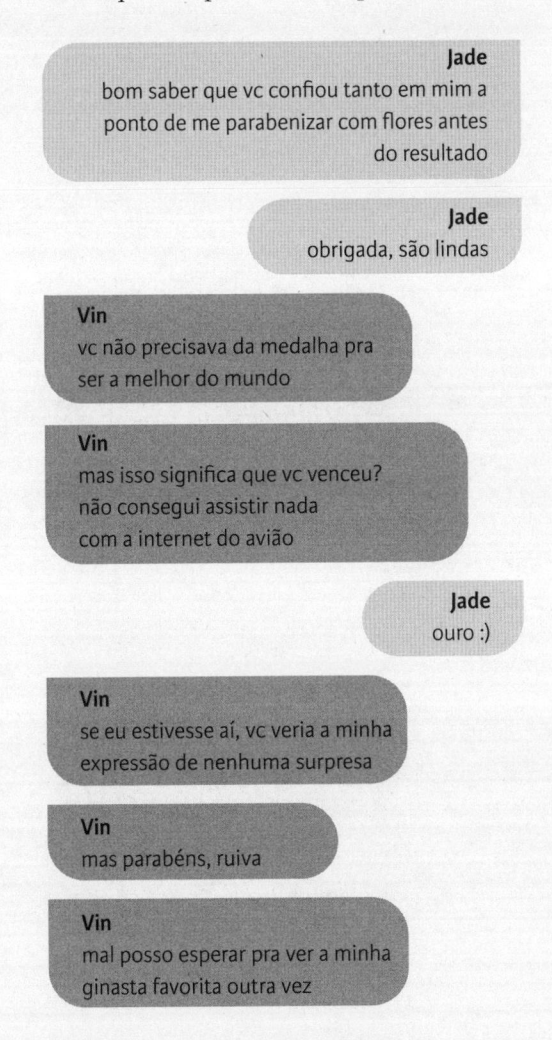

> **Jade**
> bom saber que vc confiou tanto em mim a ponto de me parabenizar com flores antes do resultado

> **Jade**
> obrigada, são lindas

> **Vin**
> vc não precisava da medalha pra ser a melhor do mundo

> **Vin**
> mas isso significa que vc venceu? não consegui assistir nada com a internet do avião

> **Jade**
> ouro :)

> **Vin**
> se eu estivesse aí, vc veria a minha expressão de nenhuma surpresa

> **Vin**
> mas parabéns, ruiva

> **Vin**
> mal posso esperar pra ver a minha ginasta favorita outra vez

Jade também não. E ela ainda não sabia ao certo como se sentir sobre isso.

CAPÍTULO DEZOITO

DUAS XÍCARAS DE AÇÚCAR, TRÊS XÍCARAS DE FARINHA...

São Paulo, 2024

Jade desviou o olhar do forno preaquecido quando alguém puxou a barra da sua camiseta insistentemente.

Ela olhou na direção do garoto ao seu lado, erguendo uma sobrancelha. E gesticulando na direção dele.

O quê?

Bento apontou para o pacote de gotas de chocolate, franzindo o cenho.

Jade precisou de alguns segundos para formar a resposta mentalmente e depois sinalizá-la.

Não vou colocar mais chocolate no bolo, Bê.

O garoto de quinze anos revirou os olhos. Quem precisava se comunicar em Libras ou com a fala quando se tinha tanta expressão?

— Você diz isso como se ele já não comesse uma fábrica de chocolate por dia — Benício passou pelo irmão gêmeo com uma careta, inclinando-se para alcançar uma maçã. Ele balançou a mão na frente de Bento. — Isso é uma fruta. Seria muito bom pra sua saúde. Já ouviu falar?

— Vai se foder.

— Ei! — Jade exclamou, arregalando os olhos. Para alguém que não tinha o costume de falar, Bento tinha um vocabulário e tanto quando se tratava de responder às provocações do irmão gêmeo. — Quem te ensinou isso?

— Ela ficaria horrorizada com o que a nossa sala diz — Benício disse, trocando um olhar engraçado com o irmão. Eles tinham essa coisa de se comunicar silenciosamente, sem verbalizar ou sinalizar com as mãos, com a qual Jade nunca se acostumaria. — Jade, você deveria tentar aquela receita de bolo de banana que eu te mandei na semana passada.

— Eu poderia, se Bento não odiasse.

— Ele nunca nem experimentou. — O garoto fez uma careta, empurrando o ombro do irmão ao passar por ele outra vez para voltar para a sala, onde assistia a qualquer programa de TV. — O jogo começa em um minuto.

Jade soltou uma risadinha com a animação de Bento ao correr para o sofá. Qualquer um pensaria que tudo aquilo era para assistir a algum esporte tradicional, mas, na verdade, aqueles garotos pareciam eternamente obcecados por torneios de jogos. Jade não se lembraria do nome de um nem mesmo se tentasse, mas já os havia escutado torcer – e brigar – por seus respectivos times vezes demais.

Ela colocou o bolo no forno, aproveitando o tempo para arrumar a bagunça que Bento havia deixado. O garoto poderia adorar a parte de preparar os mais variados tipos de doces, mas raramente ficava para lidar com a bagunça. Tinha sorte de saber fazê-los bem o suficiente para que valesse a pena para Jade participar daquilo.

Um adolescente de quinze anos viciado em jogos virtuais não deveria saber fazer sobremesas tão bem. Ele era a versão gamer de um MasterChef Kids.

Jade separou o almoço para eles durante os poucos minutos que faltavam para que o bolo ficasse pronto porque Vicente acabaria com ela se soubesse que tinha deixado Bento se entupir de bolo antes do almoço. O pai dos gêmeos só chegaria mais tarde, mas ele sempre dava um jeito de descobrir quando eles ignoravam as regras.

Ela tinha certeza de que Benício tinha um dedo nisso, principalmente quando se tratava de alimentação. Jade não achava que era possível um adolescente se preocupar tanto com a própria alimentação como ele, mas se surpreendia um pouco mais a cada dia.

Ela parou quando Bento voltou para a cozinha, abrindo o armário do canto para pegar baterias novas para o aparelho auditivo. Não era a primeira vez que Jade o via fazer a troca – ele até já havia mostrado como fazia –, mas até onde se lembrava, não fazia tanto tempo que ele tinha trocado pela última vez.

Jade chamou a atenção dele, parando por alguns segundos para formar a frase que diria.

Você não precisa usar em casa só porque estou aqui, gasta a bateria pra nada. Eu estou aprendendo também.

Ele balançou a cabeça, desviando o olhar para terminar de fazer a troca. Jade cruzou os braços, esperando por uma resposta que demorou mais tempo do que ela gostaria.

— Gosto de ouvir os jogos, relaxa. — Bento fechou o aparelho, apontando para a televisão. — Não vem assistir com a gente?

Como se ela fosse entender uma única palavra do que diriam.

— O pai de vocês me pediu pra receber o morador novo — balançou a cabeça, apontando para o forno. — Você tira o bolo em cinco minutos?

— Pode deixar.

— Não esquece, Bento — insistiu, chamando a atenção do garoto. — Se isso queimar e infestar o apartamento de fumaça, vou acabar com você antes que seu pai chegue pra acabar comigo.

— Você sabe que ameaças não combinam com você, né? — ele brincou, fazendo o irmão rir na sala.

Jade fez uma careta na direção do adolescente, só deixando que ele saísse ileso porque a campainha do apartamento tocou.

— Beni, eu sei que não ter bolo seria o seu maior sonho, mas eu agradeceria se lembrasse ao seu irmão de tirar a massa do forno. Eu termino a cobertura assim que voltar, e...

Ela parou ao abrir a porta, deixando a frase morrer. Vicente havia mandado uma mensagem pedindo apenas que entregasse as chaves e desse as informações mais básicas sobre o prédio para o morador que chegaria pela manhã, mas não havia passado qualquer informação a mais. Nada.

Por isso, quando Jade abriu a boca e deu de cara com Vinícius Carvalho depois de quase quatro meses desde os jogos olímpicos, travou.

Quase quatro meses. Para ser sincera, Jade se lembrava constantemente de que o skatista havia dito que estaria de volta ao Brasil em dois meses. Perguntava-se se ele já havia voltado e só não estava disposto a mandar uma mensagem avisando. Qualquer que fosse o caso, não sabia se estava em posição para mandar algo também.

Aparentemente, havia acontecido algum tipo de atraso nos planos que indicavam apenas dois meses.

Não que tivessem parado de se comunicar totalmente. Tinham trocado algumas mensagens após os jogos olímpicos, mas depois da mensagem dele no dia da premiação não tinham tocado mais no assunto da mudança ou de um reencontro. Jade não queria pressioná-lo ou apressá-lo. Sabia que era um processo lento e complicado, ainda mais levando em conta que ele tinha que lidar com todas as burocracias da confederação. E, pra falar a verdade, Jade estava com medo da resposta de Vinícius se ela tocasse no assunto.

Mas, nas últimas semanas, ele havia se tornado mais ausente. E tudo bem, também. Jade havia trabalhado em si mesma a arte de não criar expectativas antes da hora.

— Vin? — murmurou, como se fosse possível ser outra pessoa. Apenas alguém muito parecido, com as mesmas tatuagens, mesmos fios cacheados e volumosos, o mesmo boné verde surrado que ela já não sabia como não tinha se desintegrado depois de tantos anos.

Ele era o novo morador?

Do seu prédio?

— Vou confessar, estou bastante confuso agora... — ele disse lentamente. Vinícius olhou ao redor e para o número na porta do apartamento de Vicente, como se quisesse ter certeza de que não tinha batido na porta errada. — Eu deveria falar com o síndico do prédio.

— O Vicente. É. Ele precisou sair, eu... eu fiquei de dar as chaves pro novo morador. Você. Você é o novo morador?

— Acho que eu sou. — Ele inclinou a cabeça como se também estivesse se questionando se estava no prédio certo. Se tudo estivesse correto, aquela seria a coincidência mais bizarra que Jade veria em toda a sua vida. — Quem são esses?

Jade demorou alguns segundos para perceber que Vinícius se referia aos gêmeos parados pouco atrás dela, olhando na direção dele com olhos curiosos. Ela não sabia em que momento eles haviam se aproximado da porta, mas sabia que era tarde demais para tirar o interesse deles de Vinícius. Ela estava ferrada.

— Bento. — Jade apontou para o gêmeo que vestia uma regata de algum time de basquete suja de chocolate, que alternou o olhar entre ela e Vinícius com uma sobrancelha erguida. Jade ignorou, apontando para Benício. — Esse é o Benício. Eles são filhos do Vicente. Esse é o Vinícius, meninos.

Ele não é o cara do skate? Bento sinalizou, recebendo uma confirmação de Benício.

— Oi — Vinícius disse, balançando a mão. Ele parecia desajeitado como nunca, mas Jade provavelmente não estava muito diferente. — Tu mora... aqui?

— Ah, não. Quer dizer, sim. Mas não nesse apartamento, o meu é aquele. — Jade apontou para a porta do outro lado do corredor. — Eu fico de olho nos garotos de vez em quando. Ou eles ficam de olho em mim, vai saber.

— Qualquer barulho alto é proibido depois das dez da noite e você tem que descer com o lixo até às onze — Benício disse, cruzando os braços. Jade não sabia de onde ele havia tirado o senso de síndico do nada, mas não tinha tempo pra lidar com isso.

— Beni, o bolo. — Jade apontou para a cozinha, já saindo do apartamento. Os dois garotos ergueram a sobrancelha na direção dela como se soubessem de todos os segredos que escondia, o que se tornava muito mais assustador quando feito por duas pessoas idênticas. — Volto em dez minutos. Não destruam nada.

Bento estreitou os olhos, limitando-se a fazer o gesto com a mão que indicava que estava de olho nela. Quando eles haviam se tornado seus guarda-costas?

Ela soltou uma respiração profunda ao fechar a porta, só então percebendo o quanto estava uma bagunça. Não era como se Jade se produzisse para cuidar de dois adolescentes, mas ela teria se arrumado um pouco mais se soubesse que encontraria Vinícius. Ou, pelo menos, não estaria vestindo roupas sujas de farinha.

Ela o olhou e olhou para a mala ao lado dele. O choque inicial parecia ter se dissipado, porque ele abriu o sorriso largo que Jade só se lembrava de ter visto quando ele se dirigia diretamente a ela.

— Oi, ruiva.

CAPÍTULO DEZENOVE

QUEM FALOU QUE NÃO EXISTE AMOR EM SP ESTAVA MENTINDO

São Paulo, 2024

Vinícius não acreditava em destino. Parecia algo distante e fantasioso demais.

Ou, pelo menos, não acreditava nisso até descobrir que estava se mudando para o mesmo prédio de Jade Riva. Em uma cidade com uma população de mais de doze milhões de pessoas, aquilo parecia bom demais para ser verdade.

Destino.

Jade o abraçou pouco depois que a porta foi fechada, o que fez todos os perrengues dos últimos quatro meses valerem a pena. Toda a dificuldade para encontrar um bom apartamento perto de onde trabalharia – Vinícius descobriu que odiava a cidade infernal que São Paulo era e jamais moraria lá se não fosse por motivos maiores – e os atrasos passaram em segundos.

Vê-la todos os dias do outro lado do corredor seria a sua nova rotina? Vinícius amava São Paulo.

— Vem, eu vou te mostrar o seu apartamento — ela disse, afastando-se dele para atravessar um corredor de portas.

O prédio não era muito grande, não passando do quinto andar, mas isso compensava pelo tamanho dos apartamentos. Vinícius quase pensou que o valor justo por um apartamento com dois quartos e varanda era algum tipo de golpe até um dos seus colegas da confederação fazer uma visita por ele ao imóvel e o síndico mostrar que tudo estava como o indicado nas imagens. Ele nunca assinou documentos tão rápido em toda a sua vida.

— A lavanderia fica no último andar. Temos um sistema de revezamento semanal entre cada andar, o nosso é na terça-feira. Você vai ver mais regras sobre isso em um quadro lá mesmo, mas não é nada de mais. — Jade gesticulou, parando na frente de uma das últimas portas do corredor. Ela tirou uma chave do bolso, estendendo-a na sua direção. — Bem-vindo ao seu apartamento. Vicente disse que limparam tudo essa semana, então já está pronto pra você.

— Valeu — murmurou, abrindo a porta do apartamento. A falta de móveis para além dos básicos tornava todo o espaço muito maior, mas nada que não fosse resolvido em alguns meses. Vinícius já estava procurando por um sofá, uma televisão e todas as coisas que deixariam aquele lugar um pouco mais parecido com um lar. — Alguma regra importante que eu deva saber, além das que o gêmeo já deixou claro?

— Ah, não. O Beni já parece ser bem capacitado pra substituir o pai. — Jade prendeu os fios ruivos atrás da orelha, balançando a cabeça. — Se você evitar os dois por um mês inteiro, eles vão esquecer da sua existência e não vão fazer nenhum interrogatório. É tempo o suficiente pra eles escolherem outra vítima.

— Eles sabem quem eu sou?

— Não sei se você se lembra, mas você me beijou no meio da sua final há quatro anos e existem fotos disso por aí — ela explicou, desviando o olhar. Jade fingiu, e fingiu muito mal, que estava checando o apartamento enquanto falava. — Eles pesquisaram meu nome uma vez e passaram uma semana perguntando sobre isso.

— Quantos anos eles têm mesmo?

— Quinze.

— Então você cuida de adolescentes de quinze anos que têm o seu tamanho?

— Eles cresceram demais pra idade — ela pontuou, franzindo o cenho como se quisesse fingir que estava falando sério. O que não funcionava com o sorriso contido. — Não sei se cuido mesmo de alguém, acho que só fazemos companhia quando eles vêm passar a semana com o pai. Ele é divorciado.

— O síndico — pontuou, vendo-a assentir.

— Vicente é professor do curso de matemática de uma faculdade aqui perto. Ele deve chegar em uma hora. — Jade mudou o peso do corpo de um pé para o outro. — Eu vou te deixar descansar e se ajeitar no seu apartamento. Se precisar de mim, você sabe onde estou. Ah, você deve precisar de comida e outras coisas, não é? Vou fazer compras hoje, se quiser me acompanhar.

— Topo. — Vinícius a observou se afastar, erguendo uma sobrancelha ao ver dois adolescentes idênticos caírem para dentro do apartamento quando ela abriu a porta.

Ele não sabia que Jade podia ter um olhar tão intimidador até aquele momento.

— Vocês estavam bisbilhotando? — ela perguntou, perplexa.

— Você se surpreenderia com o que eu consigo escutar quando ajusto o volume disso aqui — um dos garotos disse, batendo a ponta do dedo no aparelho auditivo.

— Por quê?

O outro gêmeo deu de ombros, olhando ao redor. Vinícius já não lembrava se aquele era o Bento ou Benício, e nem sabia se um dia conseguiria diferenciar os dois de algum modo. Seria muito mais fácil se ao menos o corte de cabelo deles fosse diferente.

— Enfim, voltem pra casa. Vocês precisam almoçar.

Jade parou quando o gêmeo vestido com o uniforme dos Celtics – Vinícius odiava esse time, aliás – franziu o cenho na direção de Jade e falou algo para ela. Em libras.

Quando ela respondeu com a mesma seriedade, embora ainda parecesse ter certa dificuldade ao formular o que quer que estivesse dizendo, o garoto pareceu relaxar um pouco. Ele cutucou o ombro do gêmeo, trocando um olhar acusatório com o outro antes de puxá-lo para saírem dali.

Jade revirou os olhos, acompanhando-os. Antes de sair do apartamento, porém, virou-se na direção de Vinícius mais uma vez.

— Eu te vejo às seis? É o horário em que vou pro mercado.

— Marcado — assentiu. — Valeu, ruiva. É bom te ver.

Um sorriso cruzou o rosto de Jade, e Vinícius concluiu que poderia facilmente se acostumar em ver isso todos os dias. Era a primeira vez que parava para pensar que só havia visto Jade em períodos de competição, mas nunca em sua versão... diária. Doméstica. Fosse lá como quisesse chamar. Como era o apartamento dela? Sua rotina? Não deveria querer tanto fazer parte disso, deveria?

No momento, o que queria mesmo era dormir.

— É bom te ver também — ela disse, fechando a porta atrás de si.

Vinícius olhou ao redor, para o apartamento vazio. Não tinha muita coisa além do básico – uma cama, guarda-roupa, geladeira, fogão... –, mas poderia se acostumar com isso nos primeiros dias. Tinha muito mais com o que se preocupar antes de pensar na mobília dali.

Como, por exemplo, contar tudo o que havia acontecido para André.

O amigo não demorou muito para atender à chamada de vídeo, abrindo um sorriso largo ao vê-lo.

— Bom dia, gatinho. — Ele se levantou do sofá, apoiando o celular em algum lugar da cozinha para encher uma xícara de café. Vinícius não achou que sentiria tanta falta daquele apartamento minúsculo, mas estava sentindo. Muita.

Ou talvez fosse só a falta de André, mas jamais diria isso em voz alta.

— Lembra quando tu disse que eu pareço ser a pessoa mais sortuda e azarada ao mesmo tempo? — perguntou, enquanto começava a tirar as roupas da mala. — Eu concordo com você.

— Uau, apenas algumas horas em solo brasileiro e já tens fofoca. — André bebeu um gole do café em um movimento dramático. — Conte tudo.

— Adivinha quem mora bem do meu lado.

— Porra, e como saberia? A Anitta?

— Sim, André. A Anitta com certeza mora de aluguel em um prédio no centro de São Paulo. — Vinícius encarou o amigo pela tela do celular, revirando os olhos com a expressão dele. — A Jade.

— Nem ferrando. — André pegou o celular, não escondendo a surpresa. — Sabias que ela morava aí?

— É claro que não. Só descobri quando subi pra pegar as minhas chaves, aparentemente ela é amiga do síndico. — Vinícius se recostou no guarda-roupa, respirando fundo. — Eu não teria me mudado pra cá se soubesse.

— Ora, mas isso não era pra ser algo bom?

— Sim, mas... — Como explicaria a situação para André? Vinícius mal sabia como explicar para si mesmo como enxergava as coisas entre ele e Jade. — É complicado ter privacidade quando a pessoa mora do seu lado.

— Por que queres privacidade? Achei que quisesse ter filhos com ela.

— Por que eu liguei pra você? — perguntou, mais para si mesmo do que para André.

— Dá um tempo, Vinícius. Eu te conheço melhor do que ninguém — ele riu, tornando a se sentar no sofá para terminar de tomar o café. — Tentas fazer essa pose de carinha bem resolvido com a solidão, mas adoras a ideia de ter uma vida com alguém. E não qualquer alguém. Podes não ter esperado por essa ginasta todos esses anos, mas nunca superou quem ela é pra você. É meio deprimente, sempre foi, ver-te a procurar por outra pessoa no resto do mundo.

— Entrei em uma sessão de terapia sem saber?

— A questão é, se tens uma chance de ficar com a garota que você gosta... por que não?

— Porque eu fiz merda com ela na primeira vez, e o único cara que ela se envolveu depois de mim transformou a vida dela em um inferno completo — explicou, como se já não fosse óbvio. Do outro lado da tela, André ergueu uma sobrancelha como se ainda não entendesse o lado dele. Como ele não entendia? — Eu não quero avançar um sinal vermelho.

— Ela disse que esse sinal está vermelho?

Ele parou para pensar. Apesar de algumas interações desajeitadas, Jade nunca o tinha afastado. Exceto pelo momento em que achou que ele tinha uma namorada, o que foi esclarecido muito rápido.

Então...

— Não.

— Me parece que estás subestimando a capacidade dela de tomar decisões, Vinícius. Ela passou por um relacionamento ruim, mas até onde eu vi, já faz algum tempo e está recuperada disso. É claro que é o tipo de coisa que deixa marcas, mas não achas que tratar isso como se fosse um ultimato pra vida dela é demais? — André parou para beber um longo gole de café, dando de ombros. — Não és aquele cara de antes, e ela com certeza sabe disso. Além de tudo, Jade é bem adulta pra saber negar caso ela não se sinta confortável com qualquer avanço.

Pra alguém que se comunicava com sarcasmo e ironia na maior parte do tempo, André havia acabado de lhe dar um bom soco com as palavras. Fazia muito sentido. Tanto sentido que Vinícius se sentiu mal. Algo que provavelmente ficou estampado na sua cara, porque André revirou os olhos.

— Não te culpes, é um pensamento comum. Sabe, antes de você, namorei um cara... complicado. Não importa agora, mas acho que a pior coisa que podes fazer por alguém que passou por um relacionamento abusivo é tratar essa pessoa como se ela fosse um monte de cacos de vidro no chão para sempre. Por mais que estejas pensando no bem dela. — Vinícius deixou as roupas de lado para se deitar no colchão já coberto pelo lençol. Poderia arrumar o guarda-roupa mais tarde, aquela conversa havia acabado com o resquício de energia que ainda tinha depois da viagem. — Entender os limites dela é o suficiente. E se esse limite for não ter nenhum tipo de envolvimento contigo ou com qualquer outra pessoa, vais saber.

— Quem diria que você sabe dar conselhos.

— Vá à merda, Carvalho.

Vinícius soltou uma risada, balançando a cabeça.

— Vou sentir saudades de morar com você.

Tinha verbalizado. Não se arrependia, para ser sincero.

— Ah, cala a boca. Não podes ser fofo depois de ser o maior babaca por quatro anos vivendo comigo. — André riu, deixando o café de lado. — Também vou sentir saudades tuas, Vinícius. Agora, deverias dormir, tens uma cara de bosta terrível.

Depois de mostrar o dedo do meio para a câmera do celular, Vinícius se despediu do amigo antes de finalizar a ligação. Respondeu algumas mensagens, principalmente as da mãe, dando mais notícias sobre a mudança.

Vinícius não demorou para cair no sono. Ainda pensava nas palavras do melhor amigo.

★ ★ ★

Precisava dizer, o colchão do seu novo apartamento era mesmo confortável. Vinícius acordou sem sentir todo o desconforto que as horas de viagem no avião haviam lhe proporcionado, e com tempo suficiente para tomar um banho antes de se encontrar com Jade. Conseguiu até arrumar o guarda-roupa. Mandou uma mensagem para o supervisor do centro de skate onde trabalharia avisando que poderia começar no dia seguinte.

Não seria um trabalho muito desgastante. Ficaria responsável pelo auxílio do treinamento de um grupo de jovens que faziam parte de um time independente. Não lhe pagaria muito e muito menos lhe traria reconhecimento no mundo do skate além do que já tinha, mas o pós-olimpíadas já havia lhe rendido muito. Mais visibilidade, patrocinadores e lugar garantido nas próximas competições em vários lugares do mundo. Passou pelo pesadelo de dar inúmeras entrevistas, mas valeu a pena ao perceber que era o que tornava o skate cada vez menos desvalorizado no cenário do esporte. A cada mensagem que lia nas redes sociais sobre o quanto sua presença no pódio inspirava pessoas mais jovens a seguir o mesmo caminho, ele se sentia disposto a dar mais cem entrevistas caso fosse necessário.

Era o momento de usar tudo isso para mais. Já havia trabalhado como treinador nos Estados Unidos, em vagas temporárias, mas queria levar o esporte ao seu país de origem, onde o acesso e a permanência nesse mundo eram muito mais difíceis.

Mas Vinícius havia saído do Brasil como um escape, uma forma de se afastar de tudo no que não queria pensar. Tinha tido também oportunidade para crescer, sim, e não se arrependia de modo algum. Mas não sentia mais que estar num país estrangeiro era o seu lugar.

A primeira oportunidade que lhe surgiu no caminho pareceu o sinal perfeito de que era a hora de colocar as coisas novamente no lugar.

Destino. Vinícius ainda não gostava dessa palavra, mas era interessante como ela estava cada vez mais presente na sua vida.

Voltou ao presente quando a campainha tocou, colocando o boné sobre a cabeça antes de abrir a porta.

Jade havia deixado o cabelo crescer nos últimos meses. Foi a primeira coisa que notou quando a viu, mas ainda era impressionante como os fios ruivos ondulados e presos em uma trança pareciam iluminar o rosto salpicado pelas sardas.

— Oi — ela cumprimentou, vendo-o pegar a carteira antes de sair. — Como foram as primeiras horas no seu apartamento?

— Dormi na maior parte delas — confessou, acompanhando-a até o elevador. — Mas consegui desfazer a minha mala, o que já é uma vitória.

— Odeio mudanças. Foi um saco quando vim pra cá.

— E faz muito tempo?

— Uns dez meses. — Jade pareceu refazer a conta mentalmente, assentindo como se tivesse a certeza de que eram mesmo dez meses. — Eu estava morando com a minha mãe e com Hugo desde toda a confusão, mas precisava do meu espaço. Foi muito bom, no fim. Ver meu padrasto e treinador o dia inteiro não era tão legal quanto parecia.

— Sei... e a localização é ótima.

E era. Com um mercado gigante do lado do prédio e o metrô a algumas quadras, a vida de Vinícius ficaria muito fácil. Não havia nenhum lugar em que não pudesse chegar em dez minutos de metrô – o que era bom, porque não sabia se conseguiria um carro tão cedo, e nem queria.

— Fiz uma lista do que comprar, se você quiser usar de base. — Jade estendeu uma lista pequena na direção dele. — Não é muita coisa, normalmente eu compro o suficiente pra passar a semana. Não conta pro Hugo que ainda não consegui arrumar minha rotina de alimentação. Odeio cozinhar só pra mim.

— E como tu se alimenta? — perguntou, erguendo uma sobrancelha na direção dela.

— Sabe essas receitas do TikTok que normalmente levam menos de quinze minutos pra ficarem prontas? Eu adoro, e tem tudo que eu preciso nelas. — Jade pegou um carrinho na entrada do supermercado, dando de ombros. — É ainda melhor quando o trabalho me ocupa.

Vinícius sabia que Jade fazia parte da produção para uma marca de moda qualquer – algo sobre produzir catálogos e editoriais, ele havia visto no Instagram dela –, mas não sabia bem como funcionava. Talvez fosse assunto para outra hora.

— Meu horário de trabalho é à tarde, posso cozinhar pra dois — propôs, vendo-a parar para escolher algumas maçãs.

— Você cozinha? — Jade perguntou como se fosse uma surpresa. Se fosse qualquer outra pessoa perguntando aquilo, talvez Vinícius se sentisse ofendido.

— E muito bem, pra sua informação. — respondeu Vinícius, e Jade soltou uma risadinha quando se aproximou para escolher outras frutas. Não era nenhuma surpresa que Jade levasse mais frutas para uma semana do que a maioria das pessoas, Vinícius estava começando a suspeitar que todos os atletas olímpicos tinham uma dieta parecida. — Eu diria que seria facilmente selecionado pro MasterChef.

— Vou acreditar em você. — Jade pegou a lista das mãos dele, riscando o que estavam pegando dali. — Bento gosta de fazer doces.

— Como tu conheceu esses dois, aliás?

— Não tem uma história por trás — ela riu, partindo para a seção de verduras. — Eles chegam da aula no mesmo horário em que eu costumo voltar dos treinos, e só começamos a conversar pouco tempo depois que eu me mudei. Eles são uma graça.

Vinícius a escutou contar histórias sobre os gêmeos, sobre como estava consumindo muito mais doces do que deveria e aprendendo libras graças a Bento, além de assistir a partidas de jogos que nunca seria capaz de entender por causa de Benício. Era óbvio o quanto ela gostava de estar com os dois adolescentes e, considerando o que Vinícius vira mais cedo, era óbvio o quanto eles adoravam estar com ela também.

— Sabe, eu quase achei que você tivesse desistido de vir pro Brasil — ela comentou, enquanto analisava a seção de produtos para a pele depois que Vinícius fez piada com a cara dela por quase dez minutos por usar uma linha infantil para o cabelo. — Ou só se mudado sem dizer nada.

Não que gostasse de pensar tanto nos detalhes ou dar mais significado a algo do que deveria, mas Vinícius não deixou de se sentir um tanto satisfeito com a ideia de que Jade tinha pensado nele durante aqueles meses. Muito satisfeito. Definitivamente mais do que deveria.

— Eu levaria horas pra explicar toda a confusão que foi conseguir arrumar a minha mudança em todos os aspectos possíveis. — Vinícius pegou o primeiro shampoo e condicionador de uma linha masculina que apareceu em sua frente enquanto Jade havia demorado bons cinco minutos para fazer o mesmo. — Além de tentarem me manter lá a todo custo com um pagamento melhor.

— E você quis aceitar?

— Não. O intuito nunca foi ganhar mais, eu sabia que a grana diminuiria quando eu viesse. — Jade ergueu uma sobrancelha na direção dele, que deu de ombros. — Eu só queria voltar. Já posso dar uma vida melhor pra minha mãe e tenho minhas economias, eu me viro com o que vem agora. Preferia vir desempregado a comer comida estadunidense por mais tempo.

— É tão ruim assim?

— É sem gosto — murmurou ele, com uma careta. Jade se afastou por um segundo para pegar um pacote de band-aids e bandagem muscular. — Você usa muito isso?

— A fita muscular? De vez em quando. Você não?

— É bonitinho como tu me pergunta como se não me conhecesse, ruiva. Meus músculos não vão ficar doloridos se eu me machucar um pouco mais — ironizou, não contendo uma risada anasalada com a expressão de Jade que, se tivesse conseguido ser intimidante, seria muito pior que qualquer bronca vinda de um treinador. — Em minha defesa, eu não me lesiono tanto como quatro anos atrás.

— Não sei o que é não ter tantas lesões na sua concepção.

— Só considero uma lesão se sair sangue.

— Isso é preocupante, tem certeza de que você pode ser treinador? — Jade parou na seção de massas, escolhendo alguns pacotes de macarrão e colocando no carrinho.

— Meus ex-alunos me adoram, eu sou o melhor professor que alguém pode ter na vida.

— Com certeza.

— Senti um pouco de ironia, ruiva. Quer me dizer algo?

— Eu? Jamais. — A ginasta se afastou para a seção seguinte, mas havia um sorriso tomando conta do rosto dela.

O tempo restante aconteceu num silêncio confortável, exceto pelos momentos em que Jade dizia qual era o melhor produto que Vinícius poderia escolher em uma seção ou quando tinham entrado em uma discussão pacífica porque ele disse que odiava azeitona.

Jade pediu um segundo quando saíram do elevador, já no prédio, para entregar uma das sacolas para Benício.

Dessa vez, quem atendeu a porta não foi um dos gêmeos, mas um homem mais velho, perto dos quarenta e cinquenta anos. Alto, mas não muito mais que Vinícius, e com um semblante simpático. O pai dos garotos, provavelmente, embora eles não tivessem qualquer semelhança com aquele homem.

— Vicente, esse é o Vinícius — ela apresentou, apontando na direção dele com a mão que segurava menos sacolas. — Não sei se vocês já conversaram antes da mudança.

— Só por mensagens. Eu planejava passar no seu apartamento pra dar as boas-vindas amanhã. — Vicente acenou, recostando-se no batente da porta enquanto alternava o olhar entre os dois atletas por um segundo antes de voltar a atenção para Vinícius. — Tudo certo por lá, aliás? Fizemos a vistoria antes da sua chegada, mas pode avisar se deixamos passar algo.

— Impecável, mas eu aviso qualquer coisa.

— Eu te passaria as recomendações do prédio, mas fiquei sabendo que um dos meus filhos já fez o serviço por mim — ele disse, abrindo mais a porta o suficiente para mostrar os dois adolescentes de braços cruzados atrás dela. Era uma mania ouvir a conversa alheia? — Posso ajudar, meninos?

— É o seguinte, quais são as suas intenções? — perguntou um dos gêmeos. Vinícius não sabia se era Bento ou Benício, mas não parecia fazer muita diferença, já que o outro assentiu como se também esperasse a resposta para a mesma pergunta.

Precisou se segurar para não rir, apesar da expressão que tinha um misto de terror e vergonha de Jade. Imaginava que rir não ajudaria nem um pouco a fazer com que os dois desconfiassem menos dele.

— No momento, minha única intenção é arrumar as minhas compras e jantar — respondeu, calmamente. O garoto que havia falado provavelmente era Bento, porque Vicente gesticulou algo que o fez franzir o cenho antes de se afastar da porta.

— Ah, crianças — ele murmurou, olhando para Jade em seguida. — Estou de folga amanhã e Bento quer almoçar naquele restaurante coreano de sempre. Vocês podem nos acompanhar, se quiserem.

Jade trocou um olhar desajeitado na direção de Vinícius e a única resposta possível foi um dar de ombros. Se ela fosse e quisesse a companhia dele, poderia ir também.

— Preciso ver com o pessoal da revista, meus prazos pro editorial estão um caos essa semana — ela disse, estendendo a sacola para o mais velho. — São as massas frescas que Benício me pediu.

— Valeu. Boa noite pra vocês. — Vicente olhou na direção dele mais uma vez, abrindo um sorriso simpático. — Bem-vindo ao nosso prédio. Tem umas pragas que enchem o saco de vez em quando, meus filhos inclusos, mas é um lugar bom. Modéstia à parte, porque o último síndico era horrível.

Dava para entender por que Jade gostava dele. Vinícius também gostou, pelo pouco que haviam conversado. Vicente tinha toda a energia que um professor de matemática precisa ter pra fazer com que a disciplina seja menos odiosa do que realmente é. Também não se surpreenderia se soubesse que os alunos dele o amavam.

Vinícius acompanhou Jade até o apartamento dela porque parte das sacolas que estava carregando eram dela. Ela se despediu com um beijo suave no seu rosto e o sorriso que o Vinícius de meses atrás jamais imaginaria que veria com tanta frequência novamente, então talvez precisasse de algum tempo para se acostumar.

Não que fosse um problema. De forma alguma.

CAPÍTULO VINTE

FONTE: ALGUM EPISÓDIO DE HOW I MET YOUR MOTHER

São Paulo, 2024

Jade tinha uma rotina. E uma rotina movimentada.

De alguma forma, isso a ajudava a manter-se bem. Dos treinos ao trabalho, do trabalho ao tempo que passava com Vicente e os gêmeos. Terminar um dia cansada – mas não exausta, porque havia uma diferença entre as duas coisas – era a melhor coisa que podia fazer por si mesma.

Isso e um chá. Jade adorava chás naturais, simplesmente não conseguia dormir sem tomar uma xícara generosa. Se tinha efeito placebo ou não, não importava.

Naquela noite, porém, depois do seu banho e de preparar o chá, quando estava prestes a deitar-se para finalmente dormir, ela escutou algumas batidas na porta. Dificilmente seria um dos gêmeos ou Vicente, porque eles tinham uma rotina de sono tão correta quanto a sua. Talvez fosse outra pessoa, talvez fosse Vinícius. Talvez tivesse ficado com uma das sacolas de mercado dele por engano.

Ela relaxou um pouco ao ver Vinícius, mas não completamente.

Ele parecia sério. Não que vivesse sorrindo pelos quatro cantos, mas parecia… diferente.

— Oi.

— Nós precisamos conversar — ele declarou, mas balançou a cabeça em seguida. Jade provavelmente parecia tão confusa quanto realmente se sentia. — Isso soa muito mais sério do que provavelmente é. Bem, eu tenho coisas a dizer. Tu pode dizer algo ou só me mandar embora a qualquer momento.

— Eu deveria me preocupar?

— Boa pergunta. Eu não sei.

— Isso me preocupa. — Jade franziu o cenho, olhando ao redor. — Você... quer entrar?

— Eu vou ser rápido — ele prometeu. — Nós temos um problema por aqui. Eu menti.

Isso era ruim. Parecia ser ruim.

— Certo...

— Dei a entender que não tinha nenhuma intenção com você, e acho que não consigo pensar em nenhuma mentira tão grande quanto essa. Tenho intenções. Muitas delas, pra ser sincero. Segundas, terceiras, quartas. Tinha muitas intenções há quatro anos e tenho muitas hoje. Mas sou péssimo nisso, ruiva. E não sei até onde posso ir. — Ele parou por um segundo, como se precisasse pensar nas palavras seguintes. — Acho que nós podemos fazer dar certo agora, e não consigo pensar em qualquer outra pessoa no mundo com quem eu goste da ideia de passar os meus dias. E também gosto da ideia de ser a pessoa que te vê ser feliz e faz parte disso, e quero ser a pessoa que conquista a sua confiança e o seu amor. Tu já está na minha pele há um tempo, mas eu quero ir além disso. Porque não consigo ficar nem mais um segundo perto de ti sem pensar no quanto quero dizer que você é a pessoa mais linda que eu já vi, o quanto a sua risada é uma das melhores coisas que já ouvi e uma lista de flertes que são péssimos, mas acho que funcionam. Posso tentar testar agora.

Jade piscou, atônita.

Não parecia tão ruim. Mas ainda era uma surpresa.

De todas as formas que imaginava que aquele dia poderia acabar, ter Vinícius Carvalho na sua porta soltando essa onda de confissões definitivamente não fazia parte da lista.

Para alguém que nunca havia sido do tipo que fala demais, Vinícius havia falado a cota de um ano inteiro naquele um minuto.

— Você pode me mandar embora agora, se quiser — ele disse, quando ela não respondeu. — E nunca mais falar comigo. Eu não sei se o que fiz em 2020 me tira permanentemente qualquer chance de...

— Você tá me pedindo permissão pra flertar comigo? — perguntou, ainda na tentativa de processar tudo que ele havia dito. Ele provavelmente ainda estava na primeira metade de todas as informações.

Vinícius piscou, pensativo.

— É, basicamente isso.

— Você pode só flertar comigo.

— Por incrível que pareça, eu também sou péssimo nisso. André disse que eu flerto como um velho.

— Você já flertou com o André?

— Viu?! Aposto que falar dos flertes anteriores é o primeiro ponto proibido de um flerte. — Vinícius bufou, e a expressão genuinamente frustrada dele arrancou uma risada de Jade. O suficiente para fazê-lo relaxar os ombros. — Eu ainda gosto muito de você, ruiva. Mesmo que você goste de azeitona. Sorte sua que a teoria da azeitona existe.

— Teoria da azeitona?

— Nunca viu How I Met Your Mother? — ele ergueu as sobrancelhas como se aquilo fosse o mais impressionante de toda a conversa. — Resolvemos isso depois. Mas se uma pessoa odeia azeitona e a outra ama, tipo o Marshall e a Lily, eles são um grande casal. Ou seja, nós estamos mais destinados do que tu imagina.

— É claro, isso faz completo sentido.

— Eu adoro quando tu é irônica comigo — ele murmurou, soando como se fosse mais para si mesmo do que para ela.

— E eu também ainda gosto muito de você, Vin.

E gostava. Mais do que esperava gostar depois de reencontrá-lo há tão pouco tempo.

Mas talvez ele estivesse certo e estivessem mais destinados a ficar juntos do que pensava. Uma parte de Jade, muito pequena em comparação ao que era anos antes, ainda gostava de acreditar que algumas pessoas são destinadas a outras. Ou não necessariamente destinadas, se essa palavra fosse forte demais, mas fossem a pessoa um do outro.

Mesmo depois de tanto tempo.

— O que você quis dizer quando falou que já estou na sua pele? — perguntou, depois. Vinícius arregalou os olhos por um breve segundo, como se não tivesse planejado realmente externalizar aquilo.

Vinícius respirou longamente mais uma vez antes de abrir os primeiros dois botões da camisa que estava usando.

Jade demorou um pouco para ver, mas havia uma tatuagem entre todas as outras que chamou a sua atenção.

E como não chamaria? O X=X passaria despercebido para qualquer pessoa, mas não para Jade.

— Depois que a Lena faleceu... sei lá, foi um porre. Passei tempo demais me culpando por trocar os últimos momentos que poderia ter tido com ela por uma competição do outro lado do mundo. Pensando que, talvez, se eu estivesse por perto, ela não teria partido. — Ele deu de ombros, coçando a nuca em um gesto acanhado. — Eu pensei em parar vezes demais. E foi o que tu me disse que me manteve de pé pra continuar fazendo o que eu amo. Ou pra me lembrar que eu não seria mais quem sou se perdesse o skate.

Era mais do que ela conseguia processar de uma vez depois de um dia cansativo. O que deve ter ficado estampado na cara dela de alguma forma, porque Vinícius ajeitou a postura e suavizou a expressão ao dizer:

— Eu vou te deixar descansar.

— Até amanhã, então. — Jade mudou o peso do corpo de um pé para o outro, sem saber ao certo o passo seguinte. Deveria dar outro passo? Se ele era péssimo naquilo, Jade não sabia o que ela era. — Boa noite, Vin. Obrigada por compartilhar isso comigo.

— Boa noite, ruiva.

Ela observou Vinícius ir para o próprio apartamento em silêncio, mas com um sorrisinho no rosto, a expressão muito parecida com a de uma criança que havia acabado de ganhar o presente de Natal que tinha pedido durante o ano inteiro.

E, de alguma forma, ela dormiu muito mais facilmente naquela noite. Bem o suficiente para ver Bento a encarando do outro lado da portaria do prédio às seis da manhã enquanto eles esperavam a mãe para levá-los para a escola e não se sentir nem um pouco afetada por isso.

Não que isso a afetasse normalmente, mas costumava ser estranho duas pessoas idênticas te encarando. No uniforme escolar, então, era quase impossível diferenciar Bento de Benício – exceto por aquela manhã em específico, porque apenas Benício estaria vidrado no celular tão cedo.

— Posso ajudar? — perguntou, erguendo uma sobrancelha na direção do garoto.

— Não vamos falar sobre o seu vizinho?

Jade o imitou, cruzando os braços.

— O que temos para falar sobre ele?

— Eu não tenho nada a dizer. E você?

— Eu deveria me preocupar?

Jesus. Jade não sabia se deveria mesmo acreditar que aquele garoto tinha só quinze anos ou vinte e cinco.

— Não, Bê. Sem motivos para se preocupar — suspirou, contendo uma risada.

— Se não der certo, eu vou ter que fazer brigadeiro pra você chorar no meu ombro?

— E quem disse que tem algo acontecendo para dar errado?

— Dá um tempo, Jade. Você tá com a mesma cara de trouxa que o Beni fica quando olha pra garota chata do prédio da mamãe — rebateu Bento, chamando a atenção do irmão. Benício socou o ombro dele. — Não menti. Você sabe que ela é chata.

— Cala a boca, cabaço.

— Por que eu não sei dessa garota? — Jade perguntou, torcendo para que aquilo fosse o suficiente para desviar o assunto dela. Conhecendo bem os dois, não seria tão difícil.

Benício abriu a boca para dizer algo, mas parou quando a buzina do carro de Carla, a mãe deles, soou alta do lado de fora do prédio. Jade nunca deixaria de se impressionar com como eles haviam puxado todas as características possíveis dela, não de Vicente. Da pele marrom até os olhos castanho-esverdeados, aqueles garotos eram Carla dos pés à cabeça.

Ela acenou na direção da mulher, observando-os entrar no carro.

— Vejo vocês no final de semana! — exclamou, revirando os olhos quando Bento mais uma vez fez o gesto de que estaria de olho nela. Ele era adorável.

Jade esperou o carro virar a esquina antes de sair, pegando o caminho para o ginásio onde treinava. Costumava treinar durante a tarde, mas, com mais uma temporada de competições se aproximando – mesmo que nenhuma de nível nacional ou olímpico –, era um combinado com Hugo que treinaria por horas extras três vezes na semana. Não o suficiente para tornar sua rotina mais cansativa que o recomendado, mas o bastante para uma mudança em seus horários.

★ ★ ★

Hugo estendeu um café na direção de Jade assim que ela adentrou a área de treinos do ginásio. Preto e puro, do jeito que Jade odiava, mas, de acordo com ele, era bom pra dar energia de verdade.

— Vamos lá, desembucha — ele disse, chamando a atenção dela. — Não me olhe assim, tá estampado na sua carinha que algo aconteceu.

Bem, talvez Bento não estivesse tão errado sobre Jade estar com uma cara diferente. Isso era bom? Ela se preocuparia se qualquer outra pessoa mudasse seu humor – mesmo que para melhor, aparentemente – em questão de um dia.

Mas era Vinícius.

— Vinícius se mudou pro meu prédio. Agora é meu vizinho. — deu de ombros, sentando-se no chão para iniciar o alongamento. Quando Hugo ficou em silêncio, ela o encarou.

— Você gosta mesmo dele, não é? — ele comentou.

Jade parou, pensativa. Gostava? Definitivamente sim. Seria uma grande mentira dizer que não. Vinícius era bonito, com os cachos volumosos com os quais claramente não se importava o suficiente para domar ou o sorriso preguiçoso, como se a vida fosse uma grande brincadeira e ele a dominasse sem se esforçar. Ele era carinhoso, mas não de um jeito que Jade já havia visto em outras pessoas durante a vida. Vinícius não se esforçava, era natural demais. Leve demais.

Confortável demais. O tipo de conforto que Jade sempre quisera ter quando o pensamento era colocar-se na vida de alguém no nível de um relacionamento, mas os anos tinham lhe mostrado que talvez não fosse tão fácil assim. Talvez sequer fosse possível. Quando as primeiras pessoas que você conhece na vida – seus pais – resolvem agir como desconhecidos e você passa pela pior experiência de um relacionamento com outra pessoa, o tipo de coisa que sempre pareceu muito distante, torna-se difícil acreditar que é mesmo real que algumas pessoas vivam o tal amor de contos de fadas. Não perfeito, mas verdadeiro. Forte, seguro.

Seguro o suficiente para que os problemas não passassem de paralelepípedos na estrada, um pequeno obstáculo que demandava atenção e calma. Seguro o suficiente para que o amanhã não fosse um medo.

Era pedir demais, aparentemente.

Por isso, a última coisa que Jade queria era criar expectativas demais. Ou criar expectativas no geral, mesmo que poucas.

Gostava de Vinícius, sim. Só não o suficiente para se jogar de cara e acreditar que tudo daria certo. Havia dado certo uma vez, quando tinha dezoito anos, e durante alguns poucos dias longe de casa, longe de toda a vida cotidiana. Não significava que daria certo ali, na rotina. Mesmo que ele parecesse querer aquilo tanto quanto ela.

Por isso, Jade queria ir devagar.

— Eu quero tentar — soltou, finalmente. Hugo relaxou os ombros, agachando até ficar da sua altura. Ah, não. Jade não estava preparada pra conversa paternal vinda de Hugo.

— Só não nos afaste, tudo bem? — ele pediu, e Jade prontamente assentiu. Vinícius seria a última pessoa a afastá-la da própria família, isso era uma certeza. — Você é minha família, Jade, e eu te amo como se você fosse minha filha. Não só a ginasta que eu treino há anos. Te ver feliz é muito importante pra mim e pra sua mãe.

Jade piscou, pensando no que diria. Só ela sabia o que havia sido ver aqueles dois quase morrerem de preocupação por ela, deixarem suas vidas de lado para cuidar do que havia restado depois de tudo. Mesmo que ela os tivesse afastado antes.

— Não vou — disse o mínimo. Jade não sabia se tinha qualquer outra coisa a dizer. — Tá tudo bem.

— Fico feliz que sim. — Hugo sorriu e se inclinou para beijar a testa dela antes de se afastar. — Sem moleza hoje, garotinha. Quero ver a sua melhor sequência.

Jade precisava admitir: conquistar a medalha de ouro nos Jogos Olímpicos de Paris havia feito algo com sua autoestima. Para alguém que achava que aquela seria a sua última grande competição antes de se aposentar prematuramente, Jade estava muito confiante quanto aos próximos quatro ou cinco anos. Olhando a longo prazo, é claro.

Quando o treino chegou ao fim, ela se sentou no canto do ginásio para beber água enquanto esperava por Mira. A garota morava no caminho que fazia para voltar para casa, então sempre a acompanhava.

Ela parou quando viu a mensagem mais recente no celular.

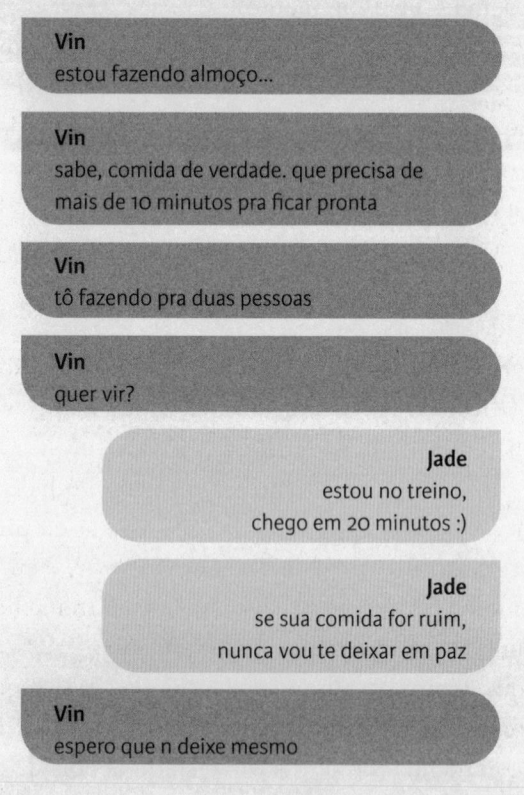

> **Vin**
> estou fazendo almoço...

> **Vin**
> sabe, comida de verdade. que precisa de mais de 10 minutos pra ficar pronta

> **Vin**
> tô fazendo pra duas pessoas

> **Vin**
> quer vir?

> **Jade**
> estou no treino,
> chego em 20 minutos :)

> **Jade**
> se sua comida for ruim,
> nunca vou te deixar em paz

> **Vin**
> espero que n deixe mesmo

Jade balançou a cabeça, segurando o sorriso que insistiu em crescer em seus lábios.

O caminho do ginásio até sua casa ao lado de Mira foi tomado por conversas sobre os filmes de romance adolescente mais recentes da Netflix que Jade não tinha visto, mas gostava quando Mira lhe contava os enredos.

Quando chegou em casa, Jade tomou um banho rápido e colocou um conjunto confortável antes de bater na porta de Vinícius.

— Oi, ruiva. — Ele abriu a porta, mas logo se afastou dela para voltar para a cozinha. Vinícius tinha um pano apoiado sobre o ombro que usou para tirar algo do forno, voltando a atenção para ela quando deixou uma travessa sobre a pia. — Foi mal, acho que isso queimaria se eu deixasse mais dois segundos.

Jade sabia que entregas de compras pela internet estavam bem mais rápidas ultimamente, mas era impressionante o quanto já tinha naquele apartamento. Uma mesa de jantar e um jogo de cadeiras completo, além de algumas caixas empilhadas no canto.

— Não esquenta. — Jade se aproximou, esticando os pés para espiar o que ele tinha preparado para o almoço. A lasanha ainda quente parecia ótima, principalmente com o cheiro. — Como você já tem tanta coisa aqui?

— Já tinha tudo comprado, só agendei pra entregarem hoje.

— Prático.

— Gosto de evitar estresses e não tenho pique pra sair pra comprar móveis. — Ele desligou o que quer que estivesse no fogo, só então parando um pouco. — Como foi o treino?

— Nada fora do normal, Hugo parece ter desistido de tentar me impedir de tentar sequências mais complexas desde Paris — Jade o olhou, e não deixou de notar a tiara transparente que ele estava usando para conter os cachos para trás. Estava acostumada a vê-lo com o boné verde ou sem nada sobre a cabeça por pouquíssimo tempo, mas aquilo era novo. Depois de tantos anos, havia sido fácil esquecer-se dos detalhes que ficavam escondidos sob a aba vermelha do boné ou de alguns cachos volumosos.

Como o jeito que a testa dele formava pequenas rugas ao sorrir, um pouco abaixo de uma cicatriz que – de acordo com ele próprio, quatro anos antes – havia sido consequência de uma queda logo quando começou a treinar. Ou o brilho nos olhos que, de vez em quando, fazia Jade pensar no quão sortuda seria a pessoa que faria os olhos dele, tão bonitos, serem tão expressivos.

— Eu vou dar a minha primeira aula hoje, em... — ele olhou o relógio na tela do celular — duas horas e trinta e sete minutos. Talvez por isso tenha cozinhado a coisa mais demorada que encontrei no meu livro de receitas mental.

— Vinícius Carvalho, o melhor skatista que ele mesmo já conheceu, nervoso com algo? — provocou, vendo-o revirar os olhos. — Eu não imaginava que você gostasse de dar aulas. Acho que não é pra mim.

— Não acho que seja o meu lance também. Tu pode me passar o sal? — Ele gesticulou para o armário, murmurando um obrigado quando Jade o fez. — Fico com os mais novatos. Nessa fase, você não ensina nada. Não exatamente. É o momento em que eles descobrem como se relacionar com o skate, e talvez eu goste de fazer parte disso. Ou tento tornar as coisas um pouco menos difíceis.

— Por quê?

Vinícius parou por um momento, dando de ombros.

— Aqui no Brasil, pelo menos, dificilmente alguém vai começar no skate com a meta de ser alguém grande no esporte. Fora da minha bolha, mal é considerado um esporte. Acho que a maioria começa procurando por um escape.

Como ele. Vinícius tinha contado pra Jade sobre o abuso que a família dele havia vivido nas mãos do homem que chamava de pai. E como o skate havia sido a própria forma de Vinícius de passar um tempo a mais longe de casa.

— Gosto de ver o potencial de quem pensa que não vai chegar a lugar algum graças ao que outras pessoas dizem — ele concluiu, estendendo um prato na direção de Jade com um sorriso. — Hora de comer. Se odiar, não me diga.

— Achei que essa não fosse uma possibilidade.

— Sempre é, mas eu tenho confiança nas minhas habilidades. — Vinícius colocou um pedaço da lasanha no prato dela, complementando depois. Jade estaria mentindo se dissesse que não já estava sentindo a barriga roncar só com o cheiro. — Onde tu vai passar a virada do ano?

— Provavelmente em casa. Minha mãe vai viajar com o Hugo pra uma pousada no meio do nada e não tenho pique pras festas do meu trabalho.

— Tu pode passar comigo — ele sugeriu.

— O que tem em mente? — Jade tentou soar o mais casual possível. Não desinteressada demais, porque definitivamente não estava desinteressada. Mas também não queria deixar claro o quão interessada estava. Havia um meio-termo, não havia?

— A galera da confederação tá organizando uma frescura de boas-vindas que na verdade é mais uma desculpa pra jogarem uns patrocinadores pra cima de mim, e eu odiaria ir sozinho pra essa tortura.

Não era novidade que Vinícius odiava a parte comercial de ser um atleta. A que envolvia sempre procurar por mais patrocinadores e investidores, pessoas que estivessem interessadas em manter a sua carreira ativa.

Não que Jade gostasse disso... alguém gostava? Mas Vinícius não fazia questão de esconder o quanto odiava.

— E você quer me arrastar pra sua tortura?

— Não vai ser tão ruim se estiver lá, ruiva — ele justificou, sentando-se ao seu lado para comer. Jade precisou fingir prestar mais atenção na comida para esconder o sorriso. — Qual o seu veredito sobre a comida?

— Muito boa, Vin. — respondeu Jade, e de fato estava. Provavelmente não existia muita coisa melhor que comida caseira. Jade desviou o olhar quando o celular tocou no bolso da calça.

É claro que era do trabalho. As coisas sempre ficavam um caos no final do ano.

E constantemente acabava sobrando para ela.

— Porra — soltou, antes de raciocinar que estava mesmo dizendo isso em voz alta.

— Jade Riva falando um palavrão — Vinícius disse, como se aquilo realmente o surpreendesse. E era surpreendente, de certa forma. Jade nunca havia sido a pessoa com um vocabulário recheado de palavrões. — Cuidado com a boca suja, mocinha.

— Você é engraçado — ironizou, soltando o celular sobre a mesa entre um suspiro pesado. — Acabaram de jogar o editorial de outra pessoa nas minhas costas como se a minha demanda até o ano que vem já não fosse gigante.

— Por quê?

— Minha colega de trabalho é sobrinha do meu chefe, ele deve ter dado férias de presente pra ela ou algo assim. — Ela se deu conta de que estava arruinando completamente o clima do almoço com Vinícius.

— Desculpa, não tá na hora disso.

— Tu sabe que eu sou sempre a favor de xingar quem me estressa, é um bom jeito de descarregar. — Jade balançou a cabeça, contendo outra risada. — É sério, ruiva. A vida fica bem mais feliz se tu xingar quando se estressa, principalmente familiares de chefes. A segunda opção é fazer aulas de alguma luta, mas acho que não vale o esforço.

— Talvez eu comece a tentar.

— Essa é a minha garota.

Vinícius a fez se esquecer do trabalho acumulado em questão de segundos. Um talento que ele parecia não ter perdido, de fato. Contou uma variedade de histórias sobre os quatro anos lidando com skatistas e outras pessoas de uma cultura completamente diferente que não ajudou Jade a manter-se atenta à comida. Muito pelo contrário.

Era o tipo de presença com a qual ela queria se acostumar. Considerando o quanto Jade tinha se tornado seletiva com as pessoas – sendo isso algo bom ou não –, significava muito.

Quando voltou para seu apartamento, mais por obrigação de ter que trabalhar do que por vontade própria, Jade passou cerca de um minuto olhando para o nada.

Ficou pensando que ter Vinícius Carvalho por perto já fazia parte de sua realidade.

CAPÍTULO VINTE E UM

QUESTIONAMENTOS FILOSÓFICOS A 35 MIL PÉS DE ALTITUDE

Em algum lugar do céu, 2024

Jade Riva não sabia o que era amor.

Quer dizer, ela sabia bem o que era o amor vindo da família. O amor vindo de suas amizades verdadeiras.

Mas o amor romântico? Ela não tinha tanta certeza se sabia o que era viver isso. Mais uma vez, o que havia lido em livros e visto em filmes durante toda a vida, principalmente na adolescência, não parecia algo palpável. Com o divórcio dos pais, as pessoas que mais a conheciam em todo o mundo, essa concepção não melhorou muito.

Para o seu desespero, isso estava se tornando um pensamento constante. Mais constante do que deveria, porque tinha estabelecido uma regra de não pensar demais nas coisas que sabia que não a levariam a lugar algum.

Vinícius tinha esse efeito sobre ela. Não que fosse culpa dele que Jade estivesse pensando e repensando tudo o que sabia sobre relacionamentos — que já não era muito —, mas ela estava relativamente em paz com isso há algum tempo.

Na viagem de volta para o Brasil, deixou-se relaxar um pouco ao ver que estaria no mesmo voo que Paulo e Fernando.

— Graças a Deus, você vai com a gente — Paulo comemorou, assim que perceberam que iriam na mesma aeronave. — Acho que eu morreria de tédio. Fefo prefere ler e ver filmes o tempo inteiro.

— Sabe quantas vezes no ano eu tenho tempo e tranquilidade pra ler algo em paz? — Fernando balançou um livro nas mãos, tentando se defender. — Nunca. Na maior parte do tempo estou cuidando de dezenas de animais.

— E de mim.

— Você incluso nos animais.

— Imagine só a surpresa de todo mundo quando descobrirem que você não é o romântico que parece ser — Paulo bufou, voltando a atenção para Jade. — Você não vai dormir e me deixar sozinho em um voo de horas, né?

Ela pretendia dormir. Felizmente – para ela ou para Paulo –, conversar com ele parecia uma programação muito mais interessante.

E era. Afinal, tinham gostos parecidos em absolutamente tudo. Paulo dividiu os fones fornecidos pela companhia aérea para que vissem Brooklyn Nine-Nine na telinha dos assentos enquanto passeavam pelos assuntos mais variados e faziam planos – que provavelmente não aconteceriam, mas essa é a graça de encontrar grandes amigos que você não vê com frequência.

— E quando o Vinícius se mudar... — ela começou, mas parou no meio do caminho. Paulo já sabia? E se não, ele podia saber? Vinícius não havia comentado nada sobre ser um assunto proibido, mas também não falava sobre ele aos quatro ventos.

— Eu já estou sabendo — Paulo disse, como se soubesse exatamente do que ela estava falando. Ele tinha também o sorrisinho de quem estava vendo algo que mais ninguém conseguiria ver. — Mas não sabia que você também sabia.

— Bem, ele me contou. Acho que estamos... nos aproximando?

— Isso foi uma pergunta?

Talvez.

— Só é um pouco confuso — admitiu, dando de ombros enquanto fingia prestar mais atenção no episódio onde Jake e Amy se beijavam pela primeira vez do que naquele assunto. — Não que eu esteja perdidamente apaixonada por Vinícius como estive há quatro anos, porque não estou. Era ingênuo demais, não que isso seja algo ruim. Mas...

— Vocês se entendem, como sempre se entenderam — Paulo completou, já que ela parecia incapaz de encontrar as palavras que não a fizessem parecer patética e juvenil. Era aquilo? Fazia sentido. — Vocês se preocupam um com o outro como sempre se preocuparam. As coisas entre vocês acabaram muito rápido naquela época, não é tão confuso assim. E talvez você realmente não esteja apaixonada, mas você o ama. O mesmo vale para ele.

— Não sei se entendo a sua linha de pensamento.

Paulo soltou uma risadinha, virando o rosto para cutucar o ombro do namorado. Fernando tirou os fones de ouvido e fechou o livro que tinha nas mãos, erguendo uma sobrancelha na direção de Paulo, esperando que ele dissesse o que queria.

— Qual é a diferença entre amor e paixão?

Fernando piscou, confuso.

— Você namora comigo há cinco anos e não saberia dizer? — Ele parecia verdadeiramente ofendido com isso, e talvez fosse uma conversa que já tivessem tido antes.

— A Jade quer saber, besta. E você é cheio desses papos filosóficos chatos, vai saber responder melhor que eu.

Fernando revirou os olhos com a tentativa de ofensa, virando-se para Jade.

— Em minha defesa, minha mãe é psicanalista.

— Mas ela até parece ser normal — Paulo murmurou, soltando uma risada quando Fernando o fuzilou com o olhar. — Para, você sabe que eu amo a minha sogra. Você não seria essa montanha de músculos e sentimentos se não fosse por ela.

— Enfim — ele bufou, balançando a cabeça. — Alguém já te disse que paixão é passageira, enquanto o amor permanece, algo assim?

Jade assentiu. Muitas vezes, inclusive, mas parecia ser mais uma dessas conversas repetitivas que não faziam sentido algum na prática.

— Você fez uma cara ótima — ele sorriu, quase reconfortante. Jade nunca deixaria de achar curioso como alguém como Fernando dava tão certo com alguém como Paulo. — Eu também discordo, pra ser sincero.

— Acho que você é o primeiro — comentou, abrindo um pacotinho de biscoitos que uma das aeromoças havia entregado pouco antes. Não tinha gosto de nada além de farinha e conservantes, mas servia de algo.

— Acho que a paixão vem primeiro na maioria dos casos. Você se sente atraída por alguém, quer tocar essa pessoa, tornar tudo mais íntimo. É o que dá as borboletas no estômago, o êxtase de um toque. Você vê essa pessoa e quer sempre fazê-la sorrir e rir, porque os momentos de felicidade dessa pessoa são seus momentos de felicidade também — Fernando disse, mas olhou para Paulo por uma fração de segundo. Como se fossem capazes de ter uma conversa inteira em tão pouco tempo, e seria impossível não admirar aquela conexão entre eles. — O amor vai um pouco além disso, mas não é como se eles não se complementassem. O amor é conforto, é algo que simplesmente está ali. Você não precisa mais querer fazer parte da vida de alguém porque já é parte da vida da pessoa. É por isso que ele é tão abrangente, você pode sentir por qualquer pessoa.

— Eu falei que ele tem papos filosóficos — Paulo implicou, dando um beijo estalado no rosto do namorado. Jade estava ocupada demais tentando processar as palavras ditas pelo rapaz. — É entediante.

— De vez em quando me pergunto se eu ainda sinto amor por você. — Fernando disse isso com um sorriso largo no rosto, o que evidenciava a mentira descarada. Quando ele percebeu a expressão séria no rosto da ginasta, suavizou um pouco. — Mas, sério, Jade. É muito mais simples do que parece. Você vai sentir, se você se permitir. Ou perceber que está sentindo, como quiser. Não precisa ser complicado, não precisa parecer assustador.

— Me parece um pouco complicado — murmurou, balançando a cabeça.

— A maioria das pessoas confunde as duas coisas ou acha que elas não têm qualquer diferença. É muito fácil se apaixonar por alguém, mas não amar essa mesma pessoa. Eu adorava quando Paulo aparecia de surpresa pra me ver na minha clínica com a desculpa de que precisava comprar mais comida pro gato dele ou pra levar o meu almoço. Adorava ainda mais a cara que ele fazia quando eu falava que passaria a noite com ele, mesmo fingindo que não dava a mínima se estava ali pra ficar com ele e dar o fora.

Mais uma vez, eles trocaram aquele olhar. E era a primeira vez que Jade via Paulo ficar corado pela fala de alguém. Para alguém que nunca teve qualquer tipo de filtro ao conversar com qualquer pessoa, era uma surpresa que palavras que pareciam tão simples o afetassem tanto.

— Mas eu gosto muito mais da forma como ele se encaixa na minha rotina da mesma forma que eu me encaixo na dele. A esse ponto, já é uma única rotina. Eu estou com ele mesmo nos piores momentos, e não é um esforço. — Fernando soltou uma respiração baixa, dando de ombros em seguida. — Sempre me incomodou a ideia de que um bom relacionamento sobrevive a algo. Acho que um bom relacionamento ultrapassa qualquer coisa sem esforço. Uma rotina não deveria ser algo chato, e não é. A menos que você não tenha amor. Paixão é o que move as pessoas, acho, mas amor é o que as faz permanecer.

— Uau. — Aquela parecia ser a única coisa que Jade conseguiria dizer naquele momento. O sorriso que cresceu novamente no rosto de Fernando foi o suficiente para fazer com que se sentisse um pouco menos patética por não saber como reagir àquelas palavras. — É... interessante.

Interessante. Muito a se pensar, o que era exatamente o contrário do que pretendia fazer sobre aquilo.

Paulo havia dito que eles se amavam, e Jade não podia ir contra aquilo. Ainda se preocupava com o bem-estar de Vinícius da mesma forma como tinha se preocupado quatro anos antes, achava-o uma das melhores pessoas que conhecia.

Talvez apenas a paixão não fosse a coisa mais difícil de sentir, mas de se permitir sentir. Jade provavelmente não estaria nesse dilema gigantesco se não soubesse das chances gigantes de que esse sentimento fosse facilmente correspondido. Ela não era boba, longe disso.

Se entregar – mais uma vez – a algo que acabaria não estava nos seus planos.

— Pensar demais no futuro não é bom — Paulo disse, chamando novamente a atenção dela. O que estava pensando era tão óbvio assim? — Deixa rolar! Sei que você gosta mesmo dele e não quer que as coisas deem errado depois de tudo, mas nunca vai saber se estiver sempre com um pé atrás. Além disso, todos nós sabemos que Vinícius jamais te machucaria.

Sabia disso, mas havia uma lista infinita de possibilidades de dar errado. Principalmente com Jade, ao que parecia. De tanto consumir romances na adolescência, ela tinha certeza de que havia desenvolvido algum tipo de maldição para nunca viver algo parecido.

Como se não tivessem acabado de ter uma conversa profunda e pessoal sobre o que era o amor, Fernando voltou a atenção para o livro que estava lendo antes e Paulo voltou todo o foco para o episódio da série que havia acabado de começar. Aparentemente, era algo que teria que pensar depois.

★ ★ ★

Quatro meses depois, aquela conversa ainda estava fresca em sua mente. Mas estava mais leve, também.

Jade não gostava de grandes mudanças – desde sempre. Sua rotina de treinos e a evolução linear que vinha deles, o calendário definido de competições e a organização do seu trabalho.

Deixar outra pessoa fazer parte de tudo isso parecia um movimento capaz de arruinar tudo.

Mas se não desse a chance ao que parecia ser o início de algo incrível, como saberia?

Naquela noite, antes de dormir, Jade se levantou do sofá onde bebia sua xícara de chá da noite para sair do próprio apartamento e tomar o caminho para a porta de Vinícius.

— Jade? — ele disse ao atender, piscando algumas vezes como se quisesse ter certeza de que Jade estava mesmo ali, às dez e cinquenta da noite. O horário em que ela já estaria dormindo desde sempre. Bem, não era fácil dormir quando sua cabeça pensava tantas coisas. Ele desviou o olhar para o corredor como se procurasse por qualquer coisa que explicasse ela ali. — Aconteceu alguma coisa?

Ah, sim. Tinha acontecido. Ela tinha cometido o grande erro de bater naquela porta tão tarde, tarde o suficiente para vê-lo no que provavelmente era a roupa que ele usava pra dormir. A calça branca de moletom contrastava com o peito nu coberto por tatuagens. A tatuagem bem ali, acima do coração dele. E o corpo corado pelo sol – Jade fez uma nota mental para jamais vê-lo treinar, porque sabia que ele tinha um hábito terrível (para ela) de treinar sem camisa. Era demais para ela.

— Você disse muitas coisas — soltou, finalmente. Vinícius encostou na porta, o que o colocou alguns centímetros mais perto dela. O que já era perto demais. Patético o efeito que ele carregava consigo sem ao menos tentar. Patético e irritante, deveria ser proibido ser assim. — E eu sinto que não respondi à altura. Eu sempre preciso de algum tempo pra processar as coisas, acho que é um problema.

— Minha vida provavelmente seria menos estressante se eu pensasse um pouco mais no que me dizem — ele brincou, como se quisesse aliviar a tensão que, aparentemente, só existia para Jade. — Prossiga, ruiva.

— Eu gosto de você e sei que tudo que sinto é recíproco. Mas não gosto de riscos, só avanço um movimento depois de muito treino. Um passo de cada vez, porque eu pareço ter a tendência de perder o equilíbrio do meu corpo quando algo fora do esperado acontece.

— Desculpa, estamos falando sobre ginástica ou sobre nós?

Sobre nós. Jade queria puxar aqueles cachos escuros e beijar Vinícius até que ele entendesse que era uma tortura existir perto de alguém como ele. Uma reação exagerada, mas há quanto tempo Jade não lidava com sentimentos tão fortes por alguém?

— Nós. Eu e você.

— Ótimo, porque ainda não entendo porra nenhuma de ginástica.

— Eu não sei qual é o próximo passo. Não quero ser a responsável por acabar com o que a gente tem porque nunca estive em um relacionamento de verdade.

A expressão de Vinícius suavizou, um sorrisinho relaxado tomando conta do rosto dele.

— E tu acha que eu sei o próximo passo, ruiva?

Achava. Jade duvidava muito que alguém que não soubesse exatamente o que estava fazendo teria a tranquilidade de Vinícius.

— Você definitivamente sabe sempre dizer as coisas certas.

— Talvez você só traga o melhor em mim.

Jade precisou respirar fundo. Sentir como se tivesse dezoito anos outra vez não estava nos planos para aquela conversa.

— Eu quero tentar.

— Eu sinto que tem algo te incomodando nisso tudo — ele murmurou, e era a primeira vez que Jade o via deixar a preocupação estampada no rosto. Normalmente, ele era bom demais em disfarçar com o sorriso torto e desajeitado as preocupações que tinha.

— Não é fácil me deixar fazer isso outra vez. Não é pessoal, não acho que você vai fazer qualquer coisa que possa me machucar. De propósito ou não. Eu não tenho grandes inseguranças quanto a você, mas tenho várias quanto a mim.

Jade engoliu em seco, percebendo que havia vomitado mais palavras do que pretendia quando começou aquela conversa.

Vinícius ajustou a postura, respirando profundamente. Abriu um espaço ao seu lado, na porta.

— Quer entrar? Não quero conversar sobre isso no corredor.

Jade assentiu, embora seu plano inicial fosse apenas falar e voltar para o próprio apartamento.

Ela provavelmente não deveria se surpreender ao ver que já havia mais móveis decorando o apartamento de Vinícius, que antes não passava de um grande espaço vazio. A cozinha parecia completa, e a sala tinha uma decoração na parede com cinco skates pendurados. Todos quebrados, o que provavelmente indicava que eram antigos que já não podiam mais ser usados. Era a cara dele.

A televisão estava ligada, pausada na transmissão gravada de um jogo de basquete. Havia um balde pequeno de pipoca e uma latinha de cerveja sobre o braço do sofá, o que apenas indicava que Jade estava interrompendo um momento.

— Tu aceita uma cerveja? Ou água, suco... — ele perguntou, pegando a pipoca e a latinha já pela metade para deixá-las sobre a pia. — Pode se sentar, ruiva.

Jade se sentou, vendo-o desaparecer no corredor por alguns segundos antes de voltar. Vinícius havia vestido uma regata de algum time de basquete antes de sentar-se ao seu lado. Bem do seu lado, próximo o suficiente para que a perna dobrada dele encostasse na sua. Um contato mínimo, mas um contato.

Não como o contato que veio a seguir, com a mão do skatista tocando a sua. Devagar, como se ele quisesse dar tempo para que ela recuasse se quisesse. Quando não recuou, Vinícius entrelaçou seus dedos, apertando suavemente antes de levar o dorso da mão aos lábios.

— Eu achei que nunca mais teria a chance de segurar a sua mão — ele disse, os olhos escuros fixos nas mãos unidas. Vinícius pareceu pensar por alguns segundos antes de continuar. — Não quero que tu me entregue nada. Se eu tiver que conquistar seu coração do zero, é o que vou fazer. E se isso levar meses, ainda vou estar aqui. Se levar anos, Jade, tu ainda vai ter que lidar comigo. Só de poder te ver todos os dias e te ter tão perto já é muito mais do que eu poderia pedir. Isso só vai acabar se tu me pedir pra ir embora, e eu vou sem questionar. É você que manda.

— Me parece uma responsabilidade muito grande — ironizou, baixo. Como uma mão podia ser tão macia? — Isso provavelmente seria mais fácil se você não fosse tão... gentil.

— Eu sempre vou ser gentil contigo, ruiva. — Vinícius balançou a cabeça, e um sorriso cresceu no canto dos lábios dele. — Não significa que eu não saiba falar sujo quando necessário.

Calor. Jade estava com calor.

Vinícius soltou uma risada baixa, provavelmente por causa da expressão de Jade, deslizando os dedos da mão livre entre os cachos rebeldes que lhe caíam pelo rosto.

— Como você já não namora com alguém? — Era uma pergunta genuína. Se Jade tivesse o controle de tudo quatro anos antes, jamais teria deixado Vinícius ir embora.

Por que ele estava ali, disponível para ela?

Ele simplesmente deu de ombros, como se não fosse grande coisa.

— Ninguém me teve depois de tu.

— Você com certeza conheceu outras pessoas — contradisse, erguendo uma sobrancelha.

— Ah, sim. É claro. Tive alguns encontros, uns relacionamentos. Los Angeles é um paraíso pra um solteiro de dezenove ou vinte anos que só quer uma distração da vida real. — Vinícius pousou as mãos unidas sobre a sua perna, mas continuou brincando com seus dedos distraidamente. — Mas não é como se eu sentisse algo além disso.

— Nem o André?

Ele soltou outra risada, balançando a cabeça.

— Definitivamente não. Ele funciona bem como um amigo, mas acho que acabaria em assassinato se tivéssemos tentado tirar algo disso por mais de um mês. Sério, nós não combinamos nem um pouco. Um mês depois, ele estava namorando com um dos caras que eu já tinha levado pra casa. Foi estranho, mas eles se dão bem.

Por que eu? Jade mordeu a pergunta na ponta da língua. Ela queria saber o que ela tinha que todas as outras pessoas não tinham, por que ele parecia achar que só ela era digna da atenção dele. Era demais, algo que provavelmente nunca entenderia.

— O que aconteceu com seu braço? — perguntou, em vez disso, apontando para o que parecia ser um curativo no braço esquerdo dele. Não seria uma surpresa se Vinícius tivesse se machucado ensinando skate para crianças.

— Nada, é um adesivo de nicotina.

—... adesivo de nicotina?

— É, facilita o processo de largar o cigarro. Comecei a usar no mês passado e já ajudou bastante.

— Eu não sabia que você estava parando.

— Se eu quero beijar uma pessoa que não gosta, acho que é o mínimo. — Vinícius disse aquilo como se não fosse nada de mais, e não conteve a risada quando Jade desviou o olhar para que ele não visse o quanto seu rosto parecia quente. Definitivamente vermelho. — Mas Pietro vem enchendo o meu saco há algum tempo, agora só parecia a minha deixa. Não sei se eu conseguiria sem esses adesivos.

Jade checou o horário no celular, soltando um suspiro ao ver o quão tarde estava.

— Quais as chances de Hugo acabar comigo se eu faltar ao treino amanhã? — murmurou.

— Eu adoraria continuar conversando contigo, ruiva. Mas ele colocaria a culpa em mim e eu não quero piorar a minha relação com o meu futuro sogro. — Ele sorriu largamente, balançando a cabeça ao acompanhá-la na direção da porta. — Foi mal, eu vou parar.

— Não, não precisa parar.

Vinícius a olhou por alguns segundos, comprimindo os lábios antes de se inclinar na direção dela.

Jade fechou os olhos quando Vinícius encostou os lábios na sua cabeça, inspirando suavemente ao deixar o beijo no cabelo ruivo.

— Boa noite, ruiva.

— Achei que fosse me beijar — confessou em um sussurro, e não sabia ao certo se deveria estar decepcionada ou não por ter se enganado. Queria beijar Vinícius com toda a certeza, mas estaria indo contra a decisão dele de levar as coisas com calma.

— Não posso, estou te conquistando. — O sussurro combinado à mão de Vinícius em sua nuca não eram de ajuda alguma. Jade iria derreter em plena noite chuvosa e fria de São Paulo. — Quando eu te beijar, eu não vou parar. E tu ainda precisa acordar cedo amanhã.

CAPÍTULO VINTE E DOIS

A RIVALIDADE DO ANO NÃO É UM JOGO DE BASQUETE, SOU EU E O VIZINHO PRÉ-ADOLESCENTE DA MINHA PAQUERA

São Paulo, 2024

Vinícius poderia beijar o Vinícius do passado que decidiu passar por cima da procrastinação e deixar tudo pronto para a mudança, porque não havia nada melhor que tirar esse peso das costas.

Soltou um suspiro ao assinar o documento de entrega de mais uma de suas compras na portaria, parando quando um dos gêmeos – Jade conseguia mesmo diferenciar os dois? – entrou no prédio vestindo um uniforme escolar e, em vez de subir até um dos elevadores, sentou-se nos degraus de entrada com uma expressão irritada.

Vinícius passou por ele por um segundo, mas voltou. Por algum motivo. Talvez porque quisesse se dar bem com algum amigo da Jade.

E foi impossível não notar a atenção que o garoto deu para a blusa que ele usava – mesmo que com uma careta, já que era do time rival.

— Tu é o gêmeo que curte basquete? — perguntou, deixando a caixa no chão e sentando ao lado dele. Não sabia se aquele era também o que usava aparelho auditivo, mas torceu para que, se fosse, ele o estivesse usando naquele momento.

— É.

Pouca conversa. Ótimo.

— Celtics, né?

— Qual mais seria?

— Tu pergunta isso pra um torcedor dos Warriors? — provocou, vendo-o revirar os olhos. — Prazer. Vinícius.

— Bento. — O gêmeo apertou a mão de Vinícius. — Nunca é um prazer conhecer um torcedor dos Warriors, foi mal.

Ele não parecia se sentir mal por isso, mas Vinícius não o culpava. Se não estivesse tentando fazer o garoto parar de olhar na sua direção como se fosse sequestrar Jade a qualquer momento, provavelmente diria algo parecido.

Ele tentou notar qualquer diferença que pudesse diferenciá-lo do outro gêmeo, mas, além do aparelho auditivo – que só se tornou visível quando sentou-se ao lado dele, já que o cabelo cobria parcialmente bem –, não havia nada. Nada mesmo. Deveria ser proibido que pessoas idênticas existissem.

— Quer ver o jogo de amanhã comigo? — perguntou, erguendo uma sobrancelha quando o garoto o olhou como se o estivesse chamando para usar droga na esquina. — Eu vou pra um bar esportivo com uns amigos. Não é nada inapropriado pra alguém de… dezesseis anos? É bem familiar, até.

— Quinze — ele corrigiu.

— Viu? Vai ser legal. Tu pode levar o seu irmão.

— Ele é idiota, não gosta de basquete. A Jade vai?

— Não convidei, mas podemos ver se ela aceita. Tu toparia se ela fosse?

— Não necessariamente, mas meu pai prefere que eu saia pra lugares diferentes se estiver com alguém que ele já conhece. — Bento revirou os olhos como se aquilo fosse a maior besteira do mundo, mas Vinícius não julgava o pai do garoto. Sua mãe não era muito diferente quando ele tinha aquela idade. — Vou pedir pra ele.

— Se quiser, posso conversar com ele também.

Eles pararam quando Jade apareceu no portão do prédio, e Vinícius a teria cumprimentado se ela não parecesse tão séria. Irritada. Ela ajustou a alça da bolsa no ombro ao se aproximar deles, olhando diretamente para Bento com a testa franzida.

— Você ficou maluco? — Jade soltou uma respiração exasperada, tirando o celular do bolso para digitar algo para alguém. Provavelmente

Vicente, considerando o que ela disse a seguir. — Sabe há quanto tempo os seus pais estão desesperados procurando por você? Eu saí do meu treino feito uma louca porque seu pai não sabia mais onde te procurar e achava que eu tinha te levado pra algum lugar.

— Por que você tá gritando comigo? Eu estou em casa.

Jade fechou os olhos, respirando profundamente. Quando voltou o olhar para Bento, já parecia mais calma, mas não disse mais nada.

— Eu não sabia que tu estava foragido. — Vinícius o viu dar de ombros com o comentário, como se realmente não se importasse nem um pouco que as pessoas estivessem em desespero por causa dele. Ou talvez ele fingisse não se importar, era difícil ler alguém que não conhecia bem. — O que rolou?

— Nada, eu só queria voltar pra casa do meu pai antes do combinado.

— Mas se você quer isso, talvez devesse avisar antes de desaparecer saindo da aula. — Jade murmurou enquanto ainda digitava algo no celular. — Por que você não avisou nem seu irmão de onde iria?

— Eu nasci grudado nele? — ele rebateu. Quando Jade ergueu uma sobrancelha na direção dele, como se perguntasse se ele tinha escutado a própria pergunta, o garoto bufou. — Não nasci literalmente grudado nele. Ele me irrita.

Ela guardou o celular no bolso, respirando fundo mais uma vez antes de se agachar na frente do garoto com o mesmo olhar cuidadoso e calmo de sempre.

— O que aconteceu, Bê? — ela perguntou, devagar.

— Eu posso dar o fora se não quiser falar sobre isso perto de mim. — Vinícius falou, e ficou surpreso quando o garoto negou a oferta.

— Minha mãe apresentou um namorado pra gente ontem — ele disse, fazendo uma careta. Como se aquilo o enjoasse. — E o Beni não ficou nem aí, até gostou do cara. Como se não tivesse problema nenhum e ela não tivesse se separado do meu pai há menos de um ano. Então eu voltei pra cá, mas ainda não quero contar isso pro meu pai.

Jade trocou um olhar rápido com Vinícius. Bem, aquilo era mais complicado que o esperado.

— Bê, o seu pai já sabe disso — ela disse, suavemente. A expressão de raiva do garoto foi rapidamente substituída pelo que parecia ser surpresa. — E eu sei que você gostava dos seus pais juntos e não é o tipo de conversa que você deveria ter comigo, mas com eles. O que eu posso te dizer é que, às vezes, algumas pessoas só funcionam melhor separadas, e o amor acaba muito antes de um divórcio. Você gostaria que seus pais continuassem casados e fossem infelizes?

Bento desviou o olhar por alguns segundos, e Vinícius pensou que ele ficaria irritado por não ter o apoio que esperava. Em vez disso, balançou a cabeça negativamente segundos depois.

Vinícius pôs-se de pé assim que Vicente apareceu, puxando o garoto para um abraço apertado.

— Eu vou te matar — falou Vicente, segurando o garoto pelos braços e fazendo uma vistoria completa para checar se não havia qualquer machucado no filho. — Você tá de castigo.

— Por quê?!

— Eu vou fingir que não ouvi essa pergunta. Bento Miguel, eu posso ser velho, mas ainda tenho muito a viver. Por que fez isso?

Bento olhou na direção de Jade e Vinícius, como se pedisse ajuda para ter com o pai a mesma conversa que tinha tido com eles.

— Bom, eu preciso de um banho — Jade cutucou o ombro de Vinícius, chamando-o para acompanhá-la. — Até mais tarde!

— Obrigado, Jade — Vicente murmurou, dando um sorriso sem mostrar os dentes para ela e, em seguida, para Vinícius. — Obrigado, Vinícius.

— Não precisa agradecer.

No elevador, Jade soltou uma respiração pesada. Como se a estivesse prendendo desde que começou a conversar com o garoto.

— Adolescentes são algo a ser estudado — ela murmurou, por fim.

— Eu era pior nessa idade.

— Com certeza era.

— Ei, tu não pode concordar com algo negativo sobre mim.

Jade soltou uma risada, balançando a cabeça.

— Quais as chances de Vicente liberar o garoto pra assistir a um jogo de basquete comigo amanhã?

— Muito altas, os castigos dele duram uma hora. No máximo. — Ela o encarou, curiosa. — Vocês vão sair?

— Convidei e ele disse que falaria com o pai. E eu disse que te convidaria também se isso fosse convencer o pai dele.

— Posso pensar, não sei se um jogo de basquete é meu tipo de programa.

— Um jogo de basquete comigo não é seu tipo de programa?

— Bom argumento. — Ele observou Jade caminhar calmamente até a porta do próprio apartamento, um sorriso largo tomando conta do rosto salpicado pelas sardas. — Até depois, Vin.

Vinícius encarou o próprio apartamento ao entrar. Morar sozinho pela primeira vez era um desafio, definitivamente. Mesmo que tivesse passado os últimos quatro anos com um amigo, e não com a família, a falta de mais alguém quando a porta se fechava era algo incômodo. Não era completamente ruim; ainda tinha os momentos em que agradecia pela paz de poder assistir ao programa que quisesse no momento que quisesse na televisão, mas o silêncio absoluto pesava. Talvez por esse mesmo motivo gostasse tanto que suas manhãs fossem preenchidas pelos treinos e as tardes pelas aulas dos novatos da confederação.

Ele encarou o nome da mãe na tela do celular, a chamada de vídeo chamando sua atenção. Apoiou o aparelho no armário da cozinha para atender enquanto abria a caixa da panela elétrica que havia comprado.

— Bom dia, gata. — Vinícius sorriu na direção da tela. — Como estamos?

— Muito bem. É verdade que a Jade é sua vizinha?

— Jesus, como tu sabe disso?

André. Canalha. Vinícius se arrependeria pro resto da vida do dia em que tinha passado o contato dele para a mãe.

— Ele mencionou de passagem — ela defendeu, sabendo que Vinícius havia rapidamente ligado os pontos. — Imaginou que eu soubesse. E eu, como tua mãe, acho que eu deveria saber mesmo.

— E te ouvir criando expectativas? Tô fora.

— Eu não posso criar nenhuma? — ela perguntou, falando mais baixo, como se estivessem trocando segredos. Vinícius não conteve uma risada enquanto folheava o manual do forno. — Me explique direito antes que eu conte pra suas tias.

— Vocês juntas são meu maior pesadelo — murmurou, balançando a cabeça. — Nós estamos... nos conhecendo.

— Vocês já se conhecem, Vinícius.

— Ver alguém diariamente é muito diferente de beijar essa pessoa por uns dias há quatro anos, dona Marília.

— Ah, não é tão diferente assim...

— De qualquer modo, se responde a sua curiosidade, eu tenho chances.

— É claro que tem, ela jamais daria um fora no meu filho.

Aquela mulher não parecia real. Vinícius daria o mundo inteiro para ela se pudesse.

— Me ligou pra falar sobre isso?

— Comprou a forma para waffles que eu indiquei? — ela perguntou, ignorando a pergunta anterior.

— Eu não como waffles, mãe. Isso é mania sua.

— O aspirador de pó portátil?

— Sim, chega amanhã.

— E panos de chão?

— Tudo comprado, Marília — disse ele devagar, olhando na direção da tela do celular. — Como estão as coisas por aí?

Aquela era a deixa de Marília. A mulher passou os próximos minutos falando sobre as fofocas de fim de ano que as reuniões de família lhe proporcionaram, de reclamações sobre a comida até namoros que tinham chegado ao fim.

E ele escutou tudo praticamente em silêncio, porque ela não dava a oportunidade para que ele dissesse algo além de "sério?", "é mesmo?", "nossa" e derivados. Não que fosse um incômodo. Na verdade, Vinícius se sentia feliz em ver a mãe falante e alegre. Depois de vê-la sem um sorriso no rosto por tanto tempo, aquilo era muito bom.

— Eu preciso sair agora — disse, quando já havia passado da hora de desligar a chamada e ir se arrumar para sair. Cinco minutos de atraso no seu segundo dia não mataria ninguém. — Tenho uma aula pra dar. Me liga mais tarde, dona Marília.

— Por que eu preciso ligar? — falou a mãe, e Vinícius não conteve uma risada com o drama típico dela. — Acho que você esqueceria de mim se eu não ligasse.

— E desde quando eu me esqueço de alguém?

Marília desligou a chamada com um bufar irritado.

Por sorte, o lugar onde treinaria os novatos não era muito longe dali. Vinícius tomou um banho rápido para trocar de roupa e sair, dando de cara com Vicente saindo do próprio apartamento.

— Ei, Vinícius — ele cumprimentou. — Bento comentou que você o convidou para ver um jogo, é verdade?

— É, nossos times vão jogar e eu achei que seria interessante. Eu vou com uns amigos da confederação, é um lugar legal, bem seguro. Posso mandar o endereço se quiser.

— Por favor — ele assentiu, sorrindo suavemente. — Eu até iria com vocês, mas vou estar em uma reunião do conselho. Saber onde ele está me deixaria mais tranquilo, principalmente depois de hoje.

— Pode deixar, eu mando tudo. E Jade provavelmente vai também.

— Obrigado, Vinícius.

Conseguia entender por que Jade gostava daquelas pessoas. Vicente tinha o ar de alguém reconfortante a quem qualquer um gostaria de abraçar no final do dia, e os filhos carregavam essa mesma característica, mesmo com a capacidade de irritar na mesma medida. Nada fora do normal para dois adolescentes. Assim como os adolescentes que ele mesmo treinava.

★ ★ ★

Estava saindo do treino quando o celular vibrou com uma mensagem, o nome de Jade brilhando na aba de notificações.

> **Jade**
> eu n acredito que vou me prestar ao papel de sair de casa no meio da semana pra assistir a um jogo de um esporte que eu não entendo nada

> **Jade**
> odeio vcs

> **Vin**
> minta melhor, ruiva

> **Vin**
> até amanhã :)

CAPÍTULO VINTE E TRÊS

FINGIR TORCER PARA O INIMIGO PRA CONQUISTAR A GAROTA É UMA OPÇÃO?

São Paulo, 2024

Vinícius estava se preparando para sair quando a campainha do seu apartamento soou. Não estava esperando por ninguém, principalmente porque sairia de casa dali a quarenta minutos para assistir ao jogo no bar esportivo. Deixou o reality show que estava assistindo de lado para atender quem quer que fosse.

Era Bento.

— E aí, nós não vamos sair? — ele perguntou, acusatório. Como se Vinícius estivesse extremamente atrasado.

— Tu sabe que o jogo é em uma hora e meia, né?

— Não deveríamos chegar cedo pra sentar em uma mesa boa?

— Tem várias televisões por lá, não tem como ficar em um lugar ruim.

Bento estreitou os olhos, descendo a atenção pela blusa dos Warriors que Vinícius usava com uma careta de desgosto. O skatista revirou os olhos.

— Quer esperar aqui enquanto eu me arrumo?

O garoto entrou silenciosamente, olhando ao redor com curiosidade. Vinícius aproveitou que ele estava distraído para ir até a cozinha guardar a louça do almoço e aplicar um novo adesivo de nicotina. Precisava admitir, em uma semana tão cheia quanto a pós-mudança e o novo trabalho, ele adoraria a sensação de segurar um cigarro entre os dedos.

Vinícius afastou o pensamento com um balançar da cabeça. Se não tivesse começado com aquilo tão cedo, talvez não fosse tão difícil desapegar da mania aos vinte e dois anos.

— São seus skates antigos? — Bento perguntou, apontando para os skates pendurados em um suporte ao lado da televisão.

— Não são todos, já tive muito mais que isso. A maioria não dura três anos comigo. — Vinícius secou as mãos, aproximando-se de onde o garoto estava. — São os que eu usei em momentos importantes da minha carreira.

— Isso é legal. — Bento virou na direção de Vinícius. — É verdade que proíbem vocês de usarem camisas de protesto por movimentos sociais?

— Em algumas competições, sim. Não é tão comum, a galera do skate costuma ser minimamente consciente.

— O que você quer com a Jade?

É claro que isso seria um tópico. Como havia acreditado que um adolescente de quinze anos deixaria algo passar tão facilmente?

— Uau, nós mudamos de assunto bem rápido.

— Por que vocês terminaram da primeira vez?

— Motivos pessoais. Nunca tivemos problemas.

— Hum — ele murmurou, estreitando os olhos mais uma vez. Vinícius não sabia ao certo de onde havia saído paciência para dar satisfação a um adolescente. — Estou decidindo o que penso disso.

Estava começando a pensar que aquele garoto tinha trinta anos, não quinze.

— Tu sabe que eu não preciso da sua aprovação pra fazer isso dar certo, não é?

— E eu não preciso da sua aprovação pra ficar de olho em vocês. Não costumo confiar em torcedores dos Warriors. É por sua causa que ela tem uma tatuagem?

— Bah, guri. Disse o torcedor do time que passa metade do jogo cavando faltas ridículas. Como é chegar no final da temporada só porque passaram os jogos inteiros deitados no chão? — Vinícius parou, só então processando a última parte. — Jade tem uma tatuagem?

Bento o encarou como se tivesse acabado de ofender o pai dele, não um time de basquete. Ele sorriu, irônico, ignorando completamente a pergunta final.

— Você diz isso pra mim enquanto seu time entra em colapso por dentro porque todos têm o umbigo maior que a cara? — Quando Vinícius inclinou a cabeça, incrédulo, o sorriso da criança cresceu. — O que você vai fazer? Me socar como o Draymond Green socou o Jordan Poole?

Vinícius definitivamente odiava adolescentes.

— Foi um momento de fraqueza — rebateu, revirando os olhos ao se afastar do garoto para terminar de arrumar a cozinha. Mais uma vez, parou para perguntar. — Ela tem uma tatuagem?

— Tem. Foi um soco bem decidido, eu diria.

— Estou te ignorando.

Ele ignorou a risadinha do garoto, fingindo não ver como ele estava andando pelo seu apartamento como se estivesse em uma exposição de arte.

Desde que não tocasse em nada, estava tudo bem.

Vinícius ainda estava pensando na informação anterior, sobre Jade ter uma tatuagem. Teria notado se ficasse em qualquer lugar visível, mas não. Nada de uma tatuagem visível.

Talvez onde não pudesse ver... normalmente. Mas não fazia sentido, se Bento já havia visto. Mas talvez ele não tivesse visto, ela tivesse apenas contado que tinha uma tatuagem. Era uma possibilidade.

Vinícius perderia uma noite de sono pensando nisso.

— Jade me perguntou quando vamos sair.

— Já que tu preferiu ficar pronto mais cedo pra invadir o meu apartamento, podemos sair em cinco minutos.

— Eu não invadi nada, você me convidou pra entrar.

— Por que eu te chamei pra ver o jogo comigo, mesmo?

— Provavelmente porque você sabe que eu sou importante pra Jade e que se você se der bem comigo e com o meu irmão vai facilitar a sua vida? — Bento arriscou, um sorriso travesso no rosto. — Tão previsível. Minha mãe sempre diz que homens são previsíveis. Espero nunca ficar assim por alguém.

— Você vai ficar em algum momento. Amor faz essas coisas.

— Então você ama a Jade?
— Hora de ir, criança.
— Na verdade, tecnicamente eu já sou considerado adolescente desde os treze anos. — Bento continuou falando enquanto acompanhava Vinícius até o elevador. — A infância só vai até o fim dos doze anos, e vou ser um adulto quando completar dezoito.
— Conte com isso — Vinícius murmurou, digitando uma mensagem rápida para avisar Jade que estariam esperando na saída do prédio e já chamaria um Uber. Não confiava em si mesmo o suficiente para cuidar de uma criança que não lhe pertencia no meio do metrô de São Paulo em horário de pico.
— Isso foi ironia?
— Jamais — disse Vinícius, blasé.
— Você fez outra vez.
— O quê?
— Foi irônico comigo.
Vinícius soltou uma risada pelo nariz.
— Vou me divertir muito contigo.
— Por que eu me sinto um brinquedinho novo e não um amigo em potencial?
— Tu ofendeu o meu time e quer ser meu amigo?
— Se eu tiver que escutar discussões de torcedor pelo resto da noite, acho que vou deixar vocês pra trás. — Jade chegou suspirando, embora um sorriso tivesse tomado conta de seu rosto. Ao lado dela estava Benício. Pelo menos seria fácil diferenciar os dois. Bento era o único usando uma camisa de time.
— Você vem? — o garoto perguntou, encarando o irmão como se estivesse vendo uma assombração. — Achei que odiasse basquete, eu passei o dia todo tentando te convencer a ir com a gente.
— Eu odeio. Mas você não me ofereceu lanche e sorvete grátis. — O garoto deu de ombros, despreocupado. — É o suficiente pra pagar pelas partidas de Valorant que não vou poder jogar durante o jogo de basquete.
Pelo menos Bento teria mais com o que se preocupar do que encher o saco de Vinícius.

O caminho foi tomado por Bento explicando as regras do basquete e as principais conquistas do próprio time para o irmão, mesmo que Benício não tivesse feito uma única pergunta sobre o esporte e parecesse estar passando por uma sessão de tortura.

O restaurante esportivo não era um lugar desconhecido para Vinícius. Havia ido lá duas ou três vezes nos últimos anos, entre passagens rápidas pelo Brasil para competir. Os colegas dele de confederação acenaram na sua direção assim que ele entrou, reunidos em uma mesa mais próxima do telão principal onde o jogo seria transmitido. Para a felicidade de Bento, ele não seria o único na mesa torcendo pelos Celtics.

Na verdade, a maioria dos amigos de Vinícius torciam para o Celtics. Ele talvez devesse revisar com quem se envolvia.

— O único sulista que eu respeito. — falou Júlio, outro skatista que havia sido convidado para trabalhar com crianças como Vinícius, que revirou os olhos entre um sorriso ao se aproximar para cumprimentá-lo.

— E aí, cara.

— E aí. — Vinícius cumprimentou os outros, apontando para os gêmeos em seguida. — O garoto do Celtics é o Bento, e o que tem mais senso é o Benício. Eles são meus vizinhos.

— Não se enganem, eu estou aqui pela comida. — Benício cumprimentou a mesa com um aceno antes de se sentar e puxar um cardápio para si.

— Eu estou em vantagem. — Bento puxou uma cadeira para ficar ao lado do irmão, puxando o cardápio da mão dele. Não que tenha durado muito, porque Benício logo puxou de volta com um soco no ombro dele.

— Aquela é a Jade — continuou, lançando um olhar na direção dos amigos que implorava que eles agissem como pessoas normais e fingissem nunca ter escutado o nome dela antes.

O que provavelmente foi uma péssima escolha, porque eles atuavam tão bem quanto um grupo de portas.

— Você é a garota do TikTok, não é? — Matheus perguntou, e tinha certeza absoluta de que nunca tinha visto Jade ficar tão vermelha quanto naquele instante. — A minha namorada adora os seus vídeos.

— Tu faz vídeos pro TikTok? — perguntou Vinícius. Quantas coisas sobre Jade ainda descobriria só nesse dia? Droga, realmente precisavam se atualizar melhor um sobre o outro.

— Não é nada de mais, só alguns naquele estilo "arrume-se comigo" e tal. — Jade balançou a mão, desfazendo-se do assunto. — Não é...

— Ah, não. Não ouse dizer que não é nada de mais outra vez.

Jade comprimiu os lábios, um sorriso escondido entre eles. Vinícius estava considerando muito passar por cima da sua completa falta de vontade de existir nas redes sociais e baixar o TikTok só pra ver esses vídeos.

— Vocês já pediram algo? — A mudança de assunto era a melhor opção, antes que um deles soltasse qualquer besteira.

— Uma porção de batatas, uns salgadinhos e duas torres de chope.

— Eu posso experimentar o chope? — Benício perguntou, olhando para Jade.

— Seu pai deixaria?

— Não.

— Então você tem a sua resposta.

O garoto bufou, optando por pedir um refrigerante, enquanto Jade preferiu um suco, já que ainda teria que treinar cedo no dia seguinte – embora Vinícius soubesse que o motivo principal era que ela não gostava de beber, independentemente do dia da semana.

— Algo que eu deveria saber antes do jogo começar? — ela perguntou ao sentar ao lado de Vinícius.

— Só que o meu time é muito melhor.

— Veremos — Bento murmurou, do outro lado da mesa.

— Não acho que a opinião de uma criança seja algo a se considerar de verdade — Vinícius rebateu.

— Adolescente.

— Quando seu time ganhar um jogo por mérito próprio, podemos conversar.

— Você parece o Hugo falando de futebol. — Jade riu, desviando o olhar para agradecer ao garçom, que entregou o suco para ela.

— Tá aí uma coisa que achei que nunca aconteceria. Ser comparado ao Hugo.

— Acredite ou não, vocês vão se dar bem quando se conhecerem melhor.

— Quando — repetiu, e Vinícius duvidava muito que existiria qualquer coisa melhor que a expressão de Jade ao perceber que havia insinuado que aquilo aconteceria. Não como uma possibilidade. — Eu deveria me preparar para um jantar em família?

— Besta.

— Aliás, fiquei sabendo que tu fez uma tatuagem — comentou, empurrando um prato de salgadinhos na direção dos gêmeos. — E estou um pouco ofendido por não saber disso antes, ruiva.

— Você não vai se impressionar muito. — Jade tentou esconder o sorriso entre um gole do suco, o que não funcionou nem um pouco. Vinícius ainda podia ver perfeitamente os olhos se contraindo, a covinha discreta evidenciada.

— Vamos ver.

— *Você* vai ver. Em algum momento.

Bem, ele definitivamente perderia uma noite de sono pensando nisso.

Vinícius desviou a atenção quando o jogo começou. Não porque a partida era mais interessante – era um torcedor com prioridades –, mas porque Bento chutou o seu pé sob a mesa para que estivesse focado em "como o seu time estava prestes a perder feio", nas palavras dele.

Para alguém que esperava ver o time ganhando sem muito esforço, Vinícius se impressionou com o quanto a partida estava acirrada. Para a felicidade de Bento, que o olhava com um sorriso irritante como se tivesse acabado de ganhar na loteria, enquanto Jade conversava mais com Benício, que parecia entender tanto quanto ela do jogo.

— Aí, então quer dizer que você saiu da pista? — Júlio perguntou quando levantaram para pedir mais bebida.

— Tava demorando pra um de vocês perguntar.

— Pelo menos eu esperei até ela não estar por perto. — O skatista se defendeu, entre uma risada. — Pra trazer dois adolescentes, você deve estar bem a fim dela. Não que os pirralhos não sejam legais, acho que quero que você traga o torcedor dos Celtics pros próximos jogos também.

— Seria o meu pior pesadelo — mentiu. Só porque era cedo demais pra admitir que talvez gostasse um pouco do adolescente. Aproveitou o ângulo em que estavam para tirar uma foto da mesa e enviar para Vicente.

Vinícius não esperava se sentir em casa tão rapidamente quando se mudasse.

Mas lá estava ele, em um programa que sabia que se repetiria futuramente. E então, voltaria para o seu apartamento.

Sua casa.

CAPÍTULO VINTE E QUATRO

(NÃO TÃO) PEQUENOS ESPIÕES

São Paulo, 2024

Jade não pensou que gostaria tanto de ver um jogo de basquete como gostou daquele.

Não por conta do jogo, obviamente. Mas sair da rotina e ainda ter Vinícius por perto era algo que tinha lhe agradado.

Ao sair do chuveiro na manhã seguinte, depois de voltar pra casa aguentando Bento emburrado por seu time ter perdido e Vinícius aproveitando a oportunidade para irritá-lo um pouco mais – o que era cômico, precisava admitir –, Jade encarou o próprio reflexo.

Isso havia se tornado um hábito quase inexistente nos últimos anos. Jade não costumava ter problemas de autoestima, muito pelo contrário. Não até ele. Ele, que reclamava até mesmo da forma como ela arrumava o cabelo e das roupas que usava. Jade estava com alguém importante no cenário da ginástica, então deveria se portar como tal em todos os sentidos.

Ela sentiu o corpo estremecer só de se lembrar.

Mesmo assim, Jade não sentiu o impulso de virar as costas para o próprio reflexo dessa vez. Em vez disso, permitiu-se usar o tempo antes do trabalho para prender o cabelo de forma diferente e testar outra maquiagem, além dos cuidados simples que tinha diariamente. Porque a sensação de gostar do que via era boa demais para deixar passar.

Talvez fosse por finalmente ser o seu último dia de trabalho antes das férias. Pensar que passaria o mês de janeiro inteiro sem chegar perto de qualquer editorial transformava o humor de qualquer um.

Ela amava seu trabalho. Mas amava férias muito mais.

Jade pegou o celular para guardá-lo na bolsa, mas parou ao ver o nome de Vinícius brilhando na tela inicial.

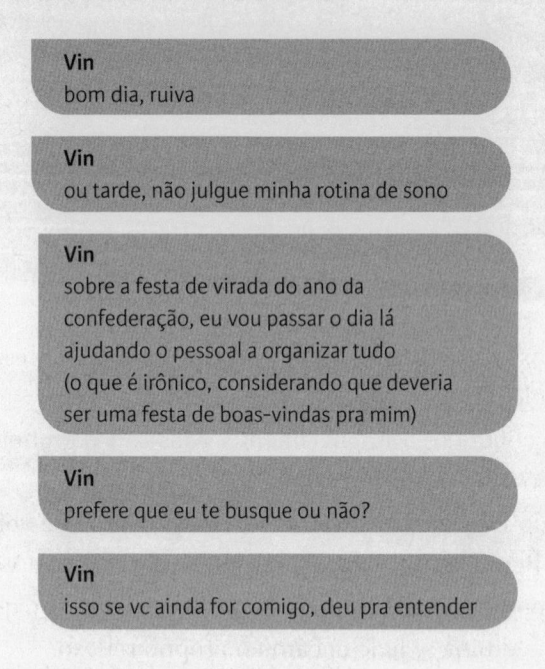

> **Vin**
> bom dia, ruiva

> **Vin**
> ou tarde, não julgue minha rotina de sono

> **Vin**
> sobre a festa de virada do ano da confederação, eu vou passar o dia lá ajudando o pessoal a organizar tudo
> (o que é irônico, considerando que deveria ser uma festa de boas-vindas pra mim)

> **Vin**
> prefere que eu te busque ou não?

> **Vin**
> isso se vc ainda for comigo, deu pra entender

Jade conteve uma risada ao perceber que Vinícius realmente considerava a possibilidade de que ela não estivesse falando sério quando disse que o acompanharia na festa de Ano-Novo da confederação de skate.

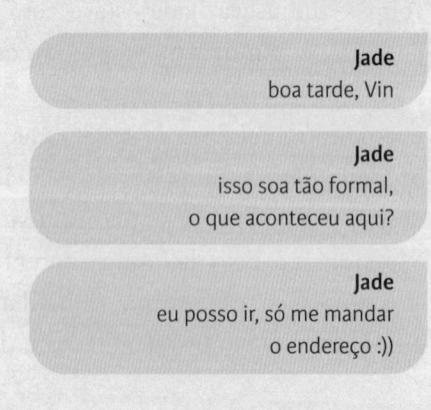

> **Jade**
> boa tarde, Vin

> **Jade**
> isso soa tão formal, o que aconteceu aqui?

> **Jade**
> eu posso ir, só me mandar o endereço :))

Jade
como eu devo me vestir?

Vin
sinceramente, eu não sei o que rolou pra soar tão formal

Vin
peço perdão!!!

Vin
um pouco engraçado perguntar um código de vestimenta logo pra mim

Vin
de qualquer forma, não é nada grande

Vin
vai gravar um dos seus vídeos se arrumando?

Jade
perdão concedido, para sua sorte e honra

Jade
mas vou odiar para sempre que agora vc sabe dos meus vídeos

Vin
não vou te deixar em paz com isso

Vin
e vou baixar esse app só por sua causa

Jade
estou começando a me perguntar se vc me odeia secretamente, Vinícius

Vin
respeitando o seu pedido de ir devagar, não vou dar a resposta que quero a isso

Ah, Jade estava completamente nas mãos daquele cara.

E a melhor parte era que, naquele momento específico, isso não lhe causou qualquer tipo de medo ou insegurança.

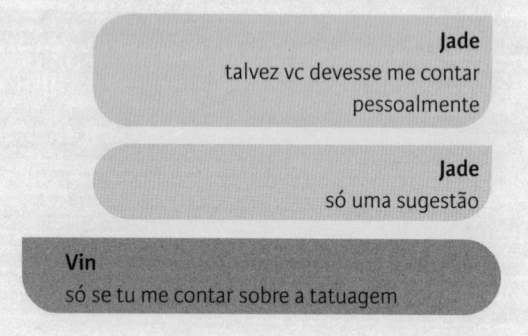

> **Jade**
> talvez vc devesse me contar pessoalmente

> **Jade**
> só uma sugestão

> **Vin**
> só se tu me contar sobre a tatuagem

Jade se limitou a responder com um sorrisinho, porque essa era uma conversa que pretendia ter depois.

Em breve, mas depois.

Ela voltou a atenção pras últimas coisas que precisava fazer antes de sair e antes que se distraísse muito para se atrasar. A última coisa que queria era se atrasar no último dia de trabalho.

Afinal, podia até ser seu último dia antes das férias, mas ainda tinha muito a fazer – boa parte graças a uma colega de trabalho que se recusava a trabalhar quando preferia estar em alguma ilha qualquer do Caribe. Ou em Londres, Jade sinceramente não se importava o suficiente.

Pelo menos teria a sala apenas para ela. Era o seu jeito de ver o lado bom da situação.

★ ★ ★

Já no horário de sair do trabalho, Jade recebeu mais uma mensagem de Vinícius.

> **Vin**
> uma criança me contou que tu trabalha perto de onde eu treino

> **Vin**
> posso te ver? nós voltamos pra casa juntos

Ele perguntou como se fossem passar meses sem qualquer contato, e não apenas algumas horas até a comemoração do dia seguinte. A criança em questão só podia ser Bento. Ele não sabia mesmo segurar a própria língua.

Jade ainda tinha que começar a preparar o jantar para algumas amigas que tinham se formado com ela, mas ir até Vinícius não seria um atraso gigantesco.

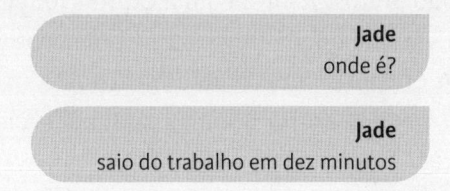

> **Jade**
> onde é?

> **Jade**
> saio do trabalho em dez minutos

Vinícius enviou o endereço. De fato, eram apenas três quadras de distância. Jade sabia que tinha uma pista de skate aberta perto dali, no caminho que tomava para chegar ao trabalho, mas não imaginava que era onde Vinícius treinava.

Parando pra pensar, ele já havia dito que preferia treinar em espaços abertos.

Jade terminou os últimos envios do dia antes de desligar o computador e arrumar a mesa no escritório. Despediu-se do chefe e dos colegas de outros setores que ainda estavam por ali antes de sair.

De férias. Em partes, porque os treinos da manhã continuariam e provavelmente seriam intensificados alguns dias após a virada do ano, mas era algo completamente diferente.

Ela olhou ao redor ao chegar no quarteirão extenso onde a pista de skate estava tomada por um número considerável de skatistas. A maioria em grupos, conversando entre si enquanto testavam manobras nos obstáculos de degraus, corrimãos e paralelepípedos. Jade jamais entenderia como tantos deles conseguiam conversar, dar risada e até mexer no celular sobre o skate.

Vinícius incluso.

Não era difícil localizá-lo. O boné verde contendo os cachos ajudava bastante – embora, depois de vê-lo tanto sem o acessório no prédio, já era quase estranho que ele o estivesse usando –, mas o torso sem camisa coberto por tatuagens ajudava a identificá-lo. A ramificação extensa de raios que cruzava as costas seguindo a coluna, a cobra destacando o quadril até onde o cós da calça não cobria.

Jade manteve o olhar nele enquanto cruzava a parte externa da pista para sentar-se em um dos bancos da pequena arquibancada. Vinícius era um dos que estavam acompanhados de um pequeno grupo, como Matheus e Júlio, que também estavam na partida de basquete a que tinham assistido juntos. Estava com a expressão fechada, mas talvez só estivesse concentrado enquanto observava uma das garotas que estavam com ele tentar uma manobra sobre um corrimão.

Pela careta que o grupo inteiro fez quando ela caiu, não parecia ser fácil.

Foi Matheus quem notou a presença de Jade primeiro, ao se aproximar da skatista que havia caído para levantá-la com uma mão. Ele acenou na direção dela animadamente antes de voltar até Vinícius para cutucar o ombro dele. Vinícius olhou feio para Matheus antes de ver para onde ele apontava.

O rosto fechado dele se iluminou em questão de milissegundos, e Jade estaria mentindo se dissesse que não gostou de saber que era a responsável por aquela reação.

Vinícius ajustou o boné sobre os fios cacheados antes de gesticular algo.

Dez minutos. Jade assentiu, respondendo com um joinha. Estava longe de se importar em ter que esperar um pouco. Na verdade, estava curiosa para vê-lo praticar fora do período de competição.

Vinícius deixou uma garrafinha de água no chão antes de tomar impulso sobre o skate. Pareceu tentar o mesmo que a skatista de antes...

Só tentou. Vinícius caiu com o que pareceu ser um suspiro frustrado, mas soltou uma risada ao se pôr de pé e ver outro de seus colegas tentar o mesmo e falhar. Parecia ser algum tipo de competição entre eles para ver quem conseguiria primeiro, e Jade precisava admitir que era divertido quando não estava preocupada que alguém tivesse quebrado uma perna.

Ao final dos dez minutos, Vinícius disse algo para o grupo antes de se afastar para ir até ela. Ele pegou a garrafinha de água e uma toalha de rosto para secar o excesso de suor.

— Eu te abraçaria, mas estou realmente nojento. — Vinícius deixou o skate de lado para pular sobre a barra de ferro que separava a arquibancada da pista antes de vestir a camiseta. Jade conteve dentro de si, num lugar muito profundo, a vontade de dizer que ele não precisava vestir aquilo. — Oi, ruiva. Fico feliz que tenha vindo, foi mal pela espera.

— Eu trabalho praticamente aqui do lado, não precisa agradecer. — Jade ergueu uma sobrancelha, tocando o antebraço dele. — Você se machucou.

— É só um ralado, vou sobreviver. — Vinícius pegou a mão de Jade, beijando superficialmente o dorso dela antes de soltá-la.

Vinícius parecia bonito ali, mesmo brilhando de suor sob o pôr do sol. Parecia relaxado, apenas curtindo o momento.

Assim como era quando estava competindo. Talvez, para ele, estar em cima de um skate fosse apenas estar em cima de um skate. Ele se sentia confortável assim, independentemente do momento.

Jade já tinha sido assim.

— Você vai me deixar doente de preocupação — respondeu, por fim.

— Tu fez algo diferente no cabelo? — Ele ignorou completamente a preocupação dela ao estender uma mão para colocar uma mecha do cabelo ruivo atrás da sua orelha. — É, fez sim. Ficou legal.

Um elogio tão simples não deveria fazer o estômago de Jade dar cinco cambalhotas, mas não tinha muito o que fazer.

— Só prendi de um jeito diferente — soltou Jade, odiando a forma como sua voz tinha soado patética. — Você vai treinar sempre por aqui?

— Provavelmente, é onde o meu pessoal gosta de treinar depois do dia inteiro lidando com crianças e pré-adolescentes. E é a pista mais próxima de casa, também. — Vinícius apontou para o grupo de skatistas, e só então Jade percebeu que todos os dez ou quinze olhavam atentamente na direção dos dois. — Ignora. Eu nunca vi tantos fofoqueiros reunidos de uma vez só.

— Eu deveria me preocupar por ser um tópico entre vocês?

— Eles não sabem nada além da verdade.

— Que é...

— Que eu vou namorar contigo em breve. — Jade soltou uma risada. De nervoso. Não esperava que ele fosse dizer isso tão diretamente.

Naturalmente. Vinícius pareceu se divertir com a reação dela, porque o sorriso dele cresceu um pouco mais. — Vamos pra casa?

— Eu odeio quando você faz isso.

— O quê?

— Diz algo sabendo que vai me deixar sem jeito como se não fosse nada.

— Quer que eu pare? — ele perguntou, embora parecesse mais uma provocação. Vinícius sabia tanto quanto Jade que ela estava longe de querer que ele parasse.

— Você é insuportável.

— Essa é a sua segunda mentira seguida sobre mim, ruiva.

Jade soltou uma respiração exasperada antes de se afastar dele. Aquilo era demais para um local público.

Pessoas como Vinícius – se é que existiam outros como ele, o que Jade duvidava muito – deveriam ser proibidas de existir.

Ele a acompanhou até o prédio, alternando entre o assunto de trabalho e os planos para o início do ano. Vinícius parecia mais empolgado que o normal ao falar que a mãe planejava visitá-lo nas primeiras semanas do ano, já que ele não tinha tempo disponível entre o trabalho para a confederação para viajar.

— Ela me pediu para te mandar um beijo, inclusive — ele disse, abrindo a porta de entrada do prédio para que Jade entrasse primeiro.

— Ela sabe quem eu sou? — perguntou Jade, e, parando pra pensar, era uma pergunta idiota. A mãe de Vinícius provavelmente havia acompanhado o filho o bastante nas Olimpíadas de Tóquio para ver quando ele tinha beijado uma garota no meio da última etapa do skate. Afinal, era assim que a maioria das pessoas ao seu redor sabia que eles se conheciam.

— Talvez eu fale de ti pra ela. — Vinícius olhou atentamente para ela ao entrar no elevador, como se quisesse ver a reação de Jade diante daquela informação.

— E tem algo que eu devesse saber?

— Ela tá louca pra te conhecer.

— Você só fala das coisas boas sobre mim, aposto.

— E tem algo ruim pra ser dito?

Jade não sabia ao certo se Vinícius era bom naquilo ou se ela só ficava sem jeito com qualquer coisa que ele dissesse. Os dois, talvez.

— Até amanhã, Vinícius — disse, contendo dentro de si toda a vontade de derreter quando Vinícius lançou uma piscadela na direção dela antes de entrar no próprio apartamento.

Jade precisou de alguns segundos para conseguir fazer com que o ritmo de seu batimento cardíaco parecesse voltar ao normal. Se estar com Vinícius diariamente era isso, ela não sabia se era capaz de aguentar.

Se isso fazia com que o quisesse menos?

Nem um pouco.

CAPÍTULO VINTE E CINCO

É DIFÍCIL MANTER O RACIOCÍNIO QUANDO A MULHER DA SUA VIDA ENTRA NA FESTA

São Paulo, 2024

Vinícius não esperava muito daquela comemoração.

Sabia que potenciais patrocinadores estariam presentes – porque, no fim, era para isso que a festa serviria –, mas não era como se isso lhe desse a menor vontade de ir.

Na verdade, fazia com que quisesse furar o compromisso. Se Pietro não fosse capaz de arrancar a sua cabeça, talvez furasse. Depois de ser obrigado a dar uma entrevista para uma ex-namorada jornalista mais cedo, Vinícius queria evitar mais dor de cabeça.

Não que falar com Bruna Bernardi devesse render dor de cabeça. Vinícius sempre se esforçou para que todos os seus envolvimentos anteriores, dos mais sérios até os mais casuais, terminassem em bons termos.

O que não significava que o outro lado sempre concordava em seguir esses bons termos. E Bruna era uma pessoa muito legal até que alguém fosse contra suas vontades, então terminar bem não tinha sido lá uma opção quando Vinícius a convidou para jantar para que pudesse dizer que apesar de gostar muito dela – já não gostava tanto assim há alguns meses, quando ela começou a achar que ele precisava postar constantemente na internet sobre seu status de relacionamento, entre outras coisas –, talvez não dessem tão certo assim.

Vida que segue. Entre estar novamente sozinho e continuar em um relacionamento que não lhe adicionava em nada, Vinícius preferia o clima deprimente de ser o solteiro em um apartamento onde seu melhor amigo passa o dia inteiro agarrado ao namorado.

Vinícius não havia parado pra pensar que voltar ao Brasil o colocava muito mais perto de pessoas que ele adorava evitar com a desculpa da distância. Aquele pequeno evento seria um prato cheio dessas pessoas.

Mas Jade estaria lá, então talvez não fosse tão ruim assim.

Ele encarou a mensagem que ela havia enviado alguns minutos antes, dizendo que já estava saindo de casa. A maioria dos seus colegas já estava por lá, assim como seus convidados e alguns familiares.

— Quem você está esperando? — Pietro perguntou, estendendo uma taça de champanhe na direção de Vinícius. Ele, pessoalmente, preferia cerveja, mas uma das regras da noite era que ele bebesse apenas o que Pietro lhe permitisse. Era como se o treinador pensasse que ele fosse encher a cara se não ficasse de olho. — Não me diga que chamou a garota da ginástica.

— Tudo bem, não vou dizer.

— Espero que seja pra valer desta vez. — Pietro desviou o olhar pelo salão, respirando profundamente. — Ela foi a única que pareceu te ajudar nos treinos.

Vinícius abriu a boca para dizer que não era verdade, mas Pietro não estava mentindo. Tinha visto como Jade o tinha incentivado mais do que tomado sua atenção no período das Olimpíadas de Tóquio, e o treinador era um dos únicos que sabiam o quanto ela ainda o influenciava, mesmo depois, quando não tinha mais qualquer contato com ela.

— Isso é o mais importante pra você? — provocou, escondendo a careta ao beber um gole da bebida que o treinador havia lhe dado. — Que eu não seja feliz?

— Deixa de ser um pé no saco, Vinícius.

— Não vai doer admitir que tá feliz por mim.

— Então é pra valer? — ele perguntou, fugindo do foco nele. — Você até vestiu uma roupa que não é jeans hoje, acho que ela faz milagres.

— Sempre foi pra valer, eu só não tenho pressa. E foi tu quem me proibiu de usar jeans hoje.

— E desde quando você me obedece? Ainda acho que tem dedo dela nisso.

Talvez tivesse. Vinícius seria a última pessoa a admitir que havia ligado para André às sete da manhã – que eram cinco da manhã em Nova York, e o amigo ameaçou pegar um avião só pra acabar com ele – para perguntar qual seria a melhor roupa para usar em uma festa de virada de ano que era, também, uma espécie de encontro.

Colocando nesse termo – encontro –, Vinícius se sentiu péssimo. Encontros deveriam ser mais discretos e íntimos que um evento de trabalho.

Mas nada entre eles estava acontecendo da forma convencional, então talvez não fosse tão ruim assim.

E, falando nela...

Vinícius já estava, de certa forma, acostumado a ver uma Jade Riva muito diferente da garota de dezoito anos recém-completos que havia conhecido em Tóquio anos antes. Mas recentemente não a havia visto muito fora da rotina de casa, trabalho e treinos.

Se era assim que ela se vestia sempre que tinha um evento ou festa, Vinícius desenvolveria problemas respiratórios dali pra frente.

Jade estava ao lado do segurança que fazia a checagem dos nomes na lista, mas parecia mais ocupada em procurar por Vinícius com o olhar, erguendo-se sobre os saltos que combinavam perfeitamente com o vestido branco que havia escolhido. Simples, apesar das mangas compridas, mas ainda elegante. Ou era apenas ela que conseguia ser elegante vestindo qualquer coisa.

E sexy. Pra cacete.

Jade abandonou a postura tensa e deslocada assim que o encontrou entre todas as outras pessoas ao entrar no espaço decorado da entrada, parecendo surpresa quando uma pessoa ou outra a pararam no caminho para cumprimentá-la. Vinícius não ficou surpreso ao ver quantas pessoas do skate sabiam quem ela era. Os atletas da confederação do skate haviam estado entre os poucos que não tinham tentado abafar o caso de violência doméstica quando ele tinha explodido na mídia.

Quando Jade finalmente o alcançou, Vinícius estendeu a mão na direção dela.

— Deixa eu te olhar melhor — pediu, falhando em tentar esconder o quanto o sorriso que já tinha no rosto cresceu quando Jade girou sobre os saltos que lhe deram bons dez centímetros de altura a mais entre uma risada desajeitada. Vinícius jamais entenderia como alguém conseguia andar em cima daquilo, aliás, por mais que ela fizesse parecer tão fácil quanto usar tênis. — Tu não pode aparecer assim e esperar que eu não passe pelo menos cinco minutos te admirando.

— Você gostou? — Jade deslizou os dedos pela saia do vestido, orgulhosa. Ela parecia animada, feliz. O que fez com que Vinícius se sentisse da mesma forma quase automaticamente, por mais que a proposta de estar ali não o animasse desde o início. Felicidade era algo que Jade vestia tão bem quanto qualquer roupa, e ele faria qualquer coisa para vê-la sempre com aquele sorriso no rosto. — Eu que fiz.

— É claro que fez — assentiu, nem um pouco surpreso. Impressionado, talvez, porque era difícil pensar que alguém poderia fazer um vestido tão bonito dentro de casa. — É lindo, Jade. Tu lembra do Pietro, né?

— Eu não sabia que vocês ainda treinavam juntos! — Jade o cumprimentou com um abraço, e Vinícius percebeu que ainda não havia conseguido desviar a atenção de Jade apenas para observar o quão bonita ela estava.

— Só quando Vinícius quer ser treinado. — Vinícius não sabia que Pietro era capaz de falar com alguém com tanta gentileza quanto o que estava transparecendo pela voz dele ao falar com Jade. Ou talvez ela só não o irritasse como Vinícius costumava fazer de propósito. Talvez, não. Com certeza. — Normalmente ele treina sem me avisar.

— Meus horários são imprevisíveis — retrucou Vinícius. Pietro fingia não saber que mudava os próprios horários intencionalmente, enquanto Vinícius fingia que o fazia sem querer. Dava certo, desde que trabalhassem juntos para definir suas sequências para competições e Vinícius não furasse quase todas as atividades sociais nas quais o treinador o enfiasse. Mesmo quando moravam longe um do outro, era o tipo de coisa que dava para ser feita a distância. — Vem, eu vou te apresentar pro meu pessoal.

Jade acenou na direção de Pietro antes de acompanhá-lo, embora chegar ao outro lado do salão parecesse impossível. Quando não se consegue dar dois passos sem ter que parar para cumprimentar alguém – na maioria das vezes, um completo desconhecido –, andar alguns metros se torna algo complicado.

Depois do quinto ou sexto patrocinador, atleta ou presidente de algum movimento da confederação, Vinícius olhou na direção de Jade, que tentava conter uma risada.

— O que foi?

— Você é popular.

— Não diga isso, eu vou acabar cedendo à vontade de fugir desse lugar — resmungou, balançando a cabeça. Vinícius não sabia como não havia notado antes, mas havia segurado a mão dela em algum momento durante a movimentação. — Não posso mais usar a desculpa de ter só dezoito anos pra deixar essa gente falando sozinha.

— É legal. Acho que se não fosse por Hugo eu nem poderia mais treinar no ginásio.

Jade não pareceu triste ao dizer isso. Frustrada, talvez. Não era segredo pra ninguém o quanto sua carreira havia ficado por um fio. Ter Hugo como treinador, uma pessoa tão próxima, com certeza havia feito sua parte para impedir isso.

Mas não apenas por ele.

— Tu é a melhor que eles têm, seria loucura te deixar de fora. — Vinícius poderia passar a próxima hora inteira citando motivos para Jade ser a melhor ginasta que o país já tinha visto, mesmo não sabendo um ponto sequer sobre o esporte além das categorias mais básicas dele graças a ela.

Talvez fizesse isso depois. Vinícius se aproximou da mesa extensa onde seus colegas estavam reunidos, sem soltar a mão de Jade. Havia um local livre para eles na ponta, onde os amigos que estavam no bar para assistir ao jogo de basquete dias antes também estavam. O que era bom, porque Jade já os conhecia.

Vinícius nunca havia se considerado uma pessoa de muitos amigos no mundo do skate até o último ano, quando se aproximou do time olímpico. Era um ambiente completamente diferente do que havia sido quatro anos antes, quando o skate fazia sua estreia nos jogos.

Não foi surpresa nenhuma quando Jade facilmente começou a conversar com duas skatistas do time feminino. Aparentemente, a namorada de Matheus não era a única que a conhecia pela internet.

— Estão me chamando pra tirar uma foto com os caras, volto já — sussurrou, sem querer interromper a conversa.

E antes que pudesse pensar duas vezes no que estava fazendo, Vinícius se inclinou para beijar o ombro nu da ginasta e se afastou para ir até onde os outros estavam.

Sem olhar para trás.

CAPÍTULO VINTE E SEIS

VOCÊ SABE QUE A OCASIÃO É IMPORTANTE QUANDO VINÍCIUS CARVALHO ESTÁ SEM BONÉ

São Paulo, 2024

Jade olhou na direção em que Vinícius estava pelo que pareceu ser a milésima vez naquela noite.

E pelo que pareceu ser a milésima vez, ela pensou que ele realmente era a pessoa mais atraente que já havia conhecido em toda a sua vida.

Não que Jade se sentisse atraída por pessoas com frequência – muito pelo contrário, e isso vinha desde antes de conhecê-lo. Mas Vinícius ainda tinha esse efeito de deixá-la sem ar sem muito esforço.

E o pior: sem intenção. Esses eram os mais perigosos.

Perigoso ou não, Jade já estava começando a aceitar que não tinha para onde ir. Era um perigo que estava disposta a correr.

Porque Vinícius Carvalho ainda conseguia ser a pessoa mais bonita do mundo com os cachos indomáveis – era uma surpresa que ele estivesse sem o boné, mas supôs que não havia sido uma escolha dele – e uma camisa levemente amassada de alguma banda desconhecida que muito provavelmente era a única peça branca que ele tinha no armário para uma festa de Ano-Novo.

Ele já estava há um bom tempo conversando com um grupo de caras mais velhos que o haviam parado depois da pequena sessão de fotos entre os atletas presentes e, apesar do sorriso simpático no rosto, Jade sabia que ele não via a hora de dar o fora e aproveitar a noite sem se preocupar em ter o ouvido alugado por quem não queria.

Ele podia ter aprendido a ser menos expressivo nos últimos quatro anos, mas Jade ainda sabia identificar os pequenos sinais que indicavam impaciência. Os dedos inquietos, girando os anéis prateados, os braços cruzados, os lábios pressionados.

Lábios que Jade ainda podia sentir como um toque fantasma em seu ombro, mas se recusava a dar mais atenção que o recomendado pra isso.

Quando Vinícius revirou os olhos pela primeira vez, o que era o sinal de que estava mesmo no limite para aguentar aquela conversa infinita, Jade se levantou para ir até ele.

— Oi! — Ela cumprimentou cada um dos engravatados, tentando não esboçar grandes reações quando a mão de Vinícius tocou a sua cintura. Um toque descompromissado, mas sem qualquer tipo de hesitação. — Posso roubar o Vinícius por um segundinho?

O garoto não deu sequer oportunidade para que respondessem antes de se despedir, puxando Jade para longe dali.

— Acho que eu mandaria alguém enfiar o papo sobre contrato em lugares muito ruins se ficasse ali por mais cinco minutos — ele resmungou, parando no bar da festa e pedindo um drink qualquer para o barman. — Cacete, é Ano-Novo. Quem pensa tanto em trabalho faltando meia hora pra virar o ano?

— Eu percebi. Por que acha que eu te tirei de lá?

— Eu poderia te beijar por isso.

— Você pode.

Vinícius a encarou por um longo segundo, como se não esperasse aquela resposta. Bem, ele não era o único que conseguia ser direto.

— Agora não. — Vinícius agradeceu ao barman ao receber o drink azulado antes de voltar a atenção para Jade. — Muita gente ao redor.

— É a segunda vez que você deixa de me beijar porque algo no momento não te agrada.

— Eu esperei quatro anos pela chance de te beijar outra vez, ruiva. Algum tempo a mais não é nada pra mim.

— E se eu estiver cansada de esperar?

Vinícius soltou uma risadinha ao beber um gole do drink, balançando a cabeça como se aquilo sequer fosse uma possibilidade que passasse pela sua cabeça.

— Como se eu fosse te deixar passar dessa vez. — Vinícius estendeu o copo na direção dela. — Aceita? É sem álcool, mas tem energético.

Jade não sabia lidar com a naturalidade com que ele mudava de assunto. Principalmente depois de dizer que estava apenas esperando pelo momento certo para beijá-la.

— Não, valeu. — Ela odiou como sua voz soou sufocada, embora o sentimento estivesse longe de ser ruim. — Acho que fico sem dormir pelo resto da semana se tomar um energético.

— Perdendo o melhor da vida — ele ironizou.

Jade abriu a boca para rebater que energético estava longe de ser a melhor coisa a se beber – como se não fosse óbvio –, mas parou ao ver alguém chamando todos os convidados para a área externa do lugar. Aparentemente, teria uma queima de fogos por perto e poderiam ver dali.

— Tu vem comigo. — Vinícius segurou a mão de Jade antes que ela pudesse se afastar, virando o que restava do drink em um último gole e depois puxando-a para a direção oposta. — Vamos ver de outro lugar.

— Onde?

— Observe.

Talvez devesse se preocupar? Jade não sabia. Ela se manteve em silêncio enquanto Vinícius esperava que a maioria dos convidados se dispersasse antes de se dirigir até uma entrada de funcionários.

— Nós podemos estar aqui? — perguntou, olhando ao redor.

— Não. — A tranquilidade dele era comovente. Vinícius soltou uma risadinha quando olhou na direção dela e a viu com uma sobrancelha arqueada. — Ninguém vai te prender por quebrar uma regra uma vez na vida, ruiva. Não confia em mim?

Havia poucas pessoas no mundo em quem Jade confiava tanto. Havia sua mãe e Hugo, além do pai. Algumas amigas que tinham estudado com ela.

Mas ninguém tinha acesso a ela da mesma forma que Vinícius tinha. E era estranho pensar como ele havia conquistado essa confiança tão facilmente, mas com uma completa sinceridade. Sem invadir qualquer espaço, sem causar qualquer desconforto. Ele era o silêncio quando o barulho do mundo parecia demais, da mesma forma como era a voz da calma quando Jade estava cansada da solidão que havia construído ao redor de si nos últimos anos.

Vinícius parou ao entrar na área aberta acima do cerimonial. Parecia ser uma extensão do espaço de festa que não estava sendo usada naquela noite, provavelmente porque não havia convidados o suficiente para que fosse necessário mais espaço do que já havia no térreo.

— Por que eu sinto que isso foi planejado?

— Porque foi — Vinícius disse, simplista. — E eu pretendo te beijar assim que der meia-noite, faltam seis minutos. Esse é o momento de dizer se quiser que eu aborte os planos.

— Por que eu iria querer que você abortasse?

Mas talvez Jade devesse querer. Será que ainda sabia beijar? Seria péssimo se Vinícius se decepcionasse com um beijo ruim depois de tanto tempo.

— Eu odiaria se fizesse algo pra te afastar outra vez. — Ele recostou no parapeito, de costas, ainda sem soltar a mão de Jade. Era o toque mais gracioso que ela havia sentido em toda a vida, tal qual a mão que deslizou pela segunda vez pela sua cintura. Jade pensava que Vinícius estava apenas sendo delicado, como sempre havia sido em todos os aspectos, mas a expressão dele denunciava o receio. — Não sei o que deveria significar ir devagar, mas não te beijar a cada vez que te vi desde os jogos na França deve ser a coisa mais difícil que eu já tive que fazer em toda a minha vida.

Se fosse qualquer outra pessoa, Jade pensaria que era um exagero. Mas então Vinícius se inclinou para beijar o ombro dela outra vez, inspirando em sua pele por um momento que pareceu durar uma eternidade.

Não, Jade não duvidava nem um pouco do que ele havia dito.

— Você já beijou alguém no Ano-Novo? — perguntou Jade, erguendo uma mão para tocar os cachos da nuca dele. Não sabia se Vinícius estava mesmo deixando-os crescer mais ou se ele apenas estava enrolando para fazer um corte, mas gostava do comprimento atual. — Normalmente é pra quem você quer que fique na sua vida por muito tempo.

Vinícius se aproximou mais, o suficiente para que Jade precisasse encaixar a perna entre as dele, para que pudesse sentir a respiração quente ir de encontro com a sua. A última vez que havia estado tão perto dele havia sido na última noite que tinham passado juntos em Tóquio.

Quatro anos depois, ele estava longe de ser o rapaz recém-saído da adolescência que tentava ao máximo demonstrar uma autoconfiança excessiva. Não que Vinícius não fosse autoconfiante. Ele era, mas de uma forma natural, madura, que ainda deixava transparecer as pequenas inseguranças. O que era muito mais atraente naquele momento. Jade se sentiria péssima se sentisse que era a única ali se preocupando um pouco.

— Acho que eu vou ter que te beijar outras vezes pelos próximos anos — ele disse, finalmente. Jade fechou os olhos quando os lábios de Vinícius tocaram os seus. Não em um beijo, mas como um carinho brando. Afinal, ainda não era meia-noite. — Só pra reforçar.

Jade pôde ouvir a contagem regressiva iniciar, mas desviar o olhar de Vinícius era impossível. Mesmo se quisesse – e não queria –, seria incapaz de desviar.

Não quando estava tão perto dele. Gostava de pensar que se manteria assim por um bom tempo.

Se esperar mais um pouco por um beijo não era nada para Vinícius, parecia ser muito para Jade. Esperar mais cinco segundos parecia uma eternidade, uma tortura. E ele notou, porque um sorrisinho irritante cresceu no seu rosto.

Quatro...

Jade fechou os olhos ao sentir a mão larga deslizar entre seu cabelo e ele se inclinar para beijar um ponto atrás da orelha dela.

Três... outro na sua mandíbula, o polegar deslizando sobre o seu lábio inferior.

Dois... outro beijo no canto da sua boca.

Um...

Vinícius Carvalho a beijou outra vez após quatro anos, e a sensação de ter todo o ar roubado de seus pulmões ainda era a mesma. Jade deixou escapar um suspiro abafado quando ele a puxou para mais perto entre o beijo que se iniciou enérgico e intenso, como se não tivessem tempo suficiente para começar de outro modo. Como se tivessem medo de que tudo fosse acabar assim que se afastassem.

Mas não iria acabar. Jade precisou parar para respirar um pouco quando essa percepção a atingiu – mais uma vez, e talvez ainda precisasse de outras vezes apenas para ter certeza.

Vinícius estava no Brasil. Vinícius morava do outro lado do corredor, como se o destino estivesse cansado de apenas colocá-los ocasionalmente nos mesmos ambientes. Vinícius a queria, e parecia querer tanto quanto antes. Jade não fazia a menor ideia do que existia nela para que alguém como Vinícius ainda a quisesse, e a quisesse mais que tudo, mas seria incapaz de reclamar disso.

— Feliz Ano-Novo, ruiva — ele soltou entre uma risadinha, e era bom saber que ela não era a única ofegante com um beijo que mal havia durado mais que um minuto.

Vinícius beijou a sua testa demoradamente.

— Feliz Ano-Novo, Vin. — Jade não se conteve com o impulso de beijá-lo outra vez. E como se conteria? Quando tinha as mãos dele a tocando, a boca dele percorrendo seu pescoço.

Ele parou com um grunhido descontente, e Jade demorou alguns segundos para entender que o celular dele estava tocando.

— É a minha mãe — ele explicou. Jade fez menção de se afastar para deixá-lo conversar com privacidade, mas Vinícius a segurou no lugar ao atender. — Feliz Ano-Novo, gata.

Jade tirou o próprio celular da bolsa para responder a algumas das mensagens de Ano-Novo de familiares e amigos enquanto Vinícius conversava com a mãe, mas parou assim que ele soltou que estava com ela.

Não que fosse um problema que a mãe de Vinícius soubesse, só não achava que ele contaria sobre estarem juntos naquele momento.

— Ela mandou um beijo — ele disse, achando graça da expressão surpresa que não fez questão alguma de esconder. — Não, mãe. Tu não vai trazer chimia pra minha namorada.

Jesus Cristo. *Minha namorada*. Jade não tinha se preparado pra escutar isso.

— O que é chimia? — perguntou, baixo.

— Geleia. — Vinícius respondeu, revirando os olhos com uma risada. — Minha mãe disse que não é geleia comum, é melhor. Ela diz isso porque é ela quem faz.

— Eu aceito! — exclamou, franzindo o cenho. — Por que ela não deveria trazer?

— Porque meu maior pesadelo é que ela comece a te mimar demais.

Ele se despediu da mãe alguns minutos depois, balançando a cabeça. Havia um sorriso leve no rosto dele, e era adorável.

— Nós estamos namorando?

— Ainda não — ele negou, guardando o celular no bolso. — Mas ela me daria uma bronca se soubesse que eu ainda não fiz o pedido.

— Entendo.

Vinícius segurou a ponta do queixo de Jade para beijá-la mais uma vez.

— Tu é a coisa mais linda que eu já vi na minha vida. — Ele disse isso como um segredo, algo que deveria ficar entre eles. E Jade não tinha problema algum em manter as pequenas declarações de Vinícius apenas para si.

Borboletas no estômago. Há quanto tempo Jade não tinha essa sensação?

CAPÍTULO VINTE E SETE

X = X

São Paulo, 2025

O primeiro dia do ano de Jade Riva começou com o cheiro do perfume masculino de Vinícius.

Na cama de Vinícius.

No quarto de Vinícius.

Ela piscou, repassando a madrugada quase que em câmera lenta. Os beijos descompromissados durante a festa, mesmo depois de serem expulsos da área superior do cerimonial por um funcionário. Os beijos no corredor do prédio quando o sol já estava para aparecer, quando Jade não via a hora de se livrar daqueles saltos e teoricamente estavam se despedindo para que cada um fosse para seu próprio apartamento.

Teoricamente. Pensar em se afastar de Vinícius Carvalho parecia impossível naquele momento.

— Você não quer entrar? — ofereceu, antes que desistisse da ideia. Vinícius não se afastou um centímetro sequer quando a olhou, em silêncio.

— Tu não pode me fazer um convite desses e esperar que eu me controle.

Jade tomou mais consciência do que nunca da mão em sua nuca. Gostava de ter a mão dele ali.

Gostaria muito mais dela em outras partes do seu corpo também.

— Não quero que se controle — soltou ela, percorrendo os dedos pelo corpo dele até alcançar o cós da calça social, puxando-o suavemente.

A resposta de Vinícius foi um grunhido baixo e um puxão dos dedos longos entre o seu cabelo, levando-a para um novo beijo. Um beijo completamente diferente dos anteriores.

O caminho da entrada até o quarto não era longo, mas levou uma eternidade, uma vez que nenhum dos dois parecia disposto a interromper o contato que, subitamente, parecia muito pouco. Jade queria mais de Vinícius tanto quanto ele queria mais dela e não fazia nenhum esforço para esconder. E, céus, Jade estaria mentindo se dissesse que não gostava do quanto ele parecia querer ir além tanto quanto ela.

Vinícius Carvalho, que parecia sempre tão imperturbável, tranquilo, agora estava agitado com a possibilidade de não ter Jade Riva com ele.

Não que ele tivesse com o que se preocupar. Jade não pretendia ir a lugar algum.

Um suspiro lhe escapou quando Vinícius prensou suas costas na parede do corredor, pouco antes do quarto. Ar que mal recuperou antes que ele descesse a boca por seu pescoço, raspando os dentes por sua pele.

Jade aproveitou o momento para levar uma das mãos dele para suas costas, indicando silenciosamente o zíper do vestido, que foi aberto em questão de segundos com uma facilidade quase assustadora. Jade não sabia que era possível abrir um zíper tão rápido com uma mão só.

Vinícius se afastou alguns centímetros — que já pareciam muito — para ver o vestido cair no chão, umedecendo os lábios com a ponta da língua em um momento de silêncio.

Mas Jade pôde perceber com facilidade o exato segundo em que ele notou a tatuagem.

— Vou confessar, não foi nesse cenário que imaginei que você a veria pela primeira vez — brincou, sem jeito. Como se deixar que Vinícius visse aquela tatuagem fosse mais embaraçoso que deixá-lo tirar a sua roupa.

Talvez fosse. Talvez aquela pequena tatuagem fosse a maior vulnerabilidade de Jade. Ou a cicatriz.

Vinícius arrastou a ponta dos dedos sobre a inscrição. O X=X marcante em seu quadril, cruzando uma cicatriz horizontal. A cicatriz era quase invisível, mas tinha um relevo tênue graças aos pontos do corte de cerca de quatro centímetros que a haviam originado depois de uma agressão. Agressão que resultou em uma queda sobre cacos de um vaso quebrado. O tipo de lembrança que ficava para sempre, com ou sem uma marca física.

Vinícius talvez não soubesse dos seus motivos detalhados para fazer aquela tatuagem ali – e não era o momento para perguntar. Mas ele não precisava pensar demais para saber de onde vinha aquela cicatriz.

Jade engoliu em seco quando os olhos de Vinícius voltaram aos seus, assim como os lábios dele logo em seguida. O beijo era, dessa vez, lento. Mas não menos intenso. A camisa dele se perdeu em algum momento do caminho, não que importasse.

Foi a vez de Jade tocar o X=X marcado acima do coração dele. Entre todas as tatuagens de Vinícius, tantas que algumas pareciam ser uma só, aquela era a sua favorita.

Depois de passar anos pensando que ela não havia sido mais que um momento qualquer para o garoto que havia conhecido nos jogos olímpicos, era bom descobrir que estava marcada na pele dele. Para sempre.

Jade se deixou cair sobre a cama entre a troca de beijos breves e toques fáceis. Quando estendeu uma mão para começar a tirar um dos saltos, Vinícius a parou.

— Eu tiro. — A voz dele soou rouca e baixa. Vinícius se afastou o suficiente para que pudesse dar toda a atenção para a missão de abrir o fecho de um salto alto, depois o outro. Ele beijou a pele exposta de uma coxa, depois a outra. Perigosamente perto de onde ele a encontraria mais excitada do que havia estado em muito, muito tempo. Jade não sabia que a visão de Vinícius Carvalho entre as suas pernas seria algo tão prazeroso por si só.

E em momento algum duvidou que ele soubesse como dar prazer a alguém na cama, mesmo que sua referência fosse uma primeira vez mais desajeitada do que prazerosa. Ainda assim, ele a surpreendeu.

Vinícius a tocou não apenas com entusiasmo e habilidade, mas também com devoção. Do uso dos dedos até a boca. Das palavras sussurradas. Tudo que fazia Jade revirar os olhos e pedir por mais, porque tudo de Vinícius ainda parecia ser insuficiente.

Jade se considerava alguém paciente, mas ainda tinha seus limites. Ela puxou Vinícius para o lado, tomando a posição sobre ele.

— Eu quero você dentro de mim. Agora, Vinícius.

— Porra. — Ele fechou os olhos, respirando profundamente por um segundo. — Tem uma camisinha na minha carteira.

— Você tem camisinhas na sua carteira? — perguntou, devagar. — Isso também foi planejado?

— Não planejado, mas eu não excluí a possibilidade. — Vinícius riu, umedecendo os lábios mais uma vez ao descer os olhos pelo peito de Jade. Ele parou mais uma vez na única tatuagem no seu quadril antes de continuar. — Tu fica sexy em cima de mim, ruiva.

O que era engraçado, porque sexy era uma das últimas palavras que Jade usaria para descrever a si mesma.

Jade desviou o olhar para alcançar a carteira na mesa de cabeceira, embora não mudasse muita coisa. Não quando as mãos de Vinícius ainda a percorriam, como se não quisessem soltá-la por um segundo sequer.

E Vinícius não soltou. Longe disso. Estava com as mãos na cintura dela quando a penetrou, e a provocou quando estava a um toque de alcançar o clímax. Os lábios que beijaram os seus, que sussurraram palavras no seu ouvido, que percorreram o seu pescoço e peito. Jade não se importaria em amanhecer marcada pelo corpo de Vinícius na manhã seguinte.

Talvez porque fosse a primeira vez em tempo demais que se sentia amada por alguém – romântica e sexualmente falando. A primeira vez em tempo demais que se sentia desejada. Um sentimento muito parecido com o que Vinícius havia lhe apresentado antes, mas amadurecido e decidido.

E pronto. Os beijos não tinham mais o gosto da despedida e o receio da distância que viria com o fim das Olimpíadas. Ou o medo de estar aproveitando demais algo que logo chegaria ao fim graças à distância ou a qualquer outro obstáculo.

Ambos eram adultos e independentes o suficiente para não ter que se preocupar mais com esse tipo de coisa.

Na primeira noite de um novo ano, Jade adormeceu entre mais carícias e beijos preguiçosos e cansados, ainda ofegantes e suados. Os dedos de Vinícius passeando pela sua cintura, circulando a tatuagem no quadril vez ou outra. Um contato despreocupado e absorto, até sonolento.

Toque que havia sumido quando ela acordou. Jade se viu sozinha na cama, mas as roupas de Vinícius ainda estavam jogadas no canto do quarto. Ele provavelmente não iria embora sem as roupas, mas ainda era estranho que ele acordasse antes dela em qualquer situação. Entre os dois, era ela quem tinha uma rotina de sono organizada.

Jade buscou por uma roupa no closet, vestindo a mais confortável que encontrou pela frente.

E passou no banheiro, porque preferia escovar os dentes antes de encontrar Vinícius logo ao acordar. Era o mínimo, já que não tinha opção além de deixá-lo presenciar a tristeza que era a sua cara de manhã.

Vinícius estava no sofá, uma xícara de café em uma mão e o celular na outra. Olhou na direção dela e seu rosto se iluminou quase imediatamente.

— Bom dia, ruiva — cumprimentou, olhando para o celular por mais um segundo antes de se virar. — Ou melhor, boa tarde. Quando foi a última vez que tu dormiu até tão tarde?

— Alguém me manteve acordada por mais tempo que o esperado. — Jade se aproximou para se sentar ao lado dele, mas foi puxada até estar no colo dele. Jade não sabia o que deveria esperar dele depois da noite que tinham tido, mas não reclamaria daquilo. — Boa tarde. Por que você levantou?

— André me ligou, ele não parou pra pensar que nem todo mundo tem pique pra acordar cedo no primeiro dia do ano como ele. — Vinícius sorriu, provocativo. — Queria acordar do meu lado?

Jade jamais entenderia como conseguia transar com Vinícius e ainda sentir seu corpo se transformar em geleia sempre que ele a provocava de outras formas.

Provavelmente era o sorriso. Vinícius tinha um sorriso bonito demais para a segurança de qualquer pessoa.

— Talvez.

— Vamos ter outras oportunidades — ele prometeu, e percorreu uma mão pela coxa de Jade até alcançar a tatuagem. Jade tinha a impressão de que ele não pararia de olhar para seu quadril tão cedo. — Há quanto tempo tu fez isso?

— Uns... três meses e meio. — Vinícius a encarou, parecendo surpreso. — Pouco depois que eu voltei das Olimpíadas... eu não sei, Vin.

Passei meses ouvindo de todos os médicos possíveis que voltar a praticar a ginástica seria impossível depois de uma fratura como a minha. Ou que a confederação já não via muitas oportunidades pra mim. Acho que ganhar a medalha de ouro me fez perceber que, de certo modo, eu acreditei nisso. Eu tinha marcas o suficiente para acreditar que a vida que eu tinha antes nunca mais voltaria. E, então, você estava lá também. Por mais patético que possa ser, você me fez sentir de novo todas as coisas que eu não sentia há muito tempo e achei que não sentiria mais, olhando para mim como se eu fosse uma pessoa além da eterna vítima de violência doméstica que eu me convenci que sempre seria. Não como alguém que passou por isso e conseguiu se reerguer.

Jade parou, pensando nas próximas palavras que diria. Havia se recusado a olhar diretamente para o rosto de Vinícius, mas ainda conseguia sentir a respiração irregular dele sob seus dedos.

— É um processo gradual, eu também não vou dizer que é passado quando ainda tenho meus momentos ruins quanto a isso — completou. — Mas, eu já te disse antes, não quero ignorar o quanto amo estar com você por medo. É um dos melhores sentimentos que sinto em muito tempo. Talvez só perca pra sensação de ganhar uma medalha de ouro.

Era uma tentativa de tentar tornar a conversa menos tensa, com certeza não muito boa. Mas Vinícius soltou uma risadinha baixa antes de se inclinar até beijar a testa de Jade, como um incentivo para que continuasse.

— A tatuagem foi a minha maneira de me lembrar de que eu ainda posso ser a mesma Jade de antes. Mais velha, mais madura, mas ainda alguém que se dedica ao que ama, seja o meu trabalho com a moda ou com a ginástica. Eu gosto de filmes e livros de romance muito mais do que provavelmente qualquer pessoa deveria gostar, gosto de café, mas nunca café puro. Eu me cobro demais. A playlist da Taylor Swift que eu estiver escutando no momento diz muito sobre o que eu estou sentindo. Você foi a primeira pessoa que eu amei e eu quero muito que seja a última, porque acho que agora pode ser o momento em que as coisas finalmente vão dar certo pra isso. É um axioma, nada e ninguém pode mudar isso. Acho que tatuar em cima de algo que me lembra demais o meu pior momento foi o mais simbólico que consegui pensar.

Jade encarou o peito de Vinícius, percorrendo a tatuagem dele com os dedos.

— É engraçado. Eu falei sobre esse significado pra você há tanto tempo e acabei precisando dele também anos depois.

Axioma. Nunca mudaria. O significado parecia tão visível quanto as linhas marcadas com tinta sobre a pele de ambos.

— O que aconteceu com ele?

Ela demorou alguns segundos para entender a quem Vinícius estava se referindo. Vinícius podia tentar não demonstrar o tom carregado de raiva, mas a tensão no corpo dele era palpável.

— Ele não foi preso, se é isso que você está perguntando. O pai pagou a indenização que meu advogado pediu no processo e eu tenho uma medida protetiva que fica ativa pelos próximos três anos ou mais se eu disser que ainda me sinto ameaçada de alguma forma.

— E tu...

— Se eu me sinto ameaçada? Não. — Jade parou por mais um segundo, acomodando-se melhor entre os braços de Vinícius. — É revoltante que ele não tenha ido pra cadeia como eu acho que deveria, mas não acho que sinto medo. Não o vejo desde a última agressão e ele não fez nada depois disso. Apareceu no ginásio uma vez, mas eu não estava lá. Ouvi dizer que ele mudou de estado no ano passado depois que percebeu que não conseguiria mais competir.

Vinícius soltou uma respiração frustrada, deslizando os dedos pelos fios negros bagunçados.

— Mas eu estou bem — assegurou, na ausência de uma resposta. — Eu não poderia me sentir melhor.

— Eu sei, amor. — respondeu Vinícius, e Jade fechou os olhos quando ele a levou para um beijo rápido. O termo carinhoso percorreu seu corpo como um fio elétrico. — Mas tu não pode me pedir pra não ficar com raiva de tudo isso.

Jade assentiu. Não era a primeira vez que tinha que falar sobre aquilo, sobre o que havia acontecido com Lucas – e sabia bem que provavelmente não seria a última –, mas era a primeira vez que se sentia aliviada em tocar no assunto. Ter tudo conversado com Vinícius era melhor do que enterrar o assunto.

— Não é a mesma coisa, eu sei, mas minha mãe passou pelo inferno com o meu pai e não tinha ninguém do lado dela. Eu era imaturo demais pra oferecer qualquer coisa, e ela teria me protegido do estresse da mesma forma se eu não fosse. E depois com a minha irmã. Ela passou muito tempo sentindo demais por tudo. — Vinícius dedilhou distraidamente a coxa de Jade, e aquela era uma das únicas vezes em que o via parecer tão... aflito. — Se tu precisar de qualquer coisa de mim, eu vou fazer o que estiver ao meu alcance pra te deixar bem. É só falar. Vou me sentir melhor se souber que tu não guarda o que sente pra si mesma.

— Tudo bem — assentiu, sentindo-o relaxar mais uma vez. — Eu preciso de um café antes que meu humor vá embora de vez.

— Eu pego. — Vinícius se levantou antes que Jade pudesse protestar, e ela gostou muito mais que o esperado de vê-lo na cozinha apenas de cueca. — Tu quer comer algo? Não sei o que tem aqui, mas eu posso dar meu jeito. Não costumo comer muito assim que acordo.

— Tu sabe que isso não é nem um pouco saudável, né?

— Ruiva, estamos falando de ti — ele pontuou, olhando na direção de Jade como se estivesse falando o óbvio e fosse revoltante que ela desviasse o assunto para ele. Ainda assim, a brincadeira e a ironia eram nítidos em sua voz e no sorriso atravessado que ele não conseguia conter. — Eu me alimento antes de treinar, pelo menos.

— Não adianta de muita coisa se não é um alimento de verdade.

— Cheia das respostas... — Vinícius balançou a mão na direção dela, erguendo uma sobrancelha. — Quando seus treinos voltam?

— Amanhã mesmo. Tenho uma classificatória no final do mês e Hugo me pediu pra montar uma sequência diferente da que tenho apresentado no último ano antes dos jogos olímpicos.

— Eu te levo. — falou Vinícius, e Jade o fitou, confusa. — Te acompanho, no caso. Não tenho carro, mas tu sabe disso.

— Por quê?

Ele deu de ombros, um pouco distraído com o que quer que estivesse fazendo no fogão elétrico da cozinha. Jade mal havia notado que ele estava mesmo fazendo qualquer coisa ali.

— O ginásio é caminho pra mim — Vinícius explicou, entregando uma xícara de café para ela. E, para a sua surpresa, o café de Vinícius era muito melhor que o seu café de máquina. — É duas ruas antes da minha academia.

— Agora você faz academia?

— Pelo menos duas vezes por semana, ruiva. Só tu acha que eu vivo de cigarros e frituras como a maioria dos estadunidenses. Aproveito e dou um oi pro Hugo.

Jade riu.

Não tinha parado pra pensar sobre isso.

— Por quê?

— Acho que nunca me apresentei direito pra ele. — Jade pensou em responder, mas as batidas na porta chamaram a atenção deles. Vinícius deixou um prato com o que parecia ser um tipo de panqueca de banana na sua frente antes de beijar a testa dela. Um gesto natural, como se lhe dar um beijo fosse uma consequência de preparar um café da manhã. — Deixe a louça comigo. Eu vou colocar uma calça, tu pode abrir?

— Boa ideia, seria estranho abrir a porta pra alguém e mostrar um cara de cueca.

— Me respeite um pouco mais, ruiva. Não sou um cara qualquer.

Ele não estava mentindo, mas Jade não admitiria em voz alta. Ela observou as costas tatuadas saírem na direção do quarto onde estavam as roupas dele, um pouco atordoada pela mera existência de Vinícius na sua rotina. E pelo quanto ele parecia realmente decidido a fazer aquilo ir pra frente.

Jade precisou balançar a cabeça ao se levantar para ir até a porta.

— Você sabe onde tá o Vinícius? — Foi a primeira coisa que Bento disse assim que abriu a porta, cruzando os braços. Benício revirou os olhos ao lado dele, mas se manteve em silêncio. — Ele não atende a porta e eu não tenho o número dele.

— Bom dia e feliz ano novo pra vocês também.

— Eu tenho uma emergência, Jade! — ele exclamou.

— A menos que alguém esteja pegando fogo, difícil acreditar que seja uma emergência — falou Vinícius, saindo do quarto enquanto terminava de vestir a camisa do dia anterior. Os gêmeos nem tentaram esconder o choque ou a confusão, como se encontrá-lo ali fosse algo impossível na percepção deles.

Ou encontrá-lo vestindo roupas. Pensando por esse lado, fazia sentido que os dois estivessem olhando na direção dele como se tivesse feito algo totalmente fora do seu personagem.

— Como posso ajudar? — Vinícius perguntou, parando ao lado de Jade na porta. — Feliz ano novo, aliás.

Bento fez outra careta, aproximando-se para usar uma mão para afastar Vinícius dela.

— Eca — Benício murmurou, balançando a cabeça como se precisasse se forçar a esquecer que alguém tinha ousado encostar em Jade. — Nós queremos ver o jogo do Celtics de hoje naquele lugar. Podemos?

Jade não sabia por que tinha pensado que se tratava de uma emergência real.

— Por que eu veria um jogo do Celtics?— Vinícius cruzou os braços, mas Jade sabia, pelo sorrisinho no rosto dele, que a resposta para os garotos já era um sim. Ele olhou na direção de Benício. — Achei que tu nem gostasse de basquete.

— Talvez eu goste, mas só é legal de ver fora de casa.

— Você topa ou não? — Bento perguntou.

— O pai de vocês sabe que o jogo de hoje é às dez da noite?

— Sabe. — Bento trocou um olhar rápido com o irmão.

E Jade conhecia bem demais aquela troca de olhares.

— Nós vamos descobrir se estiverem mentindo — disse, devagar.

— Tá, ele ainda não sabe especificamente sobre esse detalhe. Mas ele disse que podemos ir se for com o Vinícius.

Jade precisou revirar os olhos antes de olhar para o skatista.

— Eu posso ir também, se precisar.

— Só se tu quiser mesmo, acho que consigo lidar com duas crianças.

—Adolescentes — os dois corrigiram, em uníssono.

— Claro, claro. Eu levo vocês se Vicente realmente não ligar pro horário.

Bento bufou, mas assentiu em resignação antes de empurrar o ombro do irmão para que voltassem até o apartamento deles. Jade duvidava que Vicente os impediria, estando no meio das férias.

— Você vai acabar acostumando mal os dois — disse, fechando a porta atrás de si. — Quando Bento aparecer toda semana pedindo pra ver um jogo em um telão, não reclame.

— Não vou, eu gosto deles. — Vinícius voltou para a cozinha para cuidar da louça suja, assim como havia dito que faria. — E gosto de basquete, então podemos ver como lucro. Tu não precisa vir mesmo com a gente, essas coisas costumam terminar tarde. Falei sério quando disse que consigo lidar com os dois.

Jade assentiu, bebendo um longo gole do café feito por ele. Vinícius não demorou para terminar de arrumar a cozinha.

Quando ele saiu, dizendo que precisava tomar um banho e trocar de roupa para encontrar Pietro mais tarde, antes do tal jogo com os gêmeos, deixando-a novamente em seu apartamento, Jade discou o número do celular da mãe.

Aparentemente, tinham muito a conversar.

CAPÍTULO VINTE E OITO

NINGUÉM É IMUNE AO PODER DE TAYLOR SWIFT

São Paulo, 2025

Jade estava começando a entender o que era, de fato, ter uma rotina com alguém.

Era muito mais fácil do que as pessoas ao seu redor tinham feito parecer um dia. Ou, talvez, só fosse tão fácil por ser Vinícius. Por não ter que contar cada passo que dava, medir as mínimas palavras e gestos. Jade não precisava pensar em como teria que explicar um atraso de dez minutos porque ficou conversando com as colegas de treino na saída do ginásio.

Nada havia mudado. Não olhando por cima, pelo menos. Seus treinos se mantiveram sem qualquer preocupação. Assim como suas programações ocasionais com amigas, algo que havia parado de acontecer antes. Mesmo estando em um relacionamento com alguém, Jade ainda se sentia... como ela mesma.

Qualquer um notaria isso, e estavam notando. Assim como Hugo notou quando Vinícius a acompanhou até o ginásio pela primeira vez, e eles conversaram pelo que pareceu ser uma eternidade – quarenta minutos enquanto Jade tentava ao máximo ter foco no próprio treino em vez de ouvir a conversa deles. De acordo com Vinícius, havia sido uma boa conversa.

Assim como sua mãe também notou quando a visitou e foi, enfim, apresentada a ele. E o amou desde o primeiro segundo, mas ainda mais depois que uma música do The Knack tocou na playlist que ele havia selecionado, já que Jade aparentemente havia nascido de uma fissurada por rock dos anos 1970 da mesma forma que estava namorando um.

— Jade adorava essas músicas quando era pequena — comentou Clarissa, como se ela não estivesse logo ali preparando o almoço para eles. — Agora ela só ouve umas músicas que me dão sono.

— Ei, eu nunca ataquei as suas músicas. Não ataque Taylor Swift!

— É a verdade, amor. — Clarissa gesticulou, despreocupada. Voltou a atenção para Vinícius, que tinha um sorriso largo nos lábios. O sorriso que formava covinhas no rosto e estreitava seus olhos, e Jade gostava (e muito) daquele sorriso. — Vinícius tem sorte de você não o obrigar a escutar essa mulher o dia inteiro.

— Na verdade, ela obriga. Mas eu aguento.

— Você adora, Vinícius. Estava cantando "I Did Something Bad" no chuveiro hoje cedo — rebateu, vendo-o dar de ombros.

— Já notou que é uma das poucas dela que tem uma musicalidade mais agitada?

Traidor.

— Eu gosto da Taylor — Hugo opinou, e Jade nunca agradeceu tanto por tê-lo como padrasto como naquele momento. — As melhores sequências que você já apresentou foram com instrumentais das músicas dela.

Se alguém dissesse para Jade que um dia estaria discutindo seu gosto musical com Vinícius Carvalho e sua família, ela daria risada. Talvez ela risse apenas se dissessem que teria Vinícius e sua família no mesmo recinto.

Ter Vinícius por perto já parecia algo impossível alguns meses antes.

Enquanto via sua mãe se despedir de Vinícius já contando os planos para a próxima vez que se vissem, foi a vez de Jade sentir o próprio rosto doer de tanto sorrir.

Da mesma forma como ficou quando Vinícius conheceu seu pai. Por meio de uma ligação de vídeo, já que ele estaria viajando até o final do mês, o que de forma alguma o impediu de fazer com que o homem o adorasse também.

Era importante que sua família o conhecesse. Sabia que eles se preocupavam com a segurança e felicidade de Jade como ninguém, depois de permanecerem ao seu lado nos momentos mais difíceis da recuperação física e psicológica. E Vinícius parecia se importar tanto quanto ela em mostrar o quanto não queria nada além do melhor para ela. Para ambos.

E Jade se viu ainda mais apaixonada por aquele cara dia após dia. Como se fosse possível. Um pouco mais sempre que ele aparecia no seu apartamento quando voltava do treino dele com um café e qualquer coisa da padaria que ficava ao lado do prédio para lancharem, ou quando respondia pacientemente a cada pessoa – principalmente suas amigas, o que acabava deixando a situação engraçada – que fazia um interrogatório com ele.

E muito mais a cada palavra bonita que ele dizia quando estavam a sós, no escuro do quarto ou não. Os toques, toda a intimidade. Tudo que em algum momento Jade havia se acostumado a não ter ao estar em um relacionamento, mas Vinícius proporcionava como se não fosse nada de mais.

Algo que Jade também sentia.

— Oi, ruiva — ele cumprimentou ao entrar no apartamento que havia sido deixado aberto. Jade já conhecia os horários dele bem o suficiente para saber quando chegaria depois de um treino. Vinícius deixou o skate ao lado da porta antes de se aproximar para beijar a lateral do rosto dela superficialmente, suado demais para passar disso. — O que acha de pedir o jantar hoje? Preciso demais me deitar.

— Eu posso cozinhar. — Jade o analisou por alguns segundos, só então percebendo o mancar leve no pé direito dele. — O que aconteceu?

— Caí de mau jeito, nada que uma bolsa de gelo não resolva. — Vinícius abriu um sorriso tranquilizador na direção de Jade, balançando a cabeça. Ela poderia jurar que o jeans dele não tinha um rasgo tão grande mais cedo. — Relaxa, ruiva. Além disso, amanhã é a sua classificatória, você merece jantar algo diferente.

— Acho que vou merecer se passar pra próxima fase.

— Tu merece por ter se esforçado tanto nos últimos dias — ele corrigiu, tirando o celular do bolso. — Que tal comida mexicana? Júlio me indicou um restaurante bom que entrega por aqui.

Jade ainda teria uma síncope até se acostumar com as quedas constantes de Vinícius. Talvez nunca se acostumasse. Era acostumada demais em ter uma equipe de fisioterapia disponível para qualquer indício de um músculo desgastado.

— É, pode ser.

— Fiz o pedido, vou tomar um banho e volto antes de chegar. — Ele pegou o skate no canto da sala, olhando na direção dela mais uma vez. — Minha mãe passou quase trinta minutos me falando que mal vê a hora de te ver, aliás. Ela chega de manhã e nós vamos direto pra sua classificatória.

Jade soltou uma risadinha. Havia conversado com Marília em ligações nos últimos dias, nada muito longo. Ela era tão carinhosa quanto o filho, e parecia feliz até demais em saber que Vinícius estava com alguém – embora ele afirmasse que ela só estava assim porque esse alguém era Jade.

Pensar em conhecer a mãe do seu namorado logo depois de uma classificatória poderia ser muito bom ou muito ruim – dependia de como se sairia.

— Acho que ela está criando muitas expectativas, vai acabar se decepcionando — brincou, por fim.

— Vou fingir que não te escutei, ruiva. — Vinícius não tentou esconder a revirada dos olhos ao deixar o celular dele ao seu lado no sofá. — Pode responder se o restaurante enviar qualquer coisa. A senha é 1902. Não vou demorar.

Jade assentiu, vendo-o sair do apartamento. De fato, Vinícius não demorou. Ele entrou novamente no apartamento, trancando a porta atrás de si, pouco depois que o pedido saiu para entrega. Tinha um saco de gelo em mãos – algo que ele com certeza não usaria de verdade se Jade não estivesse por perto.

— Me conta sobre o teu dia — ele pediu, finalmente colando os lábios aos seus quando se sentou ao lado dela. Vinícius tinha cheiro de sabonete e perfume masculino, o frescor que só alguém recém-saído do banho poderia ter. Ele penteou os fios negros e úmidos para trás com os dedos ao arrumar a postura. — Tu cortou o cabelo?

— Só arrumei a franja. — Jade contou sobre o próprio dia para Vinícius com detalhes. Ela desconfiava que aquela fosse a parte favorita do dia dele. Quando ambos estavam livres até o fim do que restava do dia, até que fossem dormir ou que voltassem para seus respectivos apartamentos. Contou sobre o último treino, sobre a tarde de café com as amigas e sobre o quanto era entediante estar de férias. — Passo meses esperando minhas férias pra odiar estar de férias quando elas começam. E o seu dia?

— Muito menos interessante que o seu, só passei a maior parte do dia na pista depois da academia. Tentei um movimento novo e caí. — Vinícius ajustou a bolsa de gelo sobre a perna antes de tornar a puxar Jade para perto. — E mesmo assim, parece que um caminhão passou por cima de mim. Nunca quis tanto dormir na minha vida.

— Será que é porque a sua perna está quase caindo? — provocou, recebendo um beliscão leve no braço em resposta. Jade empurrou a mão dele com uma risada. — Podemos dormir depois de comer. Eu já deitaria mais cedo, de qualquer forma. Hugo quer que eu chegue no ginásio às seis.

Jade precisava admitir: talvez aquele fosse seu momento favorito do dia também. Se é que existia algo que gostasse menos quando se tratava de estar com Vinícius Carvalho.

CAPÍTULO VINTE E NOVE

TALVEZ CONHECER A MÃE DO SEU NAMORADO SEJA MAIS ASSUSTADOR DO QUE UM DUPLO TWIST CARPADO

São Paulo, 2025

Marília pousou no maior aeroporto de São Paulo às oito e vinte de uma manhã de quinta. Vinícius a havia visitado muito rapidamente quando voltara para o Brasil, e esse seria o maior período em que estariam juntos recentemente.

Ela conheceria Jade. Vinícius havia perdido a conta de quantas vezes havia falado sobre a ginasta para a mãe, muito antes de se reencontrarem. E também havia perdido a conta de quantas vezes Marília disse que, no momento certo, eles ficariam juntos.

Vinícius duvidava disso na época. Era o momento perfeito para ouvir um "eu te avisei" bem típico de mãe.

O abraço que Marília lhe deu ao sair pelo portão de desembarque foi de tirar o fôlego, o seu favorito.

— Tá deixando o cabelo crescer? — ela perguntou, deslizando os dedos delicadamente por entre o cabelo dele. — É diferente. Bonito.

— Achei que tu fosse reclamar. — Vinícius tirou as malas das mãos dela, apontando para o carro de aplicativo que já os esperava do lado de fora. — Como foi a viagem?

— Bem, é incrível como essas coisas conseguem me trazer de tão longe em uma hora.

Marília tagarelou sobre a viagem, sobre como suas tias estavam cobrando pelo momento em que ele voltaria para o sul para visitá-las e que queriam conhecer a mais nova integrante da família logo. Vinícius achava que elas estavam mais interessadas em conhecer Jade do que vê-lo depois de tanto tempo, pra ser sincero.

— Nós vamos deixar a sua mala em casa e vamos direto pro ginásio, tudo bem? — perguntou, checando o horário na tela do celular. Tinham tempo suficiente para chegar com antecedência, se nada fora do previsto acontecesse. — Talvez tu conheça o padrasto e a mãe dela. Eles são muito legais.

— Mal posso esperar.

Dava pra ver. Vinícius não saberia dizer há quanto tempo não via a mãe tão empolgada com algo. Ela puxou uma das bolsas de mão, mostrando tudo que havia carregado até ali para dar para Jade. Na maioria, eram doces típicos e acessórios artesanais que ela e suas tias adoravam fazer no tempo livre.

E se tratando de Jade, era o tipo de coisa de que ela realmente gostaria.

— Vou confessar, eu acreditava muito mais na teoria da tia Claudia de que eu nunca arranjaria ninguém — murmurou Vinícius, quando já estavam no corredor do prédio. — Aquele é o apartamento dela, o meu fica no final do corredor.

— Até parece que ninguém nesse mundo se apaixonaria pelo meu filho. — Marília entrou no apartamento de Vinícius e olhou ao redor, distraída. — Parece que alguém sabe escolher móveis.

— Ah, não. André escolheu a maioria. — Vinícius deixou as malas no próprio quarto, já que deixaria a mãe dormir lá enquanto ela estivesse ali. Tinha um colchão inflável que poderia usar na sala. — Pronta? Vai ter comida por lá, então não precisamos de nada aqui.

— Tu vai pra classificatória da sua namorada assim?

Vinícius franziu o cenho, encarando as próprias roupas por um momento. Aquela nem era a sua calça mais rasgada.

— O que tem de errado?

Marília revirou os olhos, soltando uma respiração profunda.

— Não acredito que vou ter essa conversa com um homem de vinte e dois anos.

— É só não ter. — Ele se inclinou para beijar a cabeça da mãe ao passar por ela para sair do apartamento. — Vamos, não quero me atrasar.

O ginásio estava movimentado, tomado por familiares e convidados, além de alguns rostos da confederação de ginástica que Vinícius já reconhecia graças a Jade. Ele digitou uma mensagem para avisar que já estava por lá, mas duvidava que ela ainda estivesse com o celular tão perto do horário de início da classificatória.

Enquanto esperava nas arquibancadas, ele acenou para Hugo, que conversava com uma das ginastas mais novas. O treinador acenou de volta, aproximando-se de onde estavam.

— Vocês conseguiram sentar em um bom lugar — ele comentou, e Vinícius ainda estava se acostumando com a ideia de que talvez Hugo não o odiasse tanto quanto pensava que odiava antes. Ou, talvez, ele só tivesse parado de odiar depois de conversar com ele por mais de cinco segundos. — Você deve ser a mãe dele. Prazer, eu sou o Hugo. Treinador e padrasto da Jade.

Marília o cumprimentou entre uma apresentação empolgada, do jeito carismático que só ela tinha. Só ela, algo que nem mesmo Vinícius tinha herdado. Ah, não. Vinícius se achava longe de ser carismático.

— Minha esposa, Clarissa, deve chegar logo do trabalho. Se não estiver muito cansada, nós podemos sair para jantar. — Hugo propôs, pegando Vinícius de surpresa. — Ela adoraria te conhecer também.

Ah, Jade adoraria aquela ideia quando ficasse sabendo. Vinícius já havia notado como ela parecia radiante quando conversava com alguém da família dela, ou quando sua mãe a cumprimentava em suas ligações. Adorava a ideia de ter uma proximidade familiar, e Vinícius amava isso nela. Assim como amava a maioria das coisas que Jade fazia.

— Ela vai entrar por ali — Vinícius disse, quando Hugo precisou se afastar deles. Jade foi uma das últimas da fila, provavelmente por estar entre as mais velhas. — Não vai nos ver agora. Fica muito focada.

O momento de uma apresentação era um dos pouquíssimos em que Vinícius via Jade com uma expressão completamente séria. Ela pareceu respirar profundamente ao espalhar o pó de magnésio nas mãos e nos pés, trocando uma palavra ou outra com as ginastas ao seu lado.

Vinícius provavelmente nunca entenderia aquele esporte como entendia do skate. O sistema de pontuação, o nome de cada mínimo movimento. Mas nunca se cansaria de ver Jade se apresentar, e lembrava-se de pensar algo parecido desde o momento em que a vira subir em uma barra pela primeira vez.

Apenas ao finalizar sua sequência – que acabou ao som de palmas incessantes, o que parecia bom –, Jade pareceu encontrar a presença de Vinícius. Ela sorriu entre a respiração pesada, olhando brevemente na direção de Marília com o mesmo sorriso antes de desviar o olhar para sair da área de apresentação.

— Gostou? — perguntou, virando-se na direção da mãe. — Ela é boa pra cacete.

— Eu adorei! — respondeu Marília, e Vinícius soltou uma risadinha quando a mãe comentou cada mero movimento que Jade havia feito até Hugo se aproximar deles outra vez.

— Deixei seu nome com o segurança, vocês podem entrar na área dos atletas se quiserem.

— Valeu, sogro.

— Me chame assim mais uma vez e eu te coloco na lista de quem não pode entrar nesse ginásio.

Adorava aquele cara.

— Tua irmã ia adorar ver isso — Marília murmurou enquanto passavam pelos atletas, que tomavam a área fechada do ginásio. Vinícius já conhecia boa parte deles, então não foi surpresa nenhuma que estivesse ali.

Precisava admitir, aquele era um pensamento que passava pela sua mente sempre. Helena tinha sido apaixonada por balé mesmo quando já não podia mais dançar, e com certeza adoraria ver de perto uma apresentação de ginástica.

E ela adoraria ter conhecido Jade também. Vinícius não precisava pensar por um segundo sequer para saber disso.

Jade saiu do vestiário principal com uma toalha ao redor do pescoço sob o cabelo úmido e a combinação de roupas favorita dela depois de um dia mais cansativo: regata e calça de moletom. Ela parou ao vê-lo, aproximando-se rapidamente.

— Oi — cumprimentou, soando quase tímida. Ela pareceu não saber o que fazer por um segundo, até Marília envolvê-la em um abraço.

— Essa é a minha mãe. — falou Vinícius. Não que fosse necessário apresentá-las.

— Tu é linda! — Marília exclamou, ainda em meio ao abraço. — Meus netos também vão ser uma graça.

Vinícius engasgou.

— Jesus, mãe.

— Tudo bem. — Jade riu, embora o rosto dela estivesse corado. — É muito bom conhecer a senhora pessoalmente.

— Nada de senhora comigo, pode me chamar pelo nome.

Vinícius balançou a cabeça, passando um braço ao redor da cintura de Jade.

— Posso falar com a minha namorada agora? — ironizou, fechando os olhos por um segundo ao sentir os lábios de Jade no seu rosto em um beijo suave. — Hugo comentou sobre comer em algum lugar depois daqui. Tu topa?

— Eu estou toda desarrumada, mas aceito. — Jade deslizou uma mão pela sua, entrelaçando seus dedos. — A sua perna melhorou?

— O que aconteceu com a sua perna, guri? — Marília ergueu uma sobrancelha na direção dele.

— Tu me paga por isso, ruiva — sussurrou, voltando a atenção para a mãe em seguida. — Eu caí, mas não foi nada de mais. Tu e Jade exageram.

Marília abriu a boca para reclamar, mas foi interrompida por Jade, que a chamava para conhecer melhor a área das atletas.

E, naquele momento, talvez Vinícius tenha entendido um pouco a sensação de ver a pessoa que amava ao lado da sua família. Jade estava claramente tímida ao lado de Marília, mas elas ainda conversavam uma com a outra como se já se conhecessem há tempos. Mas principalmente quando Hugo e Clarissa se juntaram a eles.

Vinícius se viu desejando ser capaz de manter aquele sorriso no rosto de Jade para sempre.

A felicidade ficava bem em Jade Riva.

O sorriso dela se manteve ali durante todo o almoço, acompanhado dos dedos suaves tocando a sua perna sob a mesa em um gesto distraído.

E também se manteve até a noite, quando Vinícius parou em frente ao apartamento de Jade para se despedir.

— Eu já entro, me dá uns minutos — pediu à mãe, estendendo as chaves do apartamento na direção dela. Quando Marília fechou a porta atrás de si, Vinícius voltou o olhar na direção de Jade. — Ela gostou muito de ti. Não que seja uma surpresa, ela já gostava antes de te conhecer.

— Você devia falar muito de mim pra isso.

— Mais do que tu imagina.

Jade se aproximou, passando os braços ao redor do pescoço de Vinícius para que ficassem ainda mais próximos. Vinícius inspirou o mesmo cheiro de sabonete floral, depositando um beijo suave no ombro dela.

— O que você falava de mim? — ela perguntou, baixo.

— Que eu queria ter a chance de voltar a falar contigo pra consertar as coisas depois que sumi. — Vinícius percorreu os olhos pelo rosto da ruiva, não se contendo antes de depositar um outro beijo, dessa vez sobre os lábios dela. — E que eu jamais teria a sorte de encontrar alguém tão incrível quanto tu é, se é que esse alguém existe.

Jade piscou, estupefata. Inclinou a cabeça quando Vinícius deslizou os dedos por sua nuca.

Vinícius a tinha beijado muito nos últimos dias, embora ainda não parecesse o suficiente para fazer valer os quatro anos em que tinham estado distantes. Duvidava que um dia seria o suficiente.

E cada vez parecia melhor que a anterior. Isso explicava por que ela o beijava sempre que tinha a oportunidade. Ou como agradecia mentalmente a toda e qualquer divindade sagrada que tivesse permitido que ela cruzasse o caminho dele outra vez.

Mesmo tanto tempo depois. Aqueles quatro anos pareciam milênios, mas haviam chegado ao fim.

— Será que tem algum problema se você entrar comigo? — Jade perguntou, a voz abafada graças ao contato de suas bocas.

— Está me perguntando se minha mãe vai me deixar dormir fora de casa? — ironizou, indicando silenciosamente que ela abrisse a porta do apartamento dela.

Se isso era algo positivo ou não, Vinícius não sabia. Mas tinham percorrido aquele apartamento entre beijos tantas vezes que já sabia o caminho de cor. Precisou segurar a cintura de Jade para impedir que ela acabasse esbarrando no sofá, sentindo o ar escapar dos pulmões quando as mãos dela percorreram seu peito sob a camiseta.

Aquela mulher ainda encontraria um jeito de parar a sua respiração de vez.

— Tem certeza de que só queria que eu entrasse contigo, ruiva? — provocou, baixo.

— Você fica mais bonito quando está com a boca ocupada demais pra falar.

— Jade Riva, cheia das respostas... — Vinícius sentiu a mente se tornar um pouco enevoada quando ela o beijou mais uma vez, os dentes puxando suavemente o seu lábio inferior. Cristo. — Cama. Agora.

Não era difícil perder a noção do tempo quando estava ao lado dela. Não quando ela o tocava como se não quisesse deixá-lo ir – não que tivesse a mínima intenção de ir embora outra vez, muito pelo contrário –, mesmo que com toda a leveza possível.

Sob a meia-luz do quarto, Jade ainda parecia iluminar todo o ambiente.

Quando Vinícius já tinha a absoluta certeza de que havia se passado tempo suficiente para ser tarde demais para voltar ao seu apartamento, ele sentiu os dedos de Jade percorrerem a tatuagem acima do seu coração. A única com um grande significado, provavelmente. Que poderia passar despercebida entre tantas outras muito mais complexas.

Mas não para ela.

— Sendo muito sincera, eu achei que você teria me esquecido depois de tanto tempo. — Não precisava olhar para ela para saber que estava cansada, sonolenta. Vinícius a fitou, erguendo uma sobrancelha na direção dela, tentando entender como o assunto havia surgido. Mesmo que Jade estivesse com os olhos fechados e não pudesse ver o seu rosto. — Mas principalmente depois que te vi por dois minutos quando estava com Lucas. Foi estranho.

Se um dia Vinícius deixaria de sentir o corpo ferver só de ouvir ou pensar naquele nome, ele não sabia. Naquele momento, de qualquer forma, ele não conseguiu evitar. E Jade provavelmente notou, porque enrolou os dedos entre os cabelos dele em um carinho leve.

— De vez em quando, eu ainda pensava que você jamais faria as mesmas coisas que ele. Era o meu sinal de que tinha alguma coisa errada — ela continuou, mais baixo. — Outra parte de mim dizia que eu nunca tinha vivido um relacionamento com você pra ter certeza. Talvez eu só estivesse fazendo drama.

— Jade...

— É, eu sei. Não faz sentido, e não foi culpa minha. Eu realmente sei disso agora. Só é um pouco assustador quando paro pra pensar demais, como se não tivesse realmente acabado.

Vinícius tocou o queixo dela com a ponta dos dedos, fazendo com que o olhasse. A luz do abajur ao lado da cama não era muita, mas talvez fosse o suficiente para que Jade soubesse o quão sério estava falando.

— Já acabou. E eu não te esqueci por um momento sequer, muito pelo contrário. Eu posso não ter te amado a minha vida inteira, mas eu amei a partir do momento em que te conheci e cada dia que veio depois dele. Cada um deles. E vou continuar amando pelos dias que me restam, sem dúvida alguma. — Vinícius pegou a mão de Jade que ainda estava sobre a tatuagem em seu peito e beijou a ponta dos dedos dela. — É um axioma. Nunca vai mudar. Mesmo se um dia tu olhar pra mim e perceber que não me quer mais na sua vida.

Jade piscou, parecendo repetir mentalmente cada uma daquelas palavras. Vinícius viu dúvida, surpresa, felicidade, confusão.

Um compilado de sentimentos distintos e que, ainda assim, faziam muito sentido dentro de quem era Jade.

— Por que eu não iria te querer mais? — ela perguntou, devagar.

— Nunca se sabe quando tu vai se cansar.

— Não vou. — Jade umedeceu os lábios, pensando nas próximas palavras com cuidado. Ou se planejando demais para deixá-las sair. — Eu te amo e gosto da vida do seu lado. Como nada muda... e ainda assim, é muito melhor com você.

Vinícius já sabia daquilo. Não porque Jade havia dito essas palavras nessa ordem e em voz alta antes, muito pelo contrário, mas porque ela demonstrava de muitas outras formas. Como quando ficava a um passo de surtar quando ele dizia ter caído durante o treino, ou quando arrumava qualquer desculpa para iniciar qualquer toque entre eles quando estavam perto um do outro. Quando deixou que ele fizesse parte da sua vida como ninguém fazia, talvez apenas seus familiares. Sendo ou não com palavras, Vinícius se sentia amado pra caralho com todas as pequenas ações vindas de Jade. E era muito, muito mais do que ele pensou que teria dela um dia.

— Eu estava torcendo pra que amasse mesmo — ironizou, vendo-a relaxar em uma risada baixa.

Jade o beijou mais uma vez. Um beijo lento e carinhoso, como todas as palavras que ela poderia dizer.

E outra vez.

Outra vez.

Mais vezes do que Vinícius poderia contar. Mais vezes do que ele queria, porque tinha certeza de que ainda pareceria pouco mesmo assim.

Para a sua sorte, dessa vez ele sabia que era apenas o início. Não um momento, como havia sido quatro anos atrás, quando não conseguia visualizar como as coisas seriam no futuro. Não um movimento cuidadoso, como havia sido nos Jogos Olímpicos de Paris, onde Vinícius não sabia o que existia entre eles.

Não. Era apenas o início.

O início da vida deles.

Os dois. Juntos.

Um axioma. Não mudaria.

CAPÍTULO TRINTA

UMA PROMESSA

Tóquio, 2020

Naquela manhã, Jade encontrou Vinícius no refeitório da vila olímpica. Seu treino começaria mais tarde, o que significava conseguir vê-lo acordado antes do horário do almoço.

Não que Jade fosse se sentar com ele ali. Primeiramente, estava acompanhado de Patrícia e outras pessoas do time de skate. Afinal, era quase como uma regra que atletas se sentassem com pessoas de sua própria categoria. Ninguém te cobraria por isso, mas seria estranho fazer diferente. E ninguém quer ser a pessoa agindo diferente em um lugar onde mais de treze mil atletas estão praticamente morando. Trezentos deles apenas do seu país.

Mas ela não teve escolha. Assim que passou perto da mesa para chegar até onde suas colegas estavam, uma mão tocou a sua cintura, impedindo-a de continuar andando.

A mão de Vinícius.

— Não vai se sentar comigo? — ele perguntou, e Jade não deixou de achar engraçada a expressão confusa no rosto dele. Como se realmente não fizesse nenhum sentido que ela colocasse aquela distância entre eles.

Mas Vinícius não dava a mínima para a tal regra de divisão das mesas.

— Não vou ficar no lugar de ninguém? — perguntou, baixo. Jade comprimiu os lábios quando Vinícius balançou a cabeça como se a resposta para essa pergunta fosse óbvia e ela estivesse apenas perdendo tempo em não se sentar logo ao lado dele.

Jade soltou uma respiração suave quando Vinícius beijou suavemente o seu ombro antes de voltar a atenção para o próprio café da manhã. Ela cumprimentou o restante da mesa rapidamente antes de fazer o mesmo.

— E o seu treino de hoje? — perguntou, quando Vinícius terminou de comer e usou a mão livre para passar um braço ao redor dos seus ombros.

— Nós vamos pra uma pista diferente à noite, então Pietro me liberou durante o dia.

— Liberou entre aspas, você só encheu o saco dele até que ele concordasse — Patrícia rebateu, um sorrisinho no rosto. — Vamos fazer tatuagens, você quer vir também?

— Posso fazer companhia. — Jade deu de ombros, tentando ignorar os dedos leves de Vinícius que acariciavam sua nuca distraidamente. Ela sabia que ele fazia aquilo quase sem perceber, que as carícias não eram nada além de um carinho descompromissado, mas não significava que os toques não eram capazes de deixá-la um tanto sem jeito. — O que vocês vão tatuar estando do outro lado do mundo?

— Sei lá, vamos decidir na hora. — Vinícius roubou uma das torradinhas do prato de Jade. — Tu não pensa em fazer uma tatuagem um dia? Nem que seja onde o seu *collant* esconde.

— Ninguém faz só uma tatuagem, Vinícius — Patrícia argumentou.

— Você tem um ponto.

— Sei lá, eu não consigo pensar em nada que queira marcar na minha pele agora. — Jade pensou um pouco, só para ter certeza. — É, não faria nada.

— E o que seria algo digno de ser marcado na sua pele? — Vinícius perguntou, quase próximo demais para um local público. Jade não sabia se a impressão de que todos ao redor deles estavam observando se aquela cena era real ou não, mas a proximidade com o skatista ainda a deixava nervosa.

— Não sei — confessou ela, baixinho. — Mas eu ainda pretendo descobrir. Não parece uma ideia ruim.

— Sou suspeito pra opinar sobre fazer ou não uma tatuagem. — Vinícius bebeu mais um gole do suco, voltando o olhar na direção dela logo em seguida. — Mas pretendo estar presente quando a sua acontecer.

Jade não saberia se aquele momento chegaria mesmo, mas não diria que não gostava da ideia de ter Vinícius por perto até lá.

EPÍLOGO

São Paulo, 2028

Jade não queria ficar preocupada.

Mas ela estava. Ah, e como estava.

Encarou o relógio na tela do celular e a janela do apartamento completamente encharcado pela chuva intensa. Um raio seguido pelo estrondo de um trovão a fez estremecer.

Mais uma vez, discou o número dele em uma ligação que não foi atendida.

Vinícius podia deixar de atender algumas ligações de vez em quando. Especialmente quando saía para treinar, como era o caso.

Mas estava caindo uma tempestade lá fora, então ele já deveria estar em casa. Ou, pelo menos, em um lugar onde pudesse atender a uma droga de ligação. Jade ainda iria derreter de preocupação.

Ela tentou uma última vez, sem sucesso. Depois de quanto tempo era aceitável se desesperar?

Quando estava prestes a ligar para Hugo para pedir que o padrasto a ajudasse a procurar por Vinícius com o carro depois de quase duas horas de atraso, Jade olhou na direção da porta do apartamento. Vinícius entrou calmamente, embora encharcado.

Encharcado ainda parecia pouco, mas Jade não sabia se existia uma palavra que demonstrasse melhor o quão molhado ele estava. Ele sorriu na direção de Jade como se o dia estivesse ensolarado como nunca, usando a mão que não segurava o casaco contra o corpo para arrumar o cabelo pingando para trás.

— Oi, ruiva. Pode pegar duas toalhas pra mim? Por favor.

Jade o encarou, atônita.

— Onde você estava?

— Não consegui voltar direto nessa chuva, tivemos que ficar esperando em um ponto de ônibus até alguém conseguir uma carona. — Ele parecia tão calmo que Jade quase se sentiu patética por ter se preocupado.

— E o seu celular?

— Acabou a bateria, foi mal. — Ele balançou o celular embalado dentro de uma sacola de plástico no ar antes de deixar sobre a bancada da cozinha. — Amor, você pega as toalhas? Não quero molhar a casa inteira.

Jade despertou do transe de preocupação, indo até o quarto para buscar duas toalhas – por que duas?

— Foi mal por ter te deixado sem notícias — ele disse quando Jade se aproximou para entregá-las, inclinando-se com cuidado para beijar a lateral do rosto dela. — Essa chuva veio do nada.

— Tudo bem. — E estava mesmo tudo bem. Jade sabia que ele não a preocuparia de propósito. — Você precisa de um banho quente.

— É, temos que esquentar esse garotão também.

Dessa vez, Jade não escondeu a expressão confusa. Garotão?

Só então ela percebeu que o casaco enrolado nas mãos de Vinícius não era apenas o casaco. Era o casaco e... um cachorro. Um filhote, pequeno o suficiente para caber na palma das mãos dele. O bichinho parecia confortável entre o casaco molhado, embora ainda tremesse um pouco.

— Vinícius, como você conseguiu esse cachorro? — perguntou, baixo.

— Hm, bem. Ele estava na rua, com fome e com frio. Nós compramos comida em uma das lojas perto da pista e eu acabei ficando responsável por ele. — Vinícius ergueu o vira-lata nas mãos, e o filhote pareceu confuso por um segundo antes de esticar a cabeça para tentar cheirá-la. — Podemos ficar com ele? Temos espaço o suficiente agora.

Realmente tinham. Depois de quase dois anos e meio se dividindo entre dois apartamentos vizinhos, depois um único apartamento – já que Vinícius passava mesmo a maior parte do tempo com ela –, procurar um lugar maior foi inevitável. Lugar maior que veio como um apartamento ainda no mesmo bairro, mas em outro prédio.

Para a infelicidade dos gêmeos, que odiaram pensar em ficar longe demais deles, principalmente depois de conseguirem viciar Vinícius nos mesmos jogos que eles viam o tempo inteiro.

Espaço suficiente para que Jade usasse parte da varanda para cuidar de suas plantas – e matá-las depois de alguns meses sem querer, mas Vinícius ainda fingia que não achava isso completamente cômico e sempre as substituía o quanto antes.

Espaço suficiente para que aquela casa fosse um lar. Até nos detalhes mínimos da decoração, por mais que tivessem gostos completamente diferentes nesse quesito.

E, pensando bem, espaço suficiente para um cachorrinho. E era a cara de Vinícius que esse cachorrinho tivesse chegado dessa forma, quando Jade menos esperava.

— E você já pensou em um nome? — perguntou, não contendo uma risada ao pegar o filhote nas mãos para que Vinícius pudesse tirar o excesso de água do corpo.

— Não, achei que seria legal pensar nisso contigo. — Ele sorriu, fazendo carinho na cabeça do animal. — Podemos levá-lo na veterinária pra fazer alguns exames e saber mais sobre vacinas amanhã, o que acha?

— Parece ótimo. Agora, vocês precisam ir pro banheiro.

— Agora que temos um cachorro, o próximo passo é te pedir em casamento.

Jade soltou uma risadinha nervosa, só porque não conseguiu pensar em uma resposta tão rápida. Não era a primeira vez que Vinícius soltava esse tipo de brincadeira, e cada vez menos se parecia com uma simples piada para deixá-la sem graça.

Não era que Jade não quisesse ou não se sentisse pronta para um passo como aquele – muito pelo contrário. A vida que tinha ao lado e cada vez mais próxima de Vinícius parecia perfeita. Estava perfeita. Jade nunca havia se sentido tão bem com alguém como se sentia quando estava com ele, independentemente do momento.

De vez em quando, parecia bom demais para ser verdade. Jade precisava parar por alguns segundos para se convencer de que não havia nada no mundo que faria com que acabasse.

Afinal, ele era o seu axioma.

— Você deve ser o único cara que anuncia que vai pedir alguém em casamento — murmurou, acompanhando-o até o banheiro. — Vou pegar o sabonete líquido pra limparmos ele também.

— Não que eu precise te pedir, tu sabe que vai se vestir de noiva pra mim em algum momento. — Jade estreitou os olhos na direção dele, praticamente implorando que Vinícius parasse de dizer aquelas coisas que ele sabia que a deixavam sem jeito. — E eu vou adorar te esperar no altar.

— Banho, Vin. Você está cheirando cachorro molhado.

— Na verdade, acho que é o nosso amigo aqui que está cheirando cachorro molhado. — Vinícius apontou para o cachorrinho nos braços de Jade. — Mas não diga em voz alta, ele pode se ofender.

— Engraçadinho — murmurou, esperando que ele se livrasse das roupas encharcadas antes de entregar o cachorro na direção dele. — Acho que ele tem cara de Carlos.

— Carlos? — Vinícius olhou para o cachorro, assentindo em seguida. — Sim, ele parece mesmo Carlos.

Jade ouviu Vinícius contar sobre o treino do dia, que havia sido mais longo que o de costume, já que ele teria uma competição no final de semana. Além disso, o motivo para que ele estivesse mais ansioso é que alguns de seus alunos também competiriam em uma categoria para skatistas mais jovens.

E Vinícius adorava aquelas crianças. Mais do que esperava que gostaria quando tinha sido convidado para ensiná-los, quando voltou ao Brasil. Jade nunca havia visto alguém se divertir tanto com o trabalho como Vinícius se divertia.

Quando ele terminou, pediram o jantar em um aplicativo – Jade não havia preparado nada para o jantar, já que ficou esperando por um sinal de vida dele – enquanto deixavam Carlos desbravar a casa.

O cãozinho parecia curioso e nem um pouco assustado com a mudança de ambiente. Na verdade, parecia animado, voltando para perto de Vinícius vez ou outra quando uma novidade parecia empolgá-lo demais ou quando um novo raio cortava o céu e o assustava. Era um amor.

— Ele gostou das minhas plantas, vamos ter que tomar cuidado com isso. — Jade o pegou no colo, deslizando os dedos por entre as orelhas pequenas. — Não acredito que você apareceu com um cachorrinho do nada.

— Ah, para. Ele já é da família.

— Ele é — confirmou, entre uma risadinha. — Ele te escolheu, espero que saiba disso.

— Eu sei, soube desde o segundo em que ele pulou no meu colo pra pedir comida. — Vinícius se aproximou, pousando a cabeça no ombro dela. — E falei sério quando disse que meu próximo passo é te pedir em casamento.

— Pra ser sincera, nunca pensei que você era do tipo que se casaria — ironizou, fazendo-o rir. — Você já se imagina de terno em uma igreja?

— Gosto de te imaginar de noiva. E sei que tu também gosta. — Ele endireitou a postura, umedecendo os lábios. A expressão dele ficou subitamente séria. — E tu sabe, eu gosto de te ver feliz.

Jade piscou, vendo-o tirar algo do bolso do moletom que estava usando desde que saiu do banho.

Ah, droga. Ele só podia estar brincando.

Vinícius talvez fosse do tipo que estaria ao seu lado em um altar, mas ainda não era do tipo que se declarava com grandes gestos, muito planejamento e qualquer coisa mais. Não, ele era do tipo que se declararia após quatro anos aparecendo na sua porta durante a noite. Que sussurraria palavras bonitas antes de dormir, no escuro e só os dois.

Que a pediria em casamento quando estavam no chão do apartamento que dividiam depois de quase matá-la de susto e aparecer com um filhote em mãos.

E Jade, que havia acreditado no amor grandioso e extraordinário de filmes e livros de romance, ainda amava cada mínimo detalhe dos pequenos atos do amor gigante que Vinícius lhe proporcionava muito tempo antes que estivessem juntos.

— Jade, tu aceita se casar comigo?

AGRADECIMENTOS

Tenho várias e várias pessoas a agradecer, e eu não sei nem por onde começar. Acho justo agradecer primeiro a você, que chegou até aqui. Não sei se é a primeira vez que você lê um livro escrito por mim, mas espero que a sensação tenha sido a mais prazerosa, confortável e bonita possível. Escrevo livros para que as pessoas se sintam acolhidas em um mundo onde muitos já desistiram do amor, romântico ou não. Se você se sentiu assim, nem que seja um pouquinho, eu já fico muito feliz e realizada.

Também quero deixar aqui o meu agradecimento para Émile, a minha namorada. Assim como Jade e Vinícius, nós nos conhecemos muito antes de imaginar que um dia teríamos algo além de uma amizade. Axioma não foi originalmente escrito pensando nela, mas cada palavra dessa versão mais recente representa o que eu sinto com ela. Tanto os bons momentos quanto também os meus medos. Cada amor que eu escrevi representa muito bem o que eu vivo ao lado dela diariamente, até mesmo os que vieram antes do nosso amor. Talvez por isso eu sinta que ela sempre esteve aqui. Emi, obrigada por tudo. Tudo mesmo, e você sabe do que eu estou falando. Para algumas amizades, cada uma com uma participação diferente dentro deste livro ou na minha vida, Arque, Malu, Bibi, Mari, Tine, Kay, Pedro, Lucas, Dora, Digão, Liv... Acredito que a maioria de vocês sequer saiba da sua importância na minha vida, mas quero que saibam agora. De muitas formas.

Para a Planeta, que acreditou que este livro poderia chegar muito mais longe. Em especial para a Gabi, minha editora, que viu meus surtos com este livro e se dedicou a cada etapa com todo o carinho do mundo. E também para minhas agentes, que igualmente acompanharam o surto que foi reescrever estas páginas.

Axioma não existiria se não fosse uma quantidade absurda de pessoas, e eu amaria ter a oportunidade de agradecer a cada uma delas aqui. Mas eu não posso, então, fica aqui o meu agradecimento geral. Axioma é um marco na minha vida pessoal e profissional pelo qual tenho muito carinho, tanto a primeira versão, que era apenas um rascunho do que eu gostaria de escrever pelo resto da minha vida, como esta versão atual. Minha versão mais madura e certa do que está fazendo, do que quer e do que sonha para si.

Axioma é o livro que mais me toca pessoalmente, talvez por isso eu o ame tanto. E amo igualmente cada pessoa que fez parte do seu processo. Obrigada, obrigada, obrigada.

Editora Planeta Brasil | 20 ANOS

Acreditamos nos livros

Este livro foi composto em Fairfield LH, Karmina Sans e
DK The Cats Whisker e impresso pela Geográfica para
a Editora Planeta do Brasil em julho de 2023.